河出文庫

ラテンアメリカ怪談集

J・L・ボルヘス 他
鼓 直 編

河出書房新社

目次

ラテンアメリカ怪談集

火の雨

ルゴネス

◆レオポルド・ルゴネス

Leopoldo Lugones 1874〜1938

アルゼンチンの詩人、作家。ラテンアメリカにおける象徴主義ともいうべきモデルニスモ（近代主義）を代表し、斬新なメタファーと音楽性を特徴とする『庭の黄昏』や、次代の前衛主義を予告する奔放なイメージの紛乱を伴った『感情の暦』などの多数の詩集がある。『ガウチョの歌い手』を含めて、アルゼンチンの文化や歴史を扱った評論集も発表しているが、その名声は短編作品に負うところが多い。詩的なイメージをちりばめたスケッチふうの『ガウチョの闘い』。「火の雨」が収められているが、エキゾチシズムや幻想性、SF的趣向などのうかがえる『不思議な力』（一九〇六）。この二つの作品集はボルヘスやビオイ＝カサレスに大きな影響を及ぼした。

ゴモラの亡者を呼び寄せる

――汝らの天を鐵のごとくに爲し汝らの地を銅のごとくに爲さん――

レビ記二六・一九

今でも思い出すが、その日はすばらしい天気で、通りは乗り物でひしめき、人であふれていた。気温はかなり高く、空は澄みわたっていた。

我が家のテラスから眺めると、折り重なった屋根の瓦、雑然とした植え込み、マストの立ちならぶ湾の一部、大通りの灰色の直線などが……。

十一時頃、最初の火の粉が落ちてきた。こちらにポツリ、あちらにポツリ、灯心のはぜる火の粉のように、銅の粒が落ちてきた。白熱した粒は、地面に落ちると、砂がはねるようなかすかな音を立てた。空は相変わらず晴れわたっていた。町の喧噪もそのままだった。ただ、小屋のなかの小鳥たちだけがさえずるのを止めた。

私はぼんやり地平線のほうを眺めていて、偶然、このことに気がついた。最初は近眼による目の錯覚かと思った。次の火の粉が落ちてくるまで、長いあいだ待たなければならなかった。周りは日の光のほうが強烈だったが、灼熱した銅は、まさにその灼熱ゆえに、それとすぐわかった。

スーッと火の細い線が走り、地面で軽い音を立てる。それからまた長い間隔。

　そうとわかったとき、私は漠然とした恐怖を味わったことを告白しておこう。不安に駆られて空に目をやった。あくまでも晴れわたっている。この奇妙な小さな粒は、どこから降ってくるのだろうか？　あの銅は？　あれは果たして、銅なのか……？

　ここから数歩のテラスの上に、火の粉が落ちた。私は手を伸ばした。それはまさしく小粒の銅だった。冷めるのにずいぶんと時間がかかった。幸い風が吹いていたので、その珍しい雨脚は斜めになり、テラスの向こう側に落ちていった。火の粉はかなりまばらに落ちてくる。一時的にはもう止んだと思える。しかし、止まない。ポツリ、またポツリ、確かに、その恐ろしい小粒は降っていた。

　このことはべつに昼食を妨げるようなことではなかった。ちょうど正午だったので、火の粉のことは気になりながらも、庭を横切って下の食堂へ行った。もっとも、日除けに渡してある天幕が私を守ってくれたのは事実だが……。

　私を守る？　私は目を上げた。天幕は無数の穴があるだけで、べつにほかには何も見えなかった。

　食堂ではすばらしい食事が私を待っていた。私の独身生活には二つのいいことがある。それは、読書と食事だ。蔵書は別にして、食堂は私の誇りでもある。女に飽き、少し痛風を病んでいる者にとって、好きなことといえば、食べることしかない。私は一人で食事をする。その間、奴隷が私のそばであちこちの地誌を読んでくれる。誰かと一緒に食事をすることなど、私には理解できない。先ほども言ったように、女に飽きたくらいだから、男を疎《うと》ましく思っていることも、直ちにわかってもらえるだろう。

最後の酒池肉林の馬鹿騒ぎから、十年経っている！　その時から、庭いじりや魚と小鳥の世話に手を取られ、外出する暇などない。一度、非常に暑かった午後、湖畔まで散歩に出たことがある。月が銀の鱗になった薄暮の湖面が気に入った。しかしそれっきりで、二度と訪れることもなく、月日が経ってしまった。

ふしだらな大都会は、私にとっては楽しみが見出せない砂漠なのだ。わずかな友人、短い訪問、長い食事、読書、小鳥たちと魚、ときには夜のフルートの演奏会、年に二度か三度の痛風の発作……。

私は名誉なことに、祝宴があると相談を受けることになっている。宴席には私の考案で絶賛を博したソースがいくつか名を連ねる。このことによって――べつに私は自慢しているわけではない――市から胸像を建ててもらった。それは、新しいくちづけを発明した女性に対する賞賛と同様、当然のことなのだ。

ともかく、私のそばで奴隷は海や雪の話を書いた本を読んでいた。夏の暑い日盛りには、ローマの壺が実に心地よく涼しいということを見事に解説していた。たぶん、火の雨は止んでしまったのだろう。召使たちは気づいた素振りすらしていない。

突然、次の皿を持って庭を横切っていた奴隷が、堪えきれずに叫び声を上げた。テーブルまでやって来たが、真っ青な顔で激痛を訴えた。彼のむき出しの背中には小さな穴が開いていて、その奥ではまだ、穴を開けた貪欲な火の粉がはぜているようだった。油を塗って消してやり、ベッドに寝かせたが、彼はうめき声を抑えることができなかった。

急に私は食欲がなくなった。召使の手前、出てきた料理には手を出したが、召使にはすぐわかった。私は不意の出来事でやはり気が動転していたのだ。

私がもう一度テラスに出たのは、午睡の時刻の真っただ中だった。すでに地面には銅の粒が散らばっていたが、降り注ぐ量が増えたとは思えなかった。ほっとした途端、新しい不安が私を襲った。周りは静寂そのものだった。人通りもこの現象で、間違いなく、絶えてしまったのだ。町はこそりともしない。ただ、ときどき、樹々の梢で風がざわめいていた。小鳥たちの行動も異常だった。鳥小屋の隅に、折り重なるように丸くなっていた。かわいそうに思って扉を開けてやったが、彼らは外に出ようとはしなかった。むしろますます奥に引っ込んでしまった。そのとき、天変地異ということばが頭をよぎり、私は不安に襲われた。

私は科学に明るくはないが、この灼熱した銅の雨については、今まで言及した者がいないことだけはわかっていた。銅の雨！　空には銅山なんてない。それに、これほど晴れわたっているのだから、空から降ってくるとは考えられない。この現象の警戒すべき点はここだ。火の粉はどこからともなく降ってくる。しかし、どこからも降ってこない。目に見えないところに、火の粉に砕けるもとが無尽蔵にあるのだ。大空から恐ろしい銅が降ってくる。しかし、紺碧の大空は平然としている。私の心は今まで感じたこともない悲しみに浸されていった。しかし奇妙なことに、そのときまで、逃げ出すことなど考えてもみなかった。逃げる！　この考えが不愉快な自問と混ざり合っていった。で、私の食卓、本、小鳥、魚はどうなるのだ？　池に入れたばかりではないか。ようやく落ち着いてきた庭は？　安穏な五十歳の生活は？　現在の幸福は？　明日の気楽さは……。

逃げる？　砂漠の向こう側にある私の地所（どんなところか知らない）を思って身震いした。ラクダと黒い羊毛のテント暮し、食べ物といえばヨーグルト、煎った小麦、苦い蜜……。湖を渡って逃げていく道もある。何といっても、湖を行くほうが道は短い。しかし、銅の雨ははっきりとわかる一点から降ってくるのではなく、あたり一面に降っているのだから、理屈で考えるならば、砂漠にも湖にも降っていることになる。

このように明らかに私に警告を発しているもの、漠然とした恐怖を抱かさせるものについて、私はあれこれ思案していた。しかし本当のことを言えば、いつもの腹ごなしの午睡でうとうとしていると、どうでもいいような気分になった。この現象はこれ以上どうなるわけでもない、そんな気がしてきたのだ。しかし、馬車の支度をさせておいても、べつに損にはならないだろう。

ちょうどその時、鐘の音が響きわたった。ほとんどそれと同時に、私はあることに気がついた。もう銅が降っていないのだ。鐘の音は、感謝のしるしだった。普段と変わらない町のざわめきがそれに続いた。町は一時的な虚脱から目覚め、大変な騒ぎとなった。いくつかの町内では、爆竹を鳴らした。

テラスの手すりに肘をつきながら、今まで感じたこともない幸福感と連帯感に浸りながら、私は愛と華美そのものである夕暮れの活気を眺めていた。空はあくまでも澄みきっていた。子供たちが熱心に銅の破片を椀のなかに拾い集めていた。空のとてつもない脅迫の残り物を、いかけ屋が買い始めたからだ。

かつてなかったほどの快楽を売る人間たちが、通りをいろどりはじめた。あやしげな若者が路地の入口で飛び上がると、尻まで裾がまくれ上がり、毛の生えていない足と編み上げの紐が見えたので、私は思わずニタリとしてしまった。街の貴婦人たちは、最新流行の、目のやりばのないコルセットで胸を締め上げ、前をはだけ、香水の匂いをまき散らしながら、しどけない姿で歩いていた。一人の年取ったポン引きが、車から身をのりだし、まるで帆布を操るように、錫箔《すずはく》を取り出した。そこには、獣たちのおぞましい愛の合歓が描かれていた。とかげと白鳥、猿とあざらし、宝石のような孔雀の羽根にうっとりと包まれた乙女。それはまさに美しい絵巻物だった。どの一枚もいかにもそれらしく描かれていた。どんな方法で手なずけられたのか知らないが、動物たちは阿片か麻薬で異常にさせられたのだ。

仮面をつけた三人の若者を引きつれて、愛敬たっぷりの黒人が通った。彼はダンスのリズムに合わせ、色粉を撒きながら、中庭に秘画を描いた。彼はまた薬品で体をつるつるに脱毛し、爪を金色に塗っていた。

ぶよぶよに太った男――そのふっくらとした体つきからして、去勢されていることはうかがい知れたが――青銅のカスタネットに合わせ、不眠と欲情をそそる特殊な布でこしらえた掛け蒲団を大声で売っていた。以前この蒲団は、善良な市民から、発売禁止の願いが出たものだ。つまり私の町は、快楽を味わうことが、まさしく生きることが可能な町なのである。

夜になって二人の訪問客があった。一緒に食事をしたが、一人はかつてともに騒いだ旧友で、今は数学者になっている。彼のふしだらな生活は学問の世界ではスキャンダルになっている。もう一人は裕福な農場主だった。銅の雨が降ったあと、人々はお互いに訪問しあう必要性を感じたらしい。訪問しあい、酒を酌み交わす。というわけで、二人は帰るときにはへべれけに酔っていた。私はちょっと外出してみた。見事なまでにイルミネーションがついた町は、祭りの夜と決め込んで、浮かれ騒いでいた。あちこちの軒蛇腹には香ランプが焚かれ、いい匂いが流れていた。バルコニーからはめかした上流階級の令嬢たちが、けばけばしい色に塗られた腸をふくらませ、ぼんやりした通行人の鼻先に飛ばしたり、鈴を鳴らしたりしていた。街角ごとに、人々は踊っていた。バルコニーからバルコニーへと、花や菓子を投げあっていた。公園の芝生では、恋人たちがもごもごと動いていた。

私は疲れきって早々に我が家へ引き揚げた。はなはだしい睡魔に襲われて、ベッドに倒れ込んだ。

寝汗をびっしょりかいて目が覚めた。目はうつろ、喉はからからだった。外では雨の降っている気配がする。何かに摑まろうとして壁に身を寄せると、まるで鞭で打たれたように、全身を恐怖の悪寒が走った。壁は熱く、音もなく振動していた。外で何が起こっているのか、わざわざ窓を開けるまでもなかった。

銅の雨がまた降り出したのだ。しかし、今度は小止みなく降っていた。蒸し暑い空気が町を窒息させていた。燐酸《りんさん》と尿の臭いが、あたりに充満していた。幸いにも、我が家の周りは回廊になっていたので、玄関まで雨は降り込んでこなかった。

私は庭に面しているドアを開けた。樹々はすでに黒い影となり、茂みをすっかり失っていた。地面は、黒焦げになった葉で覆われていた。火の線が走る空気は臨終を迎えたように、ぴくりとも動かなかった。雨をとおして平然とした空が見えた。空はあくまで空だった。

私は呼んだ。呼んだが、無駄だった。召使の部屋に足を運んだ。召使は逃げてしまっていた。私は蒲団を足に巻き、恐ろしく重たい金属製の湯舟で背中と頭を防御して、やっとの思いで馬小屋に辿りついた。やはり、馬も逃げてしまっていた。その場の私の神経にしてはなかなか冷静な判断を下したことになるのだが、私は見捨てられてしまったことを悟った。

幸い、食堂には食糧が貯蔵されていた。地下室には、ワインがぎっしり詰まっている。私は下りていった。そこは、まだ冷んやりとしていた。その奥までは重い雨がはねる音は聞こえてこなかった。一瓶を飲んだ。それから、隠し戸棚から毒入りのワインを取り出した。酒蔵を持っている人間なら、誰でも一本は持っているものだ。もちろん、それは使わない。こいつをと思う客が来るわけではない。それは透明無味、速効性のリキュールなのだ。

ワインで元気が出たので、自分のおかれた状況をじっくりと考えてみることにした。これはかなり単純なことだ。逃げられないのだから、死が私を待っている。しかし毒を持っているので、死は私の手中にある。そこで、できるだけのものは見てやろうと決心した。疑う余地もなく、これはめったに見られぬ情景だ。白熱した銅の雨！　炎の町！　一見の価値はある。

私はテラスに上がったが、テラスに出られるドアから外には出られなかった。しかし、そこからかなりのものが見えた。見えたし、聞こえもした。無限の静寂。雨のはねる音をさえぎるものといえば、ときおり聞こえる犬の遠吠えか、異常な爆発音だけだった。周りは赤かった。その赤を通して、樹も煙突も家もなんとも言えず物悲しく白っぽく見えた。葉を残したわずかな樹々はねじれ、黒く、錫《すず》のように黒かった。光が少し弱まったが、空はあくまでも晴れわたっていた。地平線は、これは確かだ、灰に埋もれてしまい、随分と近くに見えた。湖の上には、濃い水蒸気が漂い、異常な乾燥を和らげているようだった。

竪琴の弦のように、無数の銅線となって降りしきる発火した雨がはっきりと見えた。ときどき小さな三角形の炎が見えた。もくもくと上がる黒い煙は、あちこちで火事が発生したことを知らせていた。

小鳥たちは水が切れて死にはじめた。私は用水タンクまで下りていって、水を汲んでこなければならなかった。地下室はタンクに通じている。タンクは大きく、天からの火をしのぐことができたが、屋根と中庭から雨樋《あまどい》を伝って銅の雨が入り込んでしまい、水はソーダ灰とも尿ともつかない、塩からい奇妙な味をしていた。外部から私の水を絶つには、モザイクの止水板をはめればよかった。

その日の午後から深夜にかけて、町は身の毛もよだつような光景を呈した。家を焼け出された人々は怯えて通りや野原に逃げ、そこで無惨にも焼かれていった。悶え苦しみ、絶叫し、泣き叫び、様々な断末魔の声を上げた。人間の声ほど凄いものはない。建物が崩壊し、いろいろな品物や什器《じゅうき》が燃え上がったが、なによりも、大勢の人間が焼け焦げて、この天変地異に地獄の悪臭の責め苦がつけ加えられた。太陽が西に傾くころには、煙と砂ぼこりで空気は黒く汚れてしまった。朝方、銅の雨の中で踊っていた炎は、いまでは不吉なほむらとなった。熱いコールタールのようにむっとする熱風が吹きはじめ、まるで大きな炉の中にいるようだった。空も地も空気も、すべてが終わろうとしている。闇と火しかない。火、燃え上がる町の大きな火でさえも支配できないあの闇の恐ろしさ。血反吐《へど》を吐きそうになるぐらい乾燥しきった空気に混じる、死体の脂肪や、硫黄《いおう》やぼろくずの燃えるあの悪臭。いつ終わるともわからないあの叫び声、火の海を覆うあの叫び声、死にゆく末にえも言われぬ恐怖を抱いた獣たちの吠える声、うめく声、うなる声……。

その時まで、私は沈着さを失っていなかったが、恐ろしさに鳥肌がたち、用水タンクまで下りていった。にわかにその闇のなかに身を置き、静かな地下の水を前にし、体の火照りが鎮められると、急に、四十年も前から感じなくなっていた不安――そう、間違いなく――子供のころ、なんとなくあたりにみちた敵意に対して感じた不安に襲われた。私は泣き出した。気が狂ったように、泣いた。怖くなって泣いた。隅っこで、恥も外聞もなく泣いた。

屋根が崩れ落ちる音を聞いたのは、だいぶ時間がたってからだ。私は地下室の入口に支えをしようと思った。そこにあった梯子と戸棚の何本かの棒でそうした。備えをすることで、少しは気分が落ち着いた。助かったと思ったからではなく、体を動かしたお蔭だった。ひんぱんに睡魔に襲われたが、そのたびに不吉な悪夢で目が覚め、こうして時間が過ぎていった。近くで建物の崩れる音が絶えず聞こえた。持ってきた二つのランプには火をつけておいた。用水タンクはかなり陰気だったので、自分を勇気づけたかったからだ。食欲はなかったが、何とかケーキの残りを食べた。そのかわり、水はよく飲んだ。

突然、ランプの明かりが暗くなった。と同時に、恐怖が、今回は身のちぢむ恐怖が私を襲った。先のことも考えずに、明かりをすべて使い切っていたのだ。この二つ以外にランプはない。ここへ下りてくるとき、全部持ってくることに気がつかなかったのだ。

光は弱くなり、消えてしまった。その時、この用水タンクが火事のいやな臭いで充満しはじめたことに気づいた。出ていくしかない。さもなければ、巣穴でいぶされた獣のように、窒息死を選ぶかだ。

食堂の瓦礫に覆われていた地下室の蓋を、やっとの思いで持ち上げた……。

……地獄の雨は、また止んでいた。しかし、町はもうなくなっていた。屋根、門、大きな塀、塔。すべて崩れ、廃墟となっていた。巨大な静寂。まさに破滅の静寂。鶏がとさかを振り立てるように、五つか六つ、もくもくと煙が上がっていた。露骨なまでの青さは永遠の無関心さを装っていたが、一点の曇りもない空の下で、哀れな町、私の哀れな町は死に絶え、永遠に死に絶え、本物の屍のような臭いを発していた。

状況の特異性、現象の途方もなさ、間違いなく、みんなの中で私だけが助かったという喜び。これらが私の苦しみを押し退《の》け、代わって黒い好奇心が頭をもたげた。玄関のアーチが崩れずに残っていたので、石の出っ張りにしがみついて、その上までよじ登ることができた。

すでに燃えるものは残っていなかった。町は焼けただれた熔岩のようだった。灰を被っていないところは、降ってきた金属が赤い炎を上げて燃えていた。砂漠のほうは、視界が途切れるところまで、銅の砂原が光っていた。湖の向こう側の山では、湖の水蒸気が凝《こご》って、暴風雨になっていた。この天変地異のあいだ呼吸ができたのは、この暴風雨のお蔭だった。太陽はギラギラと輝き、孤独が深い嘆きとなって私に重くのしかかってきた。そのとき、港のあるところで、廃墟をうろつく一つの影に気がついた。それは一人の男だった。私に気づいたのだろう、こちらにやって来た。

彼が近くにやって来ても、私たちはお互いに驚いたそぶりを見せなかった。彼はアーチを登って、私のそばに腰を下ろした。彼は船の水先案内人で、私と同じように酒蔵にいて、しかし酒蔵の主人を刺し殺して生き延びたのだ。水が切れたので、そこから出てきたという。

彼の話に納得したので、私はいろいろと質問をしてみた。船も、桟橋も、倉庫も、すべて焼け尽きて、湖水は苦くなってしまったそうだ。お互い声をひそめてしゃべっているのに私は気がついたが、どういうわけか、声を大きくしようとは思わなかった。

私は自分の酒蔵を提供しようと申し出た。まだ二ダースほどのハム、いくばくかのチーズ、それにあらゆるワインが残っていて……。

突然、私たちは砂漠に砂塵が上がるのに気づいた。走ったあとに立ち昇る砂塵だ。あれはきっと、アデマかゼボイムの連中が救援によこした一隊だろう。しかし、期待の砂塵はあっという間に、悲嘆と危険に満ちた光景に変わらざるをえなかった。

それは、砂漠で生き残ったライオンの一群だった。天変地異に血迷い、喉の渇きにたけり狂い、オアシスへ向かうように、町へやって来たのだ。

ライオンは、飢えではなく、喉の渇きに荒れ狂っていた。というのも、私たちのそばを通り過ぎたのに、私たちには目もくれなかったからだ。ライオンたちの哀れな様子。彼らほどこの世の破滅を陰惨なものに見せる生き物はなかった。

介癬にかかった猫のように毛が抜け、たてがみはちりちりに焼け焦げ、脇腹は骨が浮き出ていた。猛獣の大きな顔をつけているが、服を途中までしか着ていない、ぶざまな道化師のようだった。そして、しっぽときたら、まるで逃げていく鼠のように先がとんがり、爪は膿《う》んで血を流していた。――このすべてが、彼らの身を守ってくれなかった心もとない棲処で、なすすべもなく、天に鞭打たれていた三日間を物語っていた。

まるで狂人のような目つきをしたライオンたちは、干上がった噴水の周りをうろつき、次の水場を求めて不意に走り出す。しかし、そこも干上がっている。最後に行き着いた噴水の周りに座り込み、乾いた鼻面を高く上げ、悲嘆と死をたたえた虚ろな目を向け、私はそうだと思うのだが、空を呪って激しく吠えはじめた。

ああ、……恐ろしいことばかりの天変地異も、死にゆく町の叫びも、この獣が廃墟で泣く声ほど不気味ではない。ライオンの声は明らかにことばになっていた。訳もわからぬまま、何やら悲嘆と思われるものを砂漠の黒い神に向かって訴えていた。獣の単純な心は、死の恐怖を不可解なものに対する不安に結びつけていたのだ。いつもの太陽、相変わらずの空、慣れ親しんだ砂漠、これらすべては以前と変わらないのに、どうして燃えつき、どうして水がなくなってしまったのか……。目の前の現象について何も思いあたる節がないと、彼らの恐怖は前後の見境もなくなり、さらにつのった。苦しみが昂じると、地獄の雨が降ってきた空を前にして、そこから降ってきたのだと、漠然と考えるようになった。彼らのうなり声は、彼らの苦しみの元凶となった苛酷なものに対して、何かを問いかけるものだった。ああ……、その咆吼、それは獣がうらぶれても持ち続けている唯一の威厳だった。それは、破局の不気味な秘密を雄弁に物語っていた。癒しようのない悲しみのうちに、永遠の孤独、永遠の静寂、永遠の渇きを見事に表していた……。

しかし、これも長くは続かなかった。また白熱した金属が降り出したのだ。今度はもっと密に、もっと激しく降り出した。

急いで下に降りていくあいだに、ライオンたちがちりぢりになって、瓦礫の下に逃げ込むのが見えた。

私たちはいくらか火の粉をかぶったが、酒蔵に入った。再び降り出した雨が廃墟を焼き尽くそうとしていることを知って、私は死に備えることにした。

連れが酒蔵で酔っぱらっているあいだに——これは彼にとって最初であり、確かに最後となった——私は用水タンクの水で最後の沐浴をしようと思った。あっちこっち空しく石鹼を探し回ったあげく、清掃用の梯子をつたってタンクの中に降りていった。

毒の小瓶も一緒に持っていった。これで死の好奇心から煩わされないで済む。そう思うと、心がなごんだ。

冷たい水と暗闇の中で、私は贅沢三昧の快楽に再び身をゆだねた。しかし、これももう終わりだ。首まで水につかり、体をゆっくりと洗い、家庭的な甘い感傷に浸りながら、ようやく落ち着くことができた。
外では劫火《ごうか》の嵐が荒れ狂っていた。再び金属粒が降り出したのだ。酒蔵からは物音一つしない。このとき私は、ドアを越えて地下室まで侵入してくる炎に気づいた。独特の尿の臭い……。私は小瓶を口に持っていき、そして……。

（田尻陽一＝訳）

彼方で

キローガ

◆オラシオ・キローガ

Horacio Quiroga 1878～1937

ウルグアイの作家。活動の場をアルゼンチンに求め、大都市のブエノスアイレスと北部の辺境の密林地帯に交互に住みながら、三十年間にわたって短編を書きつづけた。七巻にのぼる厖大な作品は、周囲の現実に深く根を下ろしながら、魔訶不思議な、奇怪な、戦慄的な雰囲気にみちあふれている。ポーの影響を最も強く受けたラテンアメリカ作家の一人と言えるだろう。『追放者たち』、『愛と狂気と死の物語』、『ジャングル物語』などが代表的な作品集とされているが、父の事故死や養父と妻の自殺といった個人的な不幸から生じた、作者の死へのオブセッションが遍在する『彼方で』（一九三四）も見逃すことができない。

私は絶望していました。——と、声は言った。——彼とつき合うな、と両親からはっきりと言われたのです。その前から、私に辛くあたるようになっていました。最後には、戸口に立つことさえ許してくれませんでした。以前なら、朝から角のところで私を待っている彼をちらっと見ることができました。でも、あれ以後はそんなことさえ！

一週間前に私はママに言いました。

「でも、ママもパパも、どうして私たちにこんな仕打ちをするの？　あの人に何か問題があるの？　この家の敷居をまたぐことすら汚らわしいみたい。ねぇ、どうして反対するの？」

ママは何も答えず、私を外へ出してくれました。が、ちょうどそのときパパが帰ってきて、私の腕をつかみました。ママの口から私の言ったことを聞くと、肩をどんと突いて、後ろからこう言いました。

「母さんは間違っとる。どういうことかというと、つまり……聞いてるか。母さんもわしも、おまえがあいつの腕に抱かれるぐらいなら、死んだおまえを見るほうがましだということだ。これ以上言うことはない」

「わかったわ」私は振り向いて言いました。たぶん、シーツよりも真っ青だったと思います。「もう二度とあの人のことを口にしないわ」

それから私はゆっくりと自分の部屋に入っていきました。自分が歩いていること、目が見るものを見ていることが驚きでした。というのも、ちょうどそのとき、私は死ぬことを決心したからです。

死ぬ！　私から二歩のところで、あの人が私を待っており、私よりも苦しんでいるのがわかっている、こんな日々の地獄から、死に安息を求めるのだわ！　だって、パパはルイスとの結婚を絶対に許してはくれないのですもの。彼のどこがいけないのかしら？　私は今でも考えます。彼が貧しいから？　私たちだって彼と同じだわ。

ああ！　パパの頑固さは充分にわかっています。ママだってよく知っています。「いっそ死んでくれたほうがいい！――パパはこうも言いました――あいつにやるくらいなら」

でもパパは、代わりに私に何を与えてくれたかしら？　愛されていると知って心からあの人を愛しながら、戸口に立って、ちらとでもその姿を見ることができないということ、ただこの不しあわせだけじゃないの。

死ぬほうがましだわ、そう、一緒に死ぬのよ。

彼は一人でも死ねるかもしれません。でも私は、一人で自分の運命を決める力はありません。彼にもう二度と会えないという絶望的な状況よりは、一度でも彼のそばにいて、一緒に千度死ぬほうがましだと、そう思いました。

肚を決めてから彼に手紙を書きました。一週間後、私たちは打ち合わせた場所で会い、ホテルの一室に入りました。

言っておきますが、それからしようとしていたことを、私は誇りに思っていたわけではありません。死ぬことを幸福だと思っていたわけでもありません。それは一途に思い込んだこと、もはや引き延ばしえないことでした。まるで過去のずっと奥のほうから、私の祖父、そのまた祖父、私自身の子供時代、初めての聖体拝領、私の心に抱いた夢、といったもののすべてが、私を自殺に追いやる以外には目的がなかったみたいに、どうしようもなかったことなのです。

もう一度繰り返しますが、私たちは死ぬことを嬉しいと思ってはいませんでした。私たちが命を見捨てるのは、命のほうが私たちを見捨てたからです。私たちがお互いのものになることを妨げたからです。私たちはベッドの上で、初めての、清い、そして最後の抱擁をしました。服を着たままだし、このホテルに着いたときと同じように、靴を履いたままでした。彼の腕の中で幸福に酔いしれながら、彼の恋人、彼の奥さんになれていたら、どんなにしあわせだったかということを知りました。

私たちは同時に毒を飲みました。彼の手からコップを受け取り、口に運ぶその瞬間、あの力、私を死に追いやった祖父たちの力が、突然、私の運命の淵に現われたのです。私を思いとどまらせようと……でも、もう遅い！　いきなり通りの騒音、街の騒音が止みました。眼の前がスーッと後退し、その穴がどんどん大きくなりました。まるでそのときまで、耳なれた無数の叫び声で私の周りはぎっしりと埋まっていたかのようでした。

二秒間、私は目を開けてじっとしていました。そして突然、恐ろしい孤独から自由になった喜びに身を震わせながら、彼にぴたりと寄り添ったのでした。

そうだわ、彼と一緒よ！　すぐに私たちは死ぬんだわ！

毒は強力でした。ルイスは、抱き合ったままの私を一緒に墓まで運んでゆく第一歩を踏み出しました。

「ごめんよ」私の頭を胸にしっかり抱いて、彼は言いました。「愛しているから、こうして連れていくんだよ」

「私も愛してるわ」と私は答えました。「だから一緒に死ぬのよ」

これ以上しゃべることができませんでした。それにしても、あの足音は？　あの廊下の話し声は？　瀕死の私たちを眺めにやって来たのだわ。ドアを激しく、乱暴に叩く音がする。

「つけたのね。二人を引き裂きに……」まだ私は呟いていました。「でも、私はあなたのものよ」

そう言い終わったとき、私はこのことばを心のなかで呟いていたことに気づきました。その瞬間に、私の意識はなくなったのです。

我に返ったとき、何かに摑まっていないと、どこまでも落ちていくような気がしました。身が軽く、とても気分がさわやかだったので、そっと目を開けるのさえ快いと感じることができました。私は先ほどの部屋にいて、奥の壁にもたれるように立っていました。ベッドのそばには絶望しきったママがいました。

それじゃあ、私は助けられたの？　あたりを見わたしました。ナイトテーブルのそばに、私と同じように立っているあの人、ルイスを見つけました。彼のほうでも私に気がつき、にっこり笑うと、こっちにやって来ました。ベッドの周りには大勢の人がいたのですが、私たちは互いのほうへまっすぐ歩くことができました。一言も口をききませんでした。目が再会の喜びをすべて表現していたからです。

彼は透けて見えました。どんなものの後ろにいても、彼の姿が見えました。それで、私も彼も死んでいることがわかりました。

助けられたのかもしれないと恐れたのですが、意識を失ったとき、二人とも死んでしまったのです。そう、私たちは意識以上のものを失ったのです、幸いにも……。そこのベッドでは、ママが半狂乱になって私を揺さぶり、ホテルのボーイが私の首から恋人の両腕を解いていました。

部屋の奥で、ルイスと私は手をつないだまま、この光景をすっかり見ていました。それは鮮明な、しかしどことなく冷たく、感情も何もない光景でした。三歩ほどのところに、家族の悲嘆に取り囲まれた、自殺した私たちが確かにいるのです。やはり周りにいたホテルの支配人も困惑していました。警官がうろうろしていました。でも、それがどうしたというのでしょう?

「僕の恋人よ!」と、ルイスが言いました。「僕たちはずいぶん安い値段でこの幸福を買ったんだね!」

「私」と答えました。「今までと同じように、これからもあなたを愛していくわ。もう私たち、離れないわね?」

「もちろんだよ!　もう試したじゃないか」

「毎晩、会いにきてくれる?」

こう言って約束を交わしているあいだ、ときどきママの悲鳴が耳に入ってきました。きっと悲痛な叫び声だったにちがいありません。でも、それはかさかさに乾いた悲鳴でした。まるでママから一メートルの範囲にしか聞こえないような悲鳴でした。

私たちは部屋の慌ただしい動きに再び目を向けました。とうとう私たちの遺体を運び出すのです。私たちが死んでから、ずいぶんと時間がたっているのでしょう。ルイスも私も関節が硬直し、指がつっぱっていました。

私たちの遺体……。なんということでしょう！　本当に私たちの命、私たちの愛が、今みんなが階段を降ろそうとしている、そして何もかも巻き込んで転げ落ちていきそうな、あの重い肉体のなかに、少しでもあったのでしょうか？

死んだ！　とんでもない！　命そのものよりも強く私たちのなかで生きていたものが、永遠の愛という希望を抱いて、生きつづけているというのに。以前は……戸口に出て彼と会うことすらかなわなかった。これからは日を決めていつでも、彼と話をすることができるでしょう。彼は恋人として家に来てくれるはずだから。

「いつから会いにきてくれる？」と尋ねました。

「明日から」彼は答えました。「今日はやめておこう」

「あら、どうして明日からなの？」私は気落ちして尋ねました。「今日でも同じことじゃない？今晩、来てちょうだい、ルイス！　二人っきりで広間にいたいの」

「僕だってそうさ。じゃあ、九時」

た。

「いいわ。それじゃあ、あとでね」

こうして私たちは別れました。私はゆっくり家に帰りました。しあわせで、初のデート――その夜もう一度繰り返される初のデート――から帰るときのように、気分がふわふわとしていました。

九時ちょうど、私は玄関に走っていき、この手でドアを開け、彼を迎え入れました。彼が訪ねてきて、この家のなかにいる!

「広間は人でいっぱいなの。でも、どうってこと……」

「もちろんさ……そこに君いるの?」

「ええ」

「顔、変わってる?」

「それほどじゃないわ。本当よ。……じゃあ、見にいきましょうよ」

私たちは広間に入りました。額が青白く、小鼻が膨れ、鼻の穴が黒くなってはいても、私の顔は、以前ルイスが何時間も街角に立って見たがっていた顔と、ほとんど同じでした。

「そっくりじゃないか」と、彼は言いました。

「本当?」私は満足して答えました。それからすぐに、私たちは周りのことなど忘れ、甘いことばをささやき合いました。

でも、ときどき話を中断し、人の出入りを珍しそうに眺めることもありました。

「ほら、ごらんなさい。どうしたのかしら?」私はルイスに教えました。

少し前から目まぐるしくなってきた人の動きは、新しい棺が運び込まれて、ますます激しくなりました。今まで見たこともない人たちがその棺に付き添っていました。

「あれは、僕だ」ルイスは少し驚いて言いました。「妹たちも来ている……」

「ほら、ルイス!」私は気がついて言いました。「私たちの遺体を一つの棺に納めているわ……。死んだときみたいに」

「いつもああでなければいけなかったみたいに」と、彼はつけ加えました。そして悲しみが深く刻まれた妹たちの顔をじっと見つめ、「かわいそうに……」と、いかにも優しい声で言いました。私はぴたりと彼に寄り添いました。私は、遅すぎるとはいえ血を吐く思いの、この償いの行為に胸を打たれました。いろいろ困難があったでしょうに、両親はそれを乗り越えて、私たちを一緒に埋葬しようとしているのですもの。

私たちを埋葬する?……おかしいわ! 身も心も清いまま、ホテルのベッドの上で自殺した恋人たちというのは、いつまでも生き続けるのですもの。すでに名もなく、苦しみのうちに命がこと切れてしまった、あの冷たくて固い肉体と私たちをつなぐものは何もありません。それでも、前世では私たちは愛されていたのだと思います。あの二つの遺体となった愛の亡霊から、思い出にあふれた視線を長いあいだそらすことができなかったのは、そのためでした。

「たぶん、あの二つも」と、恋人は言いました。「ずっと一緒なんだよ」

「でも、私はずっとあなたと一緒よ」私はうっとりと彼を見上げて呟きました。そうして再び、私たちは周りのことなど忘れてしまいました。

三か月のあいだ――と、声は続けた――私は幸福そのものでした。私の恋人は週に二度訪ねてきました。九時ちょうどに来るのです。一晩たりとも一秒も遅れることはありませんでした。一度たりとも私が彼を迎えに出ない日はありませんでした。でも、帰るときは、いつもそう几帳面ではありませんでした。十一時半、ときには十二時になることもありました。ルイスは私の手を放そうとしませんし、私も彼の視線から目をそらすことができませんでした。やっと彼が帰ってしまうと、私は幸福に身をゆだね、頰に手をあてたまま、部屋のなかを歩きまわりました。

日中はずっと彼のことを思って時間をつぶし、部屋から部屋へと、何の興味もわかないまま、家族の動きを追っていました。ときには食堂の入口で立ちどまり、ママがうち沈んでいるのを見ていることもありました。ママはときどき末の娘が座っていたところを見ては、急にむせび泣いたりしていました。

私は、先ほども言ったように、愛ゆえに、愛のために生きていました、生き続けていました。あの人、あの愛する人、あの人の存在、あの人の記憶を除けば、すべてが私にとって別の世界の出来事でした。それに、家族のすぐそばにいるのに、私とその家族の間には目に見えない透明な壁があって、二つを遠く隔てているのです。

私たちは夜になると出かけました。ルイスと私はいわば公認の恋人でした。二人が散歩しなかった道も、二人が甘いことばを交わさなかった夕暮れもありませんでした。月が出ていて陽気がよければ、郊外まで足を延ばすのが二人のお気に入りのコースでした。そのほうがもっと自由に、もっと純粋に、もっと深く愛を感じることができたからです。

そんなある晩、足の赴くままに歩いていると、墓地の見えるところに出ました。好奇心から、私たちだったものが地下に横たわっている場所を見てみようということになりました。広々とした墓地に入り、黒い土の一画で足を止めました。そこには新しい大理石の墓標が立っていました。私たちの名前と、その下には私たちの亡くなった日とが記されていました。たったそれだけでした。

「僕たちのためだとしたら、これ以上短くはできないね」ルイスはじっと見つめて、言いました。「それでもやはり」しばらく間をおいて言いました。「長ったらしい墓碑銘よりもこのほうが、多くの涙と苦しみとを内に秘めている」

彼がこう言うと、私たちは再び口をつぐみました。

もしかして、あの場所、あの時間に、私たちを見た人がいるとしたら、私たちのことを鬼火だと思ったかもしれません。でも、恋人のルイスも私も、鬼火とか罪の赦しを受けていないものというのは、この足元に埋葬された心中者の二つの影であることをよく知っていました。実体は、罪から清められた命は、私たち二人のなかで、一つの愛の二つの炎に純化し昇華したのです。

私たちはしあわせに浸り、思い出も捨てて、そこから立ち去りました。そして、雲ひとつない幸福感をその白い道で味わいました。

でも、その雲はやって来たのです。私たちは世間やいっさいの外部の知覚を捨て、再び会うために会うという目的だけが頭にありました。こうして私たちの愛は昇りつめていったのです。超自然的にとは言いませんが、かりに前世でそうなっていれば、私たちの婚約がこの身を焦がすにちがいない情熱に包まれて、昇りつめていったのです。二人が一緒にいるときは、二人ともとても甘いメランコリーを感じるようになっていました。別れているときは、とても物悲しい思いにふけるようになっていました。言うのを忘れていましたが、そのころ、私の恋人は毎晩訪ねてくるようになっていました。でも、私たちの愛のことばは、自分たちが感じていることを表現するには、もう力が無くなってしまったみたいでした。一緒にいるあいだは、ほとんどしゃべることがありません。彼が帰っていくのがだんだんと遅くなり、家族はみんなもう寝しずまっています。それにつれて、別れを告げる折もその時間がだんだんと短くなっていきました。

私たちは出かけても一言も口をきかず、押し黙ったまま帰ってきました。というのも、彼が私にしゃべれることは、彼の考えを表したものではないということが、私にはよくわかっていましたし、彼のほうでも、私が彼を見ないためには、どんな答えでもするだろうということがわかっていたからです。

私たちの不安が苦悩にまで高まったある晩、ルイスはいつもより遅く、私にさよならを言いました。彼が両手を伸ばし、私が氷のように冷たい手を差し出したとき、私は彼の目のなかに、いま私たちのあいだで起こっていることを、耐え難いほどはっきりと読み取りました。私は死そのもののように真っ青になりました。彼が私の手をなかなか放さないので驚いて、「ルイス！」と小声で言いました。肉体を失った私の命は、前世にいたときのように、必死になって摑まるところを捜しているという気がしたのです。彼は二人の恐ろしい状況に気がつきました。今になって初めてわかったのですが、思い切ったように私の手を放すと、彼の目はいつもと変わらない澄んだ優しさであふれました。

「それじゃあ、また明日……」彼は微笑みながら言いました。

「それじゃあ、また明日……」こう言ったとき、私の顔はいっそう青ざめていました。というのも、そのとき、もうこのことばを二度と口に出すことはないだろうとわかったからです。

ルイスは次の晩、またやって来ました。私たちは、かつてなかったほど、そしてその後いく夜もそうしたように、長いあいだ話をしました。でも、すべて無駄でした。もはや二人はお互いの顔を見つめることができなかったのです。私たちはそそくさと別れました。手も握らず、一メートルも離れたままで。

ああ、むしろ……。

最後の晩、私の恋人はいきなり横になり、私の膝に頭をのせました。

「僕のいとしい人……」彼はささやきました。

「黙って！」

「僕の恋人……」彼はまた言いました。

「ルイス！　言わないで！」私は怖くなって叫びました。「もう一度言ったら……」

彼は頭をあげました。私たちの亡霊の目は——はっきりこう言うのが恐ろしい！——ここ数日来、初めてお互い見つめ合ったのです。

「どうなるんだい？」ルイスは尋ねました。「僕がもう一度言ったら」

「あなたが一番よくわかってるくせに」

「言ってごらん！」

「知ってるくせに！　私、死ぬのよ！……」

十五秒ほど、私たちの視線はじっと絡まったまま動きませんでした。そのとき、運命の糸を伝っていくように、私たちの視線を数々の愛の物語が伝っていきました。それは、未完で終わる物語、再び燃え上がる物語、破滅の物語、息を吹き返す物語、破局の物語、最後の不可能という恐怖に埋もれてしまう愛の物語でした。

「私、死ぬのよ……」彼の視線に応えるように、私はもう一度呟きました。彼もその意味がわかったのでしょう。また私の膝に顔を伏せ、だいぶたってから、声に出して言ったのです。

「僕たちのすべきことは、一つしかない……」

「私もそのことを考えていたわ」私は答えました。

「僕の言うこと、わかる？」ルイスは繰り返しました。

「ええ、わかってるわ」彼の頭を手でのけ、起き上がりました。それから、再び目を合わすことなく、墓地に向かいました。

ああ！　くちづけができる唇を自殺で燃やしてしまったとき、人は愛をもてあそんだり、恋人を気取ったりしないものです！　二つのなきがらに私たちのまねごと、いかさまの釈明を棺の奥から求められているとき、涙あふれる情熱とか、命とかをもてあそぶわけにいきません！　愛！　死の喜びゆえに一杯の青酸と引き換えたなら、もう口にすることもないことば。理想の実体、幸福の感覚！　唇の下でえられ、両腕で抱き締められるものが愛の亡霊でしかないとき、初めて思い出すことも泣くこともできるのです。

そのくちづけは命賭けのもので――と、声は締めくくった――私たちはそのことを知っていたのです。愛のために一度死ぬと、もう一度死なねばなりません。先ほど、ルイスに引き寄せられたとき、私は彼のくちづけを受けたいと心から願いました。いずれにせよすぐに、彼は私にくちづけすることになるでしょう。私たちのあいだの崇高な、もはや耐えがたい虚構の霧であったものが下へおりて、私たちの遺体との実体的な、きっと確実な接触と同時に、消えていくでしょう。彼方で私たちを待ち受けているものが何なのか、私にはわかりません。でもある日、私たちの愛がこの毒をあおった体から抜け出し、三か月間、甘やかな幻覚のなかに生きることができたのですから、あの愛の根本と真髄を収めた骨壺ともいうべき遺体は、たぶん、この世のさまざまな出来事によく耐えて、私たちを待っていてくれるでしょう。

墓標の上に立ち、ルイスと私は、何のわだかまりもなく、長いあいだ見つめ合いました。彼の腕が私の腰を抱き、彼の唇が私の唇を求めました。そして私は、彼に許したくちづけのあまりの激しさに気を失って……。

（田尻陽一＝訳）

円環の廃墟

ボルヘス

◆ホルヘ・ルイス・ボルヘス

Jorge Luis Borges 1899〜1986

今世紀のアルゼンチンが生んだ最も偉大な作家の一人。前衛的なウルトライスモの詩人として出発し、『ブエノスアイレスの熱狂』に始まって『共謀者たち』で終わる多くの詩集がある。伝説的な博識に裏打ちされたエッセー集『永遠の歴史』や『続審問』も知られているが、形而上学的な幻想性にみちた『不死の人』、『砂の本』などの作品集でより有名である。宇宙を律する円環的時間、世界の迷宮的構造、反復される祖型的な生、作品の伝統性、作者の匿名性のようなテーマを展開した作品からなり、『伝奇集』(一九四四)がその代表的なもの。夢みる者=創造者もまた夢みられる者=被造物だという「円環の廃墟」はそこから採った。

そして彼がきみを夢みることをやめたならば……。
『鏡をとおって』Ⅳ

闇夜に上陸した彼を見た者はなく、聖なる泥に沈んだ竹のカヌーを見た者もなかった。しかしそれから数日後には、この寡黙な男が南方からやって来たこと、その郷里は上流の山の険しい中腹にあること、そこではゼンド語もいまだにギリシア語に汚されていないこと、レプラもまれであること、など知らぬ者は一人もいなかった。いずれにせよ、灰色の髪をした男は泥に唇をふれ、皮膚を傷つけるミズガヤを払いもせず（おそらく、何も感じなかったのだ）、土手を這いあがった。彼は目まいに襲われ、血にまみれた体を引きずって、かつては炎の色をしていたが、いまでは灰の色をした虎か馬の石像が建っている、円形の場所にたどり着いた。そこは神殿だったが、昔の火事で焼けくずれ、瘴気《しょうき》の立ちのぼる密林に侵されて、その神ももはや人間から崇められることはなくなっていた。よそ者は台座の下に横になった。高くのぼった太陽で目が覚めたが、傷がすっかり癒えているのを知っても驚かなかった。青い目を閉じて、体の疲れからではなく、意志の決断にしたがって眠った。彼は、この神殿こそ彼の確固たる目的が必要としている場所であることを、よく心得ていた。また、とぎれることのない密林が川下のべつの神殿の廃墟の息の根を止めるにいたっていないことを、よく知っていた。目的にかなうその神殿の神々もおなじように火に焼かれ、死に絶えていた。いまただちになすべきことは眠ることだと、彼は知っていた。真夜中近く、いかにも悲しげな鳥の叫びで夢を破られた。はだしの足跡、イチジクの実、水壺などが彼に、この土地の人間たちがその眠りをこわごわうかがっていたこと、また、彼らがその庇護を求めるか、魔法を恐れるかしていることを教えた。恐怖に全身が冷たくなるのを感じながら、彼はくずれた壁の墓穴を探し、初めて見る木の葉で体をおおった。

彼をここへ引きずってきた目的は、たしかに超自然的ではあったが、不可能なものではなかった。彼の望みは、一人の人間を夢みることだった。つまり、細部まで完全なかたちでそれを夢みて、現実へと押しやることだった。彼の心は、この神秘的な計画ですっかり占められていた。かりにその名前を尋ねたり、以前の生活について訊いたりする者がいても、答えられなかったにちがいない。くずれた無人の神殿は彼にとって好都合だった。それは目で見ることのできる最小の世界であったからだ。農夫たちが近くにいることもおなじだった。この者たちが彼のつましい欲求をみたす面倒を引き受けてくれたからである。彼らが運んでくる米と果物は、眠りと夢という、ただひとつの仕事にかまけている肉体には充分な糧となった。

最初、夢は混沌としていたが、まもなく、いわば弁証法的なものとなった。よそ者は、焼け落ちた神殿にどことなくにた、円形の階段教室の中央にいる自分を夢にみた。黙りこくった大勢の学生が階段席を埋めていた。後方の学生たちの顔は数世紀のかなたの星の高みに浮かんでいたが、しかし、じつにはっきりしていた。男は学生たちに解剖学や宇宙形状学、魔法などを講義していた。多くの顔が熱心に聞き、理解しようと努めていた。自分らの一人を虚しい幻影という条件から救いあげて現実の世界に置こうとする、その試みの重要性を察しているかのようだった。男は寝ても覚めても、幻たちの答えについて考え、いかさまな者にあざむかれることなく、ある困惑のなかでしだいに芽生えていく知性を見抜いた。男はこの世界に参入する価値のある魂を求めていた。

九日目か十日目の夜を迎えたとき、彼はある苦い思いとともに、その学理を消極的な態度で受け入れている学生たちはだめで、期待できるのはむしろ、時たま思い切って筋のとおった反論をぶつけてくる連中であることを悟った。愛と好意に値するとしても、前者は個性的な存在たりえず、後者はそうなるのに、少々時間がかかりそうだった。ある午後（いまでは午後も夢にささげられていた。いまでは彼は夜明けに二時間ほど眠るだけである）、彼は大勢の幻の学生たちをきっぱり見かぎって、ただ一人の学生を残した。それは口数が少なく、時には土気色に見えるほど顔色が悪く、自分を夢みている者にそっくりな、鋭い目鼻立ちの少年だった。不意に仲間が消えたことにたいする当惑も長くは続かなかった。数回の個人指導を行なったあとの少年の進歩は、教師の男を驚かせた。ところが、唐突に破局が訪れた。男はある日、まるで粘着性のある砂漠から脱け出るように眠りから覚めた。初めは夜明けと間違えた夕暮れの淡い空を見て、夢みているのではないことを悟った。その晩と次の日、耐えがたいほど頭の冴えた不眠が男を襲った。密林を歩きまわって、体を疲れさせようとしたが、ツガの木の茂みで、ぼんやりした役に立たない幻がちらちらする、きれぎれの浅い眠りしかえられなかった。男は学生たちを呼び集めようとしたが、短い号令を口から発したとたんに、学生たちの列はくずれて掻き消えた。永遠に続くかと思われる不眠のなかで、怒りの涙が男の年老いた両眼を焼いた。

男は、夢を構成するものだが脈絡がなく、すばやく過ぎていくだけの素材を鋳型に入れるのは、人間のなしうるもっとも困難な仕事であることを悟った。次元の高いものや低いものをふくめて、あらゆる謎を解いたとしてもである。それは、砂で縄をなったり、表のない貨幣を風で鋳造したりすることよりも、はるかに困難な仕事だった。男は最初の失敗はやむをえないと考えた。当初から彼を翻弄した巨大な幻のことは忘れようと心に誓い、新しい方法を求めた。そしてそれを実行する前に、錯乱状態によって消耗した体力の回復にひと月をついやした。夢をみようという考えをきっぱり捨てたが、とたんに、ほとんどひと月を眠ることができた。その間、まれに夢をみることがあったけれども、ほとんど注意を払わなかった。ふたたび仕事にかかるために、男は月が完全に円くなるのを待った。夕方、彼は川の水でその体を清めた。星の神々を拝んだ。大いなる御名《みな》の綴りを正しくとなえ、眠った。ほとんど同時に、鼓動する心臓が夢に現われた。

夢のなかの心臓は温かく、秘めやかで、まだ顔も性もはっきりしない影めいた人体の、握りこぶしほどの大きさとザクロ色をしていた。月の明るい十四夜のあいだ、彼はこまやかな愛情をこめてそれを夢みた。ひと晩ごとに、はっきり見えるようになった。男は手をふれなかった。ただ見守り、観察するにとどめた。視線によってそれを修正することはあったかもしれないが。男はさまざまな距離と角度からそれを感じ、それを生きた。十四日目の夜、男は人差し指でまず肺動脈に、そのあと、外と内から心臓全体にふれた。検査は男を満足させた。彼はわざとひと晩、夢をみなかった。それからふたたび心臓を取りあげて、ある星の名前をとなえ、主要な器官のべつのひとつを夢みる仕事にかかった。一年たたないうちに頭蓋と瞼にまで漕ぎつけた。無数の頭髪がもっとも困難な仕事だと思われた。男は完全な人間を、一人の若者を夢みたが、しかしこの若者は立ちあがろうとしなかった。口がきけず、目を開けることも知らなかった。来る夜も来る夜も、男は眠っている若者を夢みた。

グノーシス派の宇宙生成説によれば、造物主は、ついにその脚で立つことのできない、赤いアダムをこね上げる。魔術師の夜が造りあげた夢のアダムも、あの土のアダムとおなじように無器用で、粗末で、幼稚であった。ある日の午後、男は自分の作品をこわしかけて、やっと思いとどまった（いっそ、こわしてしまったほうが良かったかもしれない）。大地と川の神々に祈ることに疲れた男は、虎とも若駒ともつかない像の足下に身を投げだして、やみくもに助けを求めた。その日の夕方、男はその像を夢みた。夢のなかのそれは生きており、慄えていた。それは虎と馬のおぞましい雑種ではなく、同時にそれら二種類の荒々しい生物であり、さらに闘牛、薔薇《ばら》、嵐などでもあった。この多岐多様な神は男に、その地上における名前が「火」であること、この円形の神殿で（また他の類似の場所で）彼のために犠牲がささげられ、礼拝が行なわれたこと、魔術によって夢の幻に魂をさずけ、「火」そのものと夢みた者をのぞいてあらゆる者に、これが血肉のそなわった人間と思わせるつもりであること、などを打ち明けた。神は、儀式を教え終わったら、ピラミッドの残っている下流のくずれた神殿にこの人間を送り、その無人の建物のなかで、ある声による祝福を受けさせるようにと男に命じた。夢みていた男の夢のなかで、夢みられた人間が目覚めた。

魔術師はこの命令を遂行した。世界と火の礼拝の秘儀を教えるのにある期間（これは結局、二年に及んだ）をついやした。夢の申し子と別れるのはつらかった。教育の必要を口実に、夢にささげる時間を日ごと長くした。欠陥のあるらしい右肩を造りなおすこともした。ときおり男は、いっさいが以前にあったことであるような感じに悩まされた……。男の日々はおおむね幸せだった。彼は目をつむるとき考えた。「これからは息子といっしょなのだ」。まれではあったが、こう思ったりもした。「わしが産んだ息子が待っている。わしが行かなければ、彼は存在しない」

男は徐々に我が子を現実に馴れさせていった。一度、遠い山に旗を立てるように命令した。次の日、山に旗がはためいていた。男はこれににたような、だがしだいに大胆なものになる実験をくり返した。息子にはもう生まれる用意ができている――おそらく、それでいらだっている――ことを知って、男はつらい思いを味わった。その夜、男は我が子に初めて接吻を与え、わけ入りがたい密林と湿地が数マイルも続いた下流に、白っぽい廃墟が残されているべつの神殿へ送りだした。それに先だって（己れが幻であることを決して悟られないように、また、己れが他の人間とおなじ存在であると信じこむように）、修業時代の歳月をすべて忘れさせた。

男の成功と平安は、倦怠によってかげらされた。夕方と早朝の淡い闇のなかで、よく石像の前にひれ伏していた。実在のものでない子が下流のもうひとつの円環の廃墟でおなじ儀式をとり行なっているのを、おそらく想像していたのだ。夜も夢はみなかった。あるいは、他の人間たちとおなじような夢をみた。この世の物音と形の知覚にある衰えが生じた。不在の我が子が彼の魂のこの衰弱から力をえているのだった。男の人生の目的はかなえられた。彼は一種の恍惚状態に陥った。彼の物語のある語り手たちが一年を、べつの語り手たちが五年を単位にかぞえる時間がすぎ去ったある日の真夜中、男は二人の舟子によって起こされた。顔は見えなかったが二人は、火の上を渡っても火傷しない不思議な人間が北の神殿にいる、と語った。魔術師は急に、神のことばを思いだした。地球を形づくっているあらゆる生きもののなかで火だけが、彼の子供が幻であることを知っている事実を思いだした。最初は気をしずめてくれたこの記憶が、やがて彼を苦しめはじめた。彼の子供がその並々ならぬ特権について考え、単なる幻であるという己れのありように気づくのではないか、と恐れたのである。人間ではなく、べつの人間の夢であること。これにくらべられる屈辱、困惑があるだろうか！　ある惑乱あるいは幸福感にすぎないもののなかで自分がもうけた（もうけさせた）子供を、世の父親はすべて心にかける。魔術師が千と一夜のあいだ、内臓のひとつひとつ、顔の造作のひとつひとつを考えて産んだ、あの息子の将来を気づかうのは当然である。

男の瞑想は不意にとぎれたが、ある徴候は早くからそのことを教えていた。まず（長い旱魃《かんばつ》のそのあとで）、小鳥のように軽やかな雲が遠い丘に現われた。ついで、南方の空が豹の歯茎めいた色を帯びた。それから、夜の鋼《はがね》を錆びさせる煙が上がった。そして怯えた動物たちが走った。何世紀も前に起こったことがくり返されたのである。火の神の聖域の廃墟は火によって破壊された。小鳥たちも姿を見せない夜明け、魔術師は、同心円を描く火が壁を取り囲むのを見た。一瞬、水中に逃れようと思ったが、しかしすぐに、その老いを飾り、労苦から解き放つために、死が訪れようとしていることを悟った。彼ははためく炎に向かって進んだ。炎はその肉を嚙むどころか、それを愛撫し、熱も燃焼も生ずることなく彼をつつんだ。安らぎと、屈辱と、恐怖とを感じながら彼は、己れもまた幻にすぎないと、他者がそれを夢みているのだと悟った。

（鼓　直＝訳）

リダ・サルの鏡

アストゥリアス

◆ミゲル・アンヘル・アストゥリアス

Miguel Angel Asturias 1899〜1974

グアテマラの作家。一九六七年にノーベル賞を受けた。悪辣な独裁者の行状を描いた『大統領閣下』や、バナナ三部作と呼ばれる『強風』、『緑の法王』、『死者たちの目』のような長編によって知られている。二〇年代から三〇年代にかけてパリに滞在し、キチェ族の神話『ポポル・ヴフ』の研究・翻訳に従事したことがあった。その貴重な体験に由来するが、インディオの伝統的な文化に対する深い関心と知識の持ち主で、それらは、彼らの神話に材を求めた長編『とうもろこしの人間たち』や『グアテマラ伝説集』などに見事に結実している。『リダ・サルの鏡』(一九六七)の表題作も、同じ系列に属する魔術的リアリズムふうの幻想性ゆたかな作品である。

1

冬が終わりに近づくと、川音が消えていく。流れのなだらかさに代わって訪れるのは、干からびた静寂、渇きの静寂、砂洲の間で身動きのとれなくなった水の板の静寂、熱せられた夏の暑さと焼けついた風に木の葉の汗を流す樹々の静寂、裸の農夫たちが夢も見ずにうつらうつらしている畑の静寂。蝿さえいない。蒸し暑さ。とろけ出した太陽とレンガを焼く炉のような大地。痩せこけた家畜は、アボカドの木陰を求めて尻尾で熱気を追いはらう。乾いてまばらな草むらでは、渇いた兎や耳の聞こえない蛇が水を求め、鳥も空に舞い上がろうとしない。

もちろん、こんなに平べったい土地を見渡せば、目の疲れはしかたない。四方は遠く地平線まで見渡せる。よくよく目を凝らしてやっと、あちこちにかたまって生えている数本の木や鋤返した畑が見える。同じところを何度も何度も歩いたためにできた道が見える。その道は、火や、女や、子供や、口卑しい雌鶏のように生が日々の悦びをついばんでいる裏庭などで満ち足りた農場へと続いている。

そんな絶望的な暑さがあぶり立てる時刻、ペトロニラ・アンヘラは家へ帰ってきた。彼女のことはペトロニラ・アンヘラと呼ぶ人もいるし、ペトランヘラと呼ぶ人もいる。フェリーペ・アルビスレスの女房で一児の母、さらに数か月の身重だ。ペトロニラ・アンヘラは、身重の体であれこれ用事をするな、と亭主に小言を言われないよう、何もしないふりをしているが、何もしないようでいて、家の中はいつもきちんと整頓させていた。ベッドには清潔な寝具を用意し、部屋も中庭も廊下もきちんと掃除していた。台所に目を配り、縫物やかまどの仕事に手を出し、どこへでも足を延ばす。鶏小屋、とうもろこしやカカオを挽く粉挽き部屋、古物をしまう物置、野菜畑やアイロン部屋、食料置き場など、どこへでも。

亭主は、ペトランヘラが仕事に精を出しているのを見ると叱りつける。じっと坐っているか、気ままに横になっていてもらいたいようだが、それはかえってよくない。生まれてくる子が怠け者になる。亭主のフェリーペ・アルビスレスはいわば内のゆったりした人である。だから動作もゆったり、外もまた、いつもゆったりしたズックの服で包んでいる。計算はほんの少し、とうもろこしを使えば足し算もできた。読み書きはほとんど駄目だが、字が読めなくても不自由のないことは、一生何も読まない人間がみんなよく知っていることだ。内のゆったりした人、とはペトランヘラが言っていることで、それは、亭主が一言しゃべるにも難渋するからだった。一つの言葉をあるところから、次の一つはもっと遠いところから取り出してくる、といった具合なのだ。内にも外にも、フェリーペ旦那にはのびのびと動き回れる広さがあって、何事も急がず、とっくりと、十二分に思案できるというわけだった。いざという時が来ても――神のお護りがありますように――よほど死神がしっかり追いつめなきゃ、とてもさらっては行けないね、とペトランヘラはつねづね言っていた。

家中に太陽の力がまんべんなく行き渡っている。昼食の時刻であることを知っている腹をすかせた太陽。しかし粘土の瓦でふいた屋根の下は涼しくさえ感じられる。いつもと違って、長男のフェリピトが父親より先に着き、横木を渡した入口の戸を馬で飛び越え――二本だけだったが、一番高い、一番危い横木だった――驚きあわてる鶏や吠え立てる犬、舞い上がる鳩などの間を稲妻のような速さで駆け抜けたあと、蹄鉄が中庭の石に当たって火花のとび散る中で馬を止め、大きな声を立てて笑った。

「ちっともおかしかないよ、フェリピト。おまえだと思ったんだ！」

母親はそんな派手なやり方が好きでなかった。馬は目を光らせ、口には泡を溜めている。フェリピトはもう馬から降りていて、母親の機嫌を直そうと抱きしめる。

ほどなく、おとなしいので〈サマリア人〉と呼ばれている黒いラバに乗った父親が帰ってくる。ラバから降り、フェリピトが馬で飛び越えた横木を根気よく外し、また横木を掛け直した。下馬台の前の石畳を通るとき、〈サマリア人〉の蹄がコツコツと鳴っただけで、ほとんど音も立てずに入ってきた。

昼食はたがいに相手を見ないような顔でじつは見ながら、黙って食べた。フェリーペ旦那は女房を見、女房は息子を見、息子は両親がトルティヤを貪り、鶏のももを尖った歯で裂き、赤くておいしいユカ芋をつぶした塊が喉を通るように、ごくごくと水を飲むのを見ていた。

「ごちそうさまでした、おやじさま……」

いつものように、みんなは黙っていた。そして、亭主がいつ皿の料理を食べ終わるか、次の料理を出すようにいつ女中に言いつけたらよいかと、ペトランヘラがその顔と手の動きに気を配るうちに、昼食は終わった。

フェリピトは父親にごちそうさまを言ったあと、胸で手を組み合わせて母親に近づき、頭を下げて繰り返した。

「ごちそうさまでした、おふくろさま」

こうしてすべてが終わり、フェリーペ旦那はハンモックに、その女房は揺り椅子に落ち着き、フェリピトはベンチに馬乗りに腰を掛けた。それぞれ、思い思いのことを考える。フェリーペ旦那はタバコを吸う。フェリピトは父親の目の前でタバコを吸う気になれず、煙の行方を目で追い、ペトランヘラは小さな足の片方で勢いをつけながら椅子を揺すっている。

2

轆轤《ろくろ》作りの独楽《こま》より見事に彫り上げられた体をしている混血娘《ムラータ》のリダ・サルは、仕事も上の空で、目の悪いベニート・ホホンとカルメンの聖母の祭りの世話役であるファルテリオという男のおしゃべりに耳を澄ませていた。目の悪い男とファルテリオとは食事を済まし、腰を上げるところだった。それで、リダ・サルのところからも話がよく聞こえたのである。汚れた食器や料理道具の洗い場は、食堂の通りに面した出入口のすぐ傍にあった。

「聖母さまの供回りの装束にはな」

目の悪い男はしわだらけの顔から、邪魔な蜘蛛の糸を取り除こうとするような動作をしながら、言った。

「魔力があるんじゃよ。それに、おまえの言うことだが、娘っ子の候補がいないことはなかろう。特に男衆がひどくつれないこの頃だし。なおさらじゃないか、ファルテリオ。婚礼は少なく、洗礼は多い、これじゃあよくない。子持ちの独身男ばかり、こぶ付きの独り者ばかりじゃ……」

「おまえのねらいは何だね？　正面切って尋ねるのは、おまえがこの件について本当のねらいを言えば、わしもあとで、聖母さまの檀家の連中に相談できよう。もう祭りが迫っているし、もし供回りの衣裳を引き受ける女子衆《おなごしゅ》がいなければ、去年のように呪《まじな》い師なしでやらねばなるまい……」

「語るは易く、行なうは難しじゃ、ファルテリオ。わしにお慈悲で供回りの衣裳を手配させてくれるなら、候補を見つけられるかもしれん。嫁入りどきの娘っ子は大勢いるからな、ファルテリオ。いい年かっこうの娘っ子が」

「そりゃ難しい、ベニート、難しいな。昔の人間が信じていたことだし、今じゃみんな、物事をよく知っていて、そんなざれごとを信じる者はいない。そりゃ、わしにしろ、守護聖母さまの祭りの他の世話役みんなにしろ、お金に不自由し、目が悪くて働くこともできぬおまえに、供回りの衣裳をまかせるのに異存はないと思うが」

「よし、わしは衣裳をふり分ける手配をすることにしよう。これで昔からのしきたりも消えずに済む」

「それじゃ、わしはこれで失礼するが、今の話は決まったものと思ってくれ」

「しかとうけたまわった、ファルテリオ、しかとな。ではわしは、神のお助けを借りて、あちこち探してみるとしよう」

リダ・サルの冷たい石けんだらけの手が、洗っていた皿を離れて、目の悪い男の腕に止まった。その腕は、あまりつぎはぎしたために全体がぼろの塊のようになった上着の袖に包まれていた。ベニート・ホホンはそのよく馴染んだはずの感触が少々気になり、足を止めた。住処にしている広場のほうへ歩いて帰るところだった。そして、わしを引き止めるのは誰じゃ、と訊いた。

「あたし、リダ・サルよ。この食堂で皿洗いをしている娘よ」

「ほう、それで何の用かな……」

「あたし、新しいお呪いを教えてもらいたいの……」

「ほほう、それじゃおまえは、古いお呪いもあると信じているわけだ……」

「そう、そのとおり。だから新しいお呪いが欲しいのよ。あたしだけに作ってもらいたいの。これまで他の娘に教えたり、考えもしなかったお呪いを欲しいの。新しいもの、どう言えばいいかしら、ともかく新しいものよ……」

「さぁて、わしにできるかな……」

「あのことなの、わかるでしょ……」

「いや、さっぱりわからんが……」

「どう言えばいいのかしら。あたし、ちょっぴり惚れた男がいるんだけど、その人ったら、あたしのことを振り向いてもくれなくて……」

「独り者かね？」

「ええ、独り者で、いい男で、お金持ちで……」リダ・サルは溜息をついた。「でも、あたしのことなんか。皿洗いですもの、目に止めもしないわ。あの人は大家……」

「それで十分だ。おまえの願いはわかった。だが、聞けばあんたは皿洗いだというじゃないか。あんたに供回りの装束分のほどこしができるとは思えんが。とても高くて……」

「心配しないで。あたしにもいくらか用意があるわ、ほどこしがそれほど高くなければだけど。あたしが知りたいのは、あんたが、その不思議な装束の一つをあたしに渡すと約束してくれるかどうかなの。そしてあの薄情者のところへ行って、聖母さまの祭日に、その衣裳を着るようにしてくれるかどうかなの。あの人があたしの誂える衣裳を着て供回りになる。そこが肝心なのよ。他のことはお呪いがやってくれるわ」

「しかしな、わしは目が悪い上に、おまえが心に決めた、惚れた男の居所も知らん。これじゃあ二重に目が見えぬというわけで……」

リダ・サルは、毛の生えた、垢だらけの耳に顔を寄せて言った。

「アルビスレスのところの……」

「そうか、そうか……」

「フェリピト・アルビスレス……」

「よくわかった。とくと見えた……玉の輿に乗りたいという……」

「ちがうわ、そんなんじゃない！　あたしの思いが欲得ずくに見えるのなら、それはあんたが、何事もはっきりと見ることができないからだわ」

「欲得ずくでないとすると、体が欲しがってるという……」

「いやらしいこと言わないで。心が欲しがってるのよ。体が欲しがってるのなら、あの人を見て汗をかくはずよ。でも、あの人を見ても汗をかかないの。それどころか、何だか自分が自分でないみたいになって、溜息が出るのよ」

「それはいい。年はいくつじゃ？」

「誕生日が来れば十九になるわ。でも、たぶん二十歳《はたち》かもしれない。いやだ、手を放してよ……目が悪いくせに、ここの、大きさをさぐるなんて！」

「確かめてるんじゃ。おまえの体がどんな具合か、確かめて……」

「アルビスレスのところへ行ってくれる？　それが知りたいわ！」

「早速、今日にも。これは何じゃ、わしの指にはめた物は？　指輪かな？」

「金の指輪よ、重さだけの値打ちがあるわ」

「そりゃあ結構、そりゃあ……」

「供回りの衣裳のほどこしに払うお金の一部、ということにして」

「おまえはしっかり者じゃな。だが、名前も知らずにアルビスレスのところへ行くわけには……」

「リダ・サル……」

「きれいな名だが、キリスト教徒の名じゃない。おまえの望みどおり、わしは出かける。二人でお呪いを試してみよう。この時刻には、フェリーペ旦那の持ち車が市場で薪の積み下ろしをやっている。これまでにも何度かそういうことがあったが、その一台に乗せてもらって、あちらの家に行き、フェリピトに会うとしよう」

3

目の悪い男はペトロニラ・アンヘラの手に接吻しようとしたが、彼女が素速く手を引っ込めたので、チュッという音が空を切った。彼女はやたら接吻されるのが好きでなく、だから犬も嫌いだった。

「口は食べたり、話したり、お祈りしたりするためのものよ。やたらに人に喰いつくためにあるわけじゃないわ、ホホン。男衆に用かい？　ハンモックのほうだよ。手を出しなさい。転ばないように、連れてくから。こんなに突然、いったいまたどういうわけ？　幸い、荷車はいつでも使えるようだし、この家を我が家と思って、ゆっくりしてもらっていいけど」

「ありがとう、おかみさん。前もって知らせずにお邪魔したのは、もう時が迫っているからで。聖母さまの祭りの準備をととのえるには、時の先を越さねばならんからで」

「そういえばそうだ。もうすぐお祭りだね。本当に早いこと、一年経ったようでもないのに」

「今年は去年よりずっと準備もよくできていて、おかみさんも見れば……」

日が落ちていく間、フェリーペ旦那はハンモックの一つに、フェリピトは別の一つに横になって揺れていた。フェリーペ旦那はいちじくの匂いのするタバコをくゆらせ、フェリピトは礼儀を守って自分は吸わず、香りのいい煙の雲が暖かい空気の中に形づくられ、やがて崩れていくのを見つめていた。

ペトランヘラはホホンの手を引いて男たちのところへ連れてゆき、ハンモックの近くまで来て、お客さまだよ、と告げた。

「お客さまだなんてとんでもない。お邪魔さまだな……」目の悪い男は言い直した。

「友だちが邪魔だなんて、そんなことはない」

フェリーペ旦那は相手の言葉をさえぎり、短い脚の片方をハンモックから出して起き上がった。

「荷車に乗って来たのかい、ホホン？」フェリピトが訊いた。

「そうだよ、若旦那、そのとおり。それでここまで来れたが、帰りはどうしたものか」

「俺が馬で送る、心配ない……」フェリピトが答えた。

「泊ってくれてもいいんだし……」

「いやいや、おかみさん、わしも物なら泊りもしようが、口があるのでな。知ってのとおり、口のあるものは迷惑なもんで！」

フェリーペ旦那はその間に、闇のように黒い男の手をとり、フェリピトが運んできた椅子に坐らせた。

「口に葉巻を挿すぞ」フェリーペ旦那が言った。

「ことわりを言わんでも、旦那。喜ばせてもらうのに、ことわりは無用だと……」

そして肺いっぱいに葉巻を吸い込みながら、ホホンは続けた。

「わしはお客さまではなく、お邪魔さまだと先ほども言ったが、本当にそうじゃ。いや、本当にお邪魔さまじゃ。今年、フェリピトに供回りの王子になってもらえるかどうか、それを伺う役目で来たわけで」

「そりゃあ、あいつ次第だな」フェリーペ・アルビスレス旦那はそう言って、ペトランヘラに近くに来るようにと合図した。ペトランヘラが近寄ると、片腕に余るその腰を抱きながら、二人で話に耳を傾けた。

「そりゃ、何か仕掛けがありそうだな……」フェリピトがぱっと唾を吐いて言った。唾は床の上で光っていた。神経質になるたびにこんなふうに唾を吐くのだ。

「今すぐというわけじゃあない」ホホンは付け加えた。「よく考えた上でゆっくり決心するだけの時間はある。まあ早ければ、それに越したことはないが。なにせ、祭りはすぐそこまで来ている。それに若旦那、衣裳は着てみて、体に合わせなきゃならんし、供回りの王子の袖章も縫い付けなければならん」

「そんなに考えることはないよ」てきぱきしたペトランヘラが断を下した。「フェリピトはカルメンの聖母さまにお捧げした体だし、聖母さまの大祭に参加するくらい立派な信心はないじゃないか」

「そりゃそうだけど……」フェリピトが言う。

「それじゃ、これ以上、考えたり話したりすることもなかろう」父親が言葉を探しさがし話をまとめた。そして、いつものように、どう言ったらいいのか適当な言葉が見つからないまま、

「これで無駄足にならずに済んだじゃないか、ベニート・ホホン。それから、フェリピト、さっき言ったようにこれから馬で送っていけば、村で自分に合いそうな衣裳を着てみて、手直しがいるかどうか確かめられるだろう」

「まずは王子の袖章だけでもな。衣裳はあとで届けて、着てみてもらうことになる。まだわしももらってないんじゃ」ホホンが言う。

「じゃあ、そういうことで」とフェリピトは承諾し、「早速、おとなしいラバがいるかどうか見て来る。夜にならないうちに……」

「ちょっとお待ち。でしゃばりだね、おまえは」母親が息子を押し止める。「ホホンには、おいしいココアを一杯飲んでもらわなきゃ……」

「なるほど、わかった。でも、ホホンがココアを飲んでいる間に、俺はおとなしいラバを探して

鞍をつけるよ、遅くなるから」そして中庭のほうへ出てゆきながら、「遅いと暗くなるから。もっともホホンには、夜出かけるのも昼出かけるのも同じだろうけど」フェリピトは独り言のように言った。

4

食堂は活気がなく、静かだった。夜になれば人気も少ない。出入りがあるのは昼時だけである。だから、フェリピト・アルビスレスにしっかり腕を取られたホホンが、食堂に入ってテーブルの一つに坐るにも、また、二つの黒い瞳が希望に満ちた眼差しをフェリピトに注ぐにも、十分な時間と空間があった。

「何にしますか？」リダ・サルは注文を取りに近づき、歳月と雨露にすり減った古いテーブルをふきんでふいた。

「ビールを二杯」フェリピトが答える。「それから、ミートパンがあったら二つおくれ」

混血娘は、足の下の、これだけは動かないと思われた床が、ぐらぐらするのを感じた。息が詰まりそうなのがはた目にもわかった。機会のあるたびに、むき出しの腕やブラウスの下で震えている硬い乳房をフェリピトの肩にすり寄せた。近くに寄る口実はいくらでもあった。ビールのグラスや、ホホンのグラスから溢れたビールや、ミートパンの皿。

「で、あんたはどこで夜を過ごす？　そろそろ送るから」アルビスレスが目の悪い男に訊く。

「この辺じゃ。時にはこの食堂で泊めてもらう。なあ、リダ・サル？」

「ええ、ええ」リダ・サルはこれしか答えられず、ビールとパンの代金を言うのにもひどく難儀した。

空洞と化した手で、空洞の中に心臓の鼓動を感じる手で、彼女はアルビスレスが支払った温かい硬貨を握りしめた。彼のポケットの中で、彼の体で温められた硬貨。こらえ切れなくなって、彼女はその硬貨を唇に当て、キスした。キスしたあと、硬貨に頰ずりし、胸の奥に落とした。

目のない闇、どこまでも黒々とした石盤色の闇の中を、フェリピト・アルビスレスの馬は速足で遠ざかり、ホホンの乗ってきたラバの単調な足音がそのあとに続いた。

すっかり沈黙しているたくさんの物に囲まれていると、話を切り出すのは何とも難しい。「やめて、やめてよ」口が軽くなるのも喜びが心を満たしていたからだ。「触ればいいってもんじゃないんだから……」

「この手があんたを握りしめたがってるのさ。思い違いしなさんな。わしの指にはまっている、今日あんたがくれた指輪がわしの物になったことを知ってもらうためだ。なんせ、自分のものにするのに苦労したからな。苦労もしたし、知恵も要った。あした、ここにフェリピトが祭りで着る供回りの衣裳を届けよう」

「それで、あたしはどうしたらいいのかしら……」

「いく晩も、その衣裳を着て寝るんじゃ。あんたのお呪いが衣裳にすっかり浸み込むようにな。眠っているときには、人は魔法が使える。そうして、フェリピトがその衣裳を祭りに着ると、お呪いが効いて、無性にあんたに会いたくなる。会わずにはいられなくなるってわけだ」

リダ・サルは空を摑むようにのけぞった。片方の手で椅子の背もたれを握りしめ、もう片方の手をテーブルについて身を支えた。その唇からは押し殺したすすり泣きのような声が漏れた。

「泣いてるのかね？」

「ううん、ううん……うん」

「泣いているのか、泣いていないのか？」

「嬉しくて……」

「そんなに嬉しいか？……」

「やめて、やめて！」

混血娘の熱い乳首は老人の手をのがれた。同時に娘は、フェリピト・アルビスレスが払った硬貨が乳房の間から腰へとすべり落ちるのを感じた。まるで彼女の心臓が熱い金属の小さな板を打ち出して、魔法の衣裳の支払いをホホンにするお金を造っているようだった。

5

供回りの装束ほど派手なものはない。スイス衛兵のズボン、大天使の胸当て、闘牛士の上着。長靴、袖章、金色の房飾り、金のボタンかがりとモール、鮮やかな色や玉虫色、スパンコール、ビーズ、宝石のように輝く小さなガラス玉。供回りはカルメンの聖母さまの行列が村のすべての道を練り歩く間、その中で太陽のように輝くのだった。聖母さまを我が家に迎えられないような村人は一人もなく、したがって行列は大きな道も小さな道も、村中をくまなく練り歩くのである。

フェリーペ旦那は頭を左右に振った。よく考えた上での話だが、息子がそんな派手ばでしい代物を身につけるのは気に入らなかった。しかし反対すれば、身籠っているためにいや増しているペトランヘラの信仰心を傷つけることになると思い、不機嫌を冗談にまぎらわせた。が、妻にはその冗談が悪趣味に響いた。

「わしら二人が結婚したころ、わしが、おまえのおふくろにあんまりぞっこんだったもんで、わしが着て出る供回りの衣裳を七夜つづけておふくろが着て寝たからだと、人は噂したもんさ。もうかれこれ二十七年、いや三十年近くにもなるか……」

「おやじさまは供回りに出たことなんかないんだから、そんなこと、信じちゃいけないよ、フェリピト」

恐ろしさと悲しい気持ちに耐えかねて、彼女は夫の言葉を打ち消した。

「それじゃあ、衣裳を着て寝ても無駄だったたな……」アルビスレスは笑った。彼はほとんど笑わない男だった。笑うのが嫌いというのではなく——笑いは快い——結婚以来、口癖のように言っていたように、「笑いは結婚した教会の戸口へ置いて来るもんで、そこからはいばらの道が始まる」からだった。

「おまえさまと結婚できるように、わたしがお呪いをかけたというのは、おまえさまの作り話よ……供回りに出たとすれば、どこか他の女が目当てで……」

「他の女？　二十レグア四方にそんなもの、いやしない……」彼は笑い出した。上機嫌で笑いながら、息子にも一緒に笑うようにすすめた。「フェリピト、笑え、笑え。まだおまえは独り身なんだ。笑うこと、笑いは独り者だけのものさ。結婚してしまえば、祭りでおまえが身にまとう供回りの衣裳をどこかの女が着て寝てしまえば、笑いともおさらばだ。所帯持ちは笑ったりしない。ふりをするだけだ。本当に笑うのとは違う……笑いは独り者のしるしだ……それも若い独り者のな。そうだろ？　とうの立った独り者もやっぱり笑わない。歯をむき出すだけで……」

ペトランヘラはその夜、眠れなかった。三十年ほども前、フェリーペ・アルビスレスが祭りにまとう衣裳を実際に着て眠った夜のことが思い起こされた。息子の前では否定しなければならなかったが、それは息子に言えない秘密があるからだった。秘密というか秘め事、小さな隠し事だ。夜はまだ明けない。足を毛布に入れて暖め、まぶたを堅く閉じる。それでも眠りに就くことはできなかった。眠気は彼女の目から去ってしまっている。カルメンの聖母の祭りをひかえた今夜のこの時刻、どこかの女がフェリピトが祭りに着て出る供回りの装束を身につけて眠っており、魔力を持つその汗を衣裳に浸み込ませて、息子を誘惑しようとしているのではないか、と彼女は思うのだった。

「ああ、天なるマリアさま、聖母さま！　どうぞわたしの心配をお許しください。わたしの迷信をお許しください。ばかげたことだとわかって……迷信だと、理由のない迷信にすぎないと知って……でもあの子はわたしの子……わたしの息子です！」彼女はつぶやく。

供回りになるのを止めさせるのが一番確かな方法だろう。でも、すでに承諾してしまった。しかも供回りの王子になる約束なのに、どうして出させずに済ませられるだろう？　亭主の前で、フェリピトが承諾するように取り計らったのは彼女自身だった。止めさせればすべてが台無しになるだろう。夜明けは来ない。鶏も時を作らない。渇いた口。眠ろうとして枕の上で転々としたために顔の上にかかった、蜘蛛の巣のような髪。

「どんな女が、神さま、いったいどんな女が、フェリピトの供回りの装束を着て眠っているのでしょう？」

6

昼は眼より頬骨の目立つリダ・サルは、夜になると頬骨より目立つ眼を、寝室に使っている部屋の偶から偶へとめぐらせた。確かに一人きりで、彼女を取り巻くのは大いなる暗闇だけだった。ドアにはしっかりと閂《かんぬき》がかかり、ドアと小窓に続くのはまっ暗な食料置き場ばかりであることを確かめると、彼女はひんやりと冷たい裸になり、皿洗いでがさがさになった手をほっそりした体にそって這わせた。苦悩に渇いた喉、湿った瞳、わななく腿。彼女は供回りの衣裳を着込み、横になって眠りに就いた。それは、眠るというより不自由さで体が麻痺してゆくようなものだった。そしてこの不自由さと疲労の中でも、娘はなかば眠ったまま小声で衣裳に語りかけ、とりどりの色の糸の一本一本に、スパンコールやビーズに、金の飾りに、その恋心をそっと打ち明けた。

しかしある夜、彼女は衣裳を着なかった。衣裳を着た自分の全身を映して見る鏡がないのが悲しくて、衣裳をひとまとめにして枕の下に突っ込んだ。装束が似合うかどうか、長いか短いか、ぶかぶかかきついか、ということに関心があるわけではなく、衣裳を着込んで大きな鏡にその姿を映して見るのがお呪いの条件の一つだったからだ。やがて彼女は、袖、脚、背、胸と少しずつ衣裳を枕の下から引き出し、それに頬ずりした。その上にもの思う額をのせ、小さな音をさせて接吻した。

朝早くホホンが食事にやって来た。彼女と話がついてからは、常連客や見物に訪れる人々を祭りのあいだ迎える準備に追われて女主人が食堂にいることの少ないのをこれ幸い、いつも腹一杯食べていた。

「貧乏人の悲しさね。あたし、姿を映して見る大きな鏡がないの」混血娘は嘆いた。

「そりゃ、急いで探さねば」目の悪い男が答えた。「その辺から呪いが破れるやもしれん」

「でも、どうしようもないわ。泥棒になって、真夜中に供回りのかっこうで金持ちの家にしのび込みでもしないかぎり。あたし、本当に困ってるの。ゆうべから何も手につかなくて。どうしたらいいかと……」

「そう言われてもなあ……お呪いには大事な中身がある……」

「それ、どういうことかしら……」

「つまり、お呪いの中身はこうだとか、ああだとか、いつでも何か中身があるのさ。そしてこの場合は、供回りの装束で全身を鏡に映す、というのがそれなんじゃ」

「でも、あんたは目が見えないのに、鏡のことなぞよくわかるわね……」

「わしは生まれつき目が悪いというわけじゃない。大人になってから、目が見えなくなったのさ。ひどい膿の出る病気がまずまぶたを喰い破り、中まで入り込みやがった」

「そう。大きな家には大きな鏡があるって……アルビスレスの家なんか……」

「アルビスレスの家には、とてもきれいな鏡があるそうだ……それに噂では……いや、悪口じゃないぞ……そうだ、もしかすると、おまえには希望の持てる話かもしれん。だから話すので、わしがおしゃべりだからじゃないぞ。それに、もし嫁になっても、あとで怒ったりするなよ。噂では、フェリピトのおふくろのペトランヘラは、今の亭主にお呪いをかけたとき、姿を映して見る鏡がなかった。それで婚礼の日にも、花嫁衣裳の下に供回りの装束を着込んでいて、フェリーペ旦那に脱ぐように言われると、白い衣裳を脱いで裸になる代わりに、供回りの装束になったそうだ。約束ごとを守るため、お呪いを成就させるためにな……」

「それじゃ、夫婦になると裸になるの？」

「そうだよ……」

「じゃ、あんたも婚礼をあげたんだね？」

「そうさ。まだ病気に目を喰われてなかったから、女房の姿を見ることもできた……」

「供回りの衣裳を着た……」

「いいや、イヴのように素っ裸だった……」

リダ・サルは目の悪い男が飲み終わったミルクコーヒーのカップを下げ、テーブルの上のパン屑を払った。女主人が来るといけない。

「どこでとは言えないが、とにかく、供回りの衣裳を着て全身を映して見る鏡を探さなきゃいかん……」これがホホンの最後の言葉だった。そのときのホホンは目前に迫った祭りに気を取られて、衣裳を返す期日が近づいていること、そして衣裳をアルビスレスの家へ届けなければならないことを、娘に言い忘れたのだった。

7

月明かりに漂うかのような星、暗緑色の樹々、乳と夜露の匂いたつ裏庭。畑に積み上げられ、満月に照らされていっそう黄色に見える乾草の山。夕空が長く残っていた。それは徐々に細い帯となり、星をちりばめた空が始まるその境で映える一条の鋭い光となった。リダ・サルはその夕空の青味や赤味を帯びた、バラ色、緑、紫の鋭い光の刃をじっと見つめ、衣裳を返す期限がついに来たと考えていた。

「おまえのところに衣裳を置いておくのは、あすが最後じゃ。間に合うように届けなければ、何もかもぶち壊しだから……」ホホンはそう言った。

「わかったわ、わかったわよ。心配しないで。あした渡すわ。今日鏡を見るから……」

「おまえの夢の中のことだろう。鏡を、どこで……」

夕焼けの光の刃は、不可能の裂け目、天国をかいま見ることのできる隙間のように、リダ・サルの瞼に焼き付いた。

「この、できそこないのうじ虫!」食堂の女主人が彼女の髪を摑んで引っ張った。「こんなに汚れ物を積み上げて、恥ずかしくないのかい! もう何日も気違いみたいに、うろうろしてばかりいて、手のほうはとんとお留守じゃないか」混血娘は髪を引っ張られ、腕をつねられても口答えしなかった。しばらくすると、まるで魔法でもかけられたように小言は終わったが、かえって悪かった。罵倒の言葉に代わって、くどくどしいお説教が始まったからである。

「祭りが来るというのに、新しい服を買うお金が欲しいとも言わないんだからね。おまえのために用意してある分の中から、服と靴とストッキングをお買い。教会や行列にひどいかっこうをして出るんじゃないよ。恥ずかしいじゃないか。主人のわたしが何と言われるか。十分な食事もやらないとか、月々のお手当をねこばばしてるとか、良くてもそのくらいのことは言われるからね」

「あの、もしよければ、あすお金をもらって、何か買物をします」

「ああ、いいとも。魚心あれば水心さ。おまえが一生懸命働いてくれれば、わたしもおまえの要る物を買ってやるよ。おまえは若くて、器量も悪くない。祭りに家畜を売りに来る連中の中から、いい相手が見つからないとも限らないよ」

リダ・サルは女主人の言葉を聞くともなく聞いていた。汚れ物をこすりながら、前に見た夕焼けの最後の裂け目のことを考えた。何度も考えた。一番辛いのはフライパンや鍋を洗うことだ。なんという不幸せ。底にこびり付いた脂肪分が取れるまで軽石でこすり、さらに外側のやはり脂っぽいすすと格闘しなければならない。

月の明かりで夜とは思えなかった。空気が冷えただけで、昼があのまま続いているようだった。

「遠くはないわ」考えていることを言葉にして、彼女はつぶやいた。「それにとても大きな池で、小さな湖ぐらいもある」

部屋にはほんのしばらくしかいなかった。夜明けには戻ってきて、目の悪い男に供回りの衣裳を渡し、アルビスレス家へ届けてもらわねばならない……でもその前に、衣裳を着た姿を大きな鏡に映して見なければならない。お呪いには中身というものがある……。

最初、野原は恐ろしかった。しかし時が経つにつれて、樹々や石や影に目が馴染んでいった。周囲がとてもはっきりと見えて、まるで水の下に沈んだお日様の光の中を行くようだった。悪魔でも見たように駆け出しさえしなければ、誰もそんな奇妙な衣裳を着た彼女を見ないだろう。彼女は自分が炎の幻、燃え立つスパンコールの松明《たいまつ》、ビーズの流れ、水の火花になってしまうのではないかと恐ろしかった。やっと池にたどり着いて、フェリピト・アルビスレスが祭りに着る供回りの衣裳を身にまとった姿を水面に映したときは、人間の形をした一個の宝石と化すのではないかと恐ろしさに身震いした。

崖くずれの気配のするせり出した岩に立ち、低い雲の薄衣と月の光と夢見る闇を通して、剝き出しになった木の根や転がり落ちた石の間に見える緑と青の深い鏡に彼女は目を凝らした。他人ではないかと思った。これが自分だろうか？　リダ・サルなのだろうか？　食堂で皿洗いをしていたあの混血娘、あの夜の、あの月光の下で、あの火と露の衣裳を着て、あの道をたどって来た、あの娘なのだろうか？

あちらからもこちらからも、まつ毛のような松葉が彼女の肩に触れ、眠りの匂いのする夢遊病の花が、花弁にたたえた水滴のくちづけで彼女の髪や顔を濡らした。

「どいて！　どいて！」気の狂いそうなほど香りの強いジンジャー・ツリーの森の中を進みながら、彼女は言った。

「通して、通して！……」隕石であれば空から、また、地上の石であれば遠い昔のことではない天変地異で生まれた火山の噴火口から、転がり落ちてきた巨大な岩や石をあとにするときにも、やはり繰り返していた。

「どいて！　どいて！」滝にも言った。

「道をあけて！　美女のお通りよ！……」同じように大きな鏡に姿を映しに行く小川やせせらぎにも言った。

「あんたたちは飲み込まれてしまうわよ。でも、あたしは飲み込まれたりしない、あたしは眺めるだけ。供回り姿のあたしを眺めるだけ。お呪いの中身がとどのうようにね」

風はなかった。月と水。リダ・サルは泣きながら眠っている木に寄りかかったが、すぐに恐ろしくなって木から離れた。眠りながら泣いている木の傍から鏡をのぞくのは、不吉なのかもしれない……。

水辺のあちこちで、全身を映せる場所を探した。全身は映せなかった。全身は。こうなったら向こう岸の高い岩の上に登るほかない。

「あの男があたしを見たら……ばかね、目が悪いんだもの、見えるはずがないじゃない……」そう、確かにばかげたことを言った。姿を映して、それを見なければならないのは彼女自身なのだ。

つま先から頭のてっぺんまで。

すでに彼女は玄武岩の上に登って、そこから水の中の自分の姿をじっと見ていた。

これ以上の鏡があるだろうか？

彼女は片方の足で岩の先までにじり寄り、スパンコール、ビーズ、きらきらする石、袖章、金の房飾り、そして金モールの衣裳を着た自分の姿を映していたが、もっとよく見ようとして、もう片方の足も前に出した。そしてそこで止まらずに、その体を水の中の姿にぶつけていった。ぶつけていったそのあとには、彼女の影も体も残っていなかった。

しかし彼女は再び水面に浮かび上がった。助かろうと必死だった……手……泡……溺れる……手の届かぬものを摑もうと必死の混血娘に戻って……岸……もはや手の届かぬ岸……。

二つの深い嘆きの声……。

最後に閉じられたのは、その後「リダ・サルの鏡」と呼ばれるようになる、小さな湖の岸が遠くなるのを見ていた、彼女の二つの目の深い嘆きだった。

月が出ているのに雨が降ると、彼女の遺体が浮かび上がる。岩がそれを見ている。葉と影の涙を流す柳の木がそれを見ている。鹿も兎もそれを見ている。もぐらはその暗闇に帰る前に、土でできた小さな心臓の鼓動でその知らせを電報にして打つ。

きらめく銀色の雨の投網が水銀の剝げた鏡から娘の姿を引き上げる。そして供回りの衣裳のままの彼女を引き回す、失ったあでやかな彼女を夢見る水の上で。

（鈴木恵子＝訳）

ポルフィリア・ベルナルの日記

オカンポ

◆シルビナ・オカンポ
Silvina Ocampo 1903〜1993

アルゼンチンの詩人、小説家。オルテガの「西欧評論」に倣って文芸誌「スル」を創刊したジャーナリスト、ビクトリアの妹で、ビオイ＝カサレスの妻である。ロマンチックな感情を定型のなかに盛った『詩の空間』、『名辞』、『甘さの故に苦いもの』などで各種の賞をえている。夫との共作で『愛する者は憎む』のような推理小説も書いているが、その本領は幻想的な短編にある。『忘れられた旅』、『イレーネの自伝』、『怒り』、『素晴らしいオレンジ』、そして『招かれた女たち』（一九六一）などの多くの作品集に一貫するのは、登場人物の執拗な妄想もしくはオブセッションという分厚なレンズによって歪曲された、異常な生の状況と関係性である。

アントニア・フィールディング嬢の物語
——ジュリーへ

ほとんどの人は、この話を信じてくれないでしょう。「真実を認めてもらうためには、時として嘘をつかねばならない」、幼いころ私は、もう忘れてしまった些細なことで、こんな悲しい感想を持ったものでしたが、今はとても重要な理由があって、そう考えています。正直者と思われている人たちは、じつは感受性が鈍くて、錯綜した運命を目の当たりにしても動じないか、あるいは、自分の尊厳を保つためには大きな犠牲を払い、上手に嘘をつくのをいとわないか、のいずれかであることが多いのです。私はこの二つの範疇のいずれにも入りません。私は単に、不器用なくらい正直なのです。私が犯罪を犯す一歩手前まで行ったとしても、それは私のせいではなく、犯さなかったからといって、それで少しでも不幸でなくなるわけでもありません。

妹のルースと、幼いころの愛情が年をへた今も生きている乳姉妹《ちきょうだい》のリリアンのために、私はこの手記をしたためます。また、高名な「イギリス心霊研究学会」のためにも。同学会は超常現象を研究されているので、これから書き記すことの中に、その興味を引くようなことがあるかもしれないと思うからです。同学会の初代会長、ヘンリー・シドウィック教授は、私の祖父の最も良き友の一人であられました。小さいころ、たくさんのおとぎ話を聴いたことを憶えていますが、どんなおとぎ話よりも、祖父とシドウィック教授がある夏の日の昼食のあと、我が家の小ぢんまりした美しい庭で、エウセビオ・パヤディノとアレクサンドル・アクサコフについて話していた会話のほうが印象深く、神秘的に感じられたものです。そして何よりも、この手記をしたためるのは私自身のため、一種の義務感によるものです。

幼いころの取るに足らない思い出話に時を割くのは止めましょう。余計なことにちがいありません。ルースもリリアンもそんなことはよく知っています。私にとっては一人は妹、一人は親友ですもの。ここでは、イギリス心霊研究学会に対する私の尊敬の念を明らかにし、苦い体験の産物であるこの記録を学会に捧げる旨、申し上げるのに止めたいと思います。文体上の欠陥や、本質的な部分で明確さに欠けることにもお許しを請います。これまで、きちんとした文章を書いたこともなく、時が差し迫っている今、二度と読み返さないはずのこの文に残すことになる過ちの数々を思うと、身震いのする思いがします。

私の名はアントニア・フィールディング、三十歳、イギリス人です。長年、アルゼンチンで暮らしておりますが、ハンカチのラベンダーの香りも、スペイン語の発音の誤りも、控え目な性格も、手先の器用さ（スケッチと刺繍）も相変わらずですし、べつにこれといった理由もないのに、まるで何か悪いことをしたように、すぐに真っ赤になるくせも以前と変わりません（これは内気なためというより、女友だちからよくうらやましがれた、透明すぎる皮膚のせいなのです）。神からいただいた恵みの一つに、青春時代の長い間、私の瞳に輝いていた健康と楽天性を挙げることができます。口数が少なく、たぶんそのために、実際には快活なのに、というよりは快活だったのに、そうは見えないようです。遠目には、私は美人に見えます。でも鏡をのぞくと、左右不対称な顔の造りを美しく見せるのに必要な距離が実感されます。小さかったころには、鏡の前で自分の醜さを泣き悲しんだこともありました。

私の生涯の些細な事柄をすべてお話しするようなことは、必要でもありませんし、できもしません。この国については、私は自分の祖国のようによく知っています。それはこの国を愛しているからですし、また、この国をより深く知ろうと、ハドソンの著作を読んだからでもあります。アルゼンチンに来て以来、私はここの景色に魅せられ、ここのまったくスペインふうの民謡やその田舎ふうの生活、そして物憂げでいながら同時に賑やかなここの人々に惹かれたのでした。家庭教師として働かざるをえなくなる前に、幸い地方を旅して回ることもできました（共和国《パルケ・デ・ラ・》公園《レプブリカ》とイグアスの滝には心から感激しました）。

手元の苦しさも働くことも私には苦になりませんでした。本当のことを言えば、初めのうち、家庭教師の仕事はとてもロマンチックに思えたのです。私は前から子供が好きでした。母性的な感情というより、友だちという感じで（私も子供と同じ年頃で、同じ好みの持ち主であるかのように）好きだったのです。

家庭教師となった最初の日、自分の描く理想に従って女の子を教育することに思いがけずなったことを幸運だと考えて、とても嬉しかったものです。子供が大人にも増して苦い幻滅を与えうるものだとは思ってもみませんでした。

家庭教師になってからの生活のさまざまな段階のお話もしないでおきましょう。たぶん、無残に夢破れながら以前に変わらぬ内気さを失わずに、私は、その狭く高い窓から記念碑の立つサン・マルティン広場を見渡せる、この家へやって来たのでした。ここ、エスメラルダ通りにあるこの家で、私はこの世で最後のものとなるべき、この文をしたためています。

十二月の暑い朝が、手の形をした青銅のノッカーに輝いていたあの日を、私はまるで今日のことのように憶えています。その日、私は花模様のドレスを下ろし、とても幸せな気分でした。自分を美しく見せてくれる服に対して女が感じる、あのわくわくするような幸福感。もうずっと以前から、その色——ターコイズ・ブルー——で、誕生日の庭とティーカップの両方を思い起こさせる、そんな花模様のドレスが欲しいと思っていたのです。しかし突然玄関の扉のノッカーが目に入り、私の喜びに一瞬影がさしました。私たちは物に将来の不幸を読み取るものです。縦溝彫りをほどこした手首の部分に蛇が巻きついている青銅の手は、重々しい木製の扉の上に宝石のように輝いていました。緑色の燕尾服を着た玄関番が私をエレベーターホールまで案内してくれました。私は、今ではすっかり親しいものになった名と姓を発音できずに、あるいは発音できないような気がして、すっかり神経質になっていました。この家の女主人の名前です。ところで、ひどく動揺していたり、ぼんやりしていたり、うわの空だったりしていて、まったく観察力を失っているときにこそ、私たちは最も鋭い観察をするものなのです。父が亡くなったとき、泣きながら私は、父の眉毛の本当の形や、あごの下に黒く見えるほくろに気づいたものでした。また、父が眼鏡や紙ばさみをしまっていたビクトリア時代のマホガニーの机、私がそれまで何気なく眺めてきた机の正確な形を知り、胸が熱くなったのでした。

ワックスをかけたばかりの床の強い匂い。赤ですが、縁のところがより濃い赤になっている、すり切れた階段の絨緞を思い出します。黄昏どきのホール、そこから見えた数々の雲、半裸の女性が（白いバラの花びらが降る中で）虹色の羽根をした四羽の鳩に餌を与えている壁の油絵。緑と赤と紫の色調を主に、さまざまな色のステンドグラスの入った明かり採りの天井窓、複雑に編まれた花輪、永遠の飛翔のうちに捕えられた小鳥のような一輪の花。そして近くの家のピアノの憂鬱な音色が私の後を追いかけてきたことも思い出されます。

アナ・マリア・ベルナル（これがこの家の女主人の名前でした）は入浴し、服を着たところだったに相違ありません。白粉《おしろい》やクリーム、香水の微妙な香りが、彼女の周りに漂うというより、彼女はそこから生気を吸い上げていました。ちょうどある種のあでやかな花が、水から滋養を吸い上げるように。彼女はチュールに包まれているように見え、金色の光を背にしたスペインのバレリーナのように思われました。一条の陽ざしが彼女を照らし出し、目に見えない観衆がそのシーンを見守っていました――布張りの家具や上等なボンボンの箱、裁縫箱や象牙の古い名刺受けなどの中に時として潜んでいる、あの魅せられた、おぞましい観衆が。

そのときも、また後になっても、アナ・マリア・ベルナルの年齢は私にはわかりませんでした。わかったのはただ、彼女の齢がおりおりの幸、不幸によって変わるということです。同じ一日のうちに、若くなったり、優雅に年老いたり、まるで彼女にとっては老いも若さも気分次第、その時々の必要に応じて取っ換え引っ換えできる衣裳のようでした。刺繡の付いたブラウスの香水のきつい匂い、螺鈿《らでん》細工のブローチ、美しい茶色の瞳に漂ういつわりの憂愁《メランコリー》を思い出します。小さいころはとても恐ろしかったが、後になって、ひどく不快な美というものもあるのだと知ってからは賞讃の念を持つようになった、あの大英博物館のエジプトの王妃のようでした。あのとき、初めて出会った驚くべき顔の分析に忙しかったあのときでさえ、私にはこの家の持つ不幸の意味合いを理解できていたように思われるのです。一つ一つの物、一つ一つの装飾がやがて来る苦しみの慎重に用意された象徴、予告であるかのような。

見知らぬアルゼンチン女性を前にして、私は心細さを味わいました。自分が透明になってしまったように感じました。痛みを伴った暗い透明さ。私の肌の色や艶のない金髪（窓ガラスに映っているのが見えました）は、そのとき、私の個性のなさを示すばかりではなく、説明のつかない呪いのように私には思われたのです。色黒の肌は人間に一種の風格、私が心ひそかに賞讃し、同時に軽蔑し、恐れる、目に見えない力を与えるものです。だから私は小さいころ、「浅黒い肌の男のひとは、好きにはなるかもしれないけれど、結婚はしないわ、怖いもの」と言っていました。

アナ・マリア・ベルナルに対して自分の知識の不足を隠すことができずに、私は、自分が彼女に劣っていると誤って信じてしまったのでした。私は赤くなり、彼女はその瞳の向こうから、仮面をかぶったかのように冷静に、私の一挙一動を見守っていました。

「こんなにお若い方とは思わなかったわ」

黄色いダマスク織の布張りの長椅子を私にすすめながら、彼女は言いました。「あなたのことは姑《はは》から聞きました。雇い人のことは姑がやっていますの。八十になるのですが、動作も記憶もしっかりしていて。私はそういうことには向かないものですから」

私はうなずきました。

「あなたがこんなにお若いとは思いませんでしたの」

彼女はもう一度、やさしく繰り返しました。

「そんなに若いわけではありません」いささかいらいらして私は申しました。「三十歳になります」

彼女は気のない微笑みを唇に浮かべました。

「年齢が無意味なこともあるのは本当ですわ。それにイギリスのご婦人方のお齢はわかったためしがありませんものね。あなたは内気そうだし、きつい性格でもないようだから、きっと、実際よりお若く見えるのでしょう」

「奥様、外見で判断されるべきではありません。私は弟や妹の母親代わりを務めてきました。十五歳のときに両親を失くして、私が一人で家を切り盛りいたしました」

「まあ、それはそれは」アナ・マリア・ベルナルは膝を組み、いくつもの指輪をはめた手をスカートの上に置いて、言いました。「あなた方の人生と私たちの人生とでは、全然違いますものね。あなたの人生は、きっと、とてもロマンチックな小説みたいなものでしょうね。ヘンリー・ジェームスでしたかしら？　フランシス・ジェームスでしたかしら？　いつも混同してしまって。外目には何もうかがわせず、内気で、経験も根性もない若い娘さんのようでいて……」アナ・マリアはふっと溜息をついて、「娘には厳しくしてくださるようにお願いしますわ。気を許せると思わせないように。厳格にしてください。ポルフィリアは厳格に育った娘です。厳格に育った娘、ってどういうことかおわかりになります？　我が強いのです。今年は学校へはやりませんでした。肋膜炎を病んで健康が勝《すぐ》れないものですから。あなたには、あの娘《こ》を楽しませながら、しつけや勉強を教えていただくことになります。私たちが海辺で過ごすときには、（ご存じのように、夏には海へ避暑に行きますから）あの娘が五分以上、海につかっていないように、あなたには時計とタオルを持って岸で待っていていただくことになります。ちょうど私の母が小さいころ、祖母がしていたようにですわ。あの娘は栄養のある物をゆっくり食べなければなりません。お医者様に言われていますの、よく嚙まなければいけないって。あなたの言うことをきちんと聞くようにさせてください。あの娘に弱点を見せたりしないようにお願いしますわ」

アナ・マリア・ベルナルは一枚の便箋に鉛筆でポルフィリアの食事の内容を書き、それを私に手渡しながら、くだけた口調で音節の一つ一つを噛みしめながら、最後に言いました。

「ココアはやらないでください。欲しがってもね」

ポルフィリア・ベルナルが挨拶に来たとき、それまで想像していたのとあまりに違うのに驚きました。バイロンの情熱的な話を思い起こさせるその名と、母親と交した会話から、私は現実とはまったく違った、光り輝くような娘を思い描いていたのです。青白くほっそりした少女はおずおずと私に近づき、私は彼女の額にキスしました。

ポルフィリアは美人とは言えず、母親には似ていませんでした。しかし人間には、繊細な感覚を持った者でないと気づかずに見過ごしてしまう、隠れた美しさもあります。表に出たり消えたりするために人をより魅力的に見せる美しさを、ボッティチェリの絵のいくつかに見られる控え目で慎ましやかな美を、ポルフィリアはそなえていました。そして、そのいかにも従順そうな外見に、初対面の私はすっかりだまされたのです。

この家は、あらゆる思い出の棲処のように私には思われます。地獄もその細部において、これほど精密でも、これほど厳密な意味で耐え難いものでもないのではないでしょうか。物音や食事、静寂や窓の本質である光などを、私は一つ一つ描き出すことができます。一週間のある曜日の空を描写することさえできるでしょう。絵や写真、いくつかの部屋の湿気でできた壁のしみまで数え上げられるでしょう。陶器の小さな置物、その中の何匹もの猫、亡くなった人びとを描いた細密画の肖像。月曜と木曜と土曜の朝、ポルフィリアにやらせていた練習、書き取りや朗読を繰り返すこともできましょう。こうした奇妙な、痛いほどの忠実さをそなえた思い出を記憶から消すことができぬまま、たぶん、私は死ぬことになるのでしょう。

私は生きるのが怖いのです。でも、部屋の窓から見える木は私に呼びかけ、その緑の枝は私の心を奪います。私は今までと同じ女でいたい。サン・マルティン広場は賑やかです。熱帯植物が茂り、黒とバラ色の大きな記念碑があります。もう二度と、広場に咲くアーカンサスの独特な香りを嗅ぐことはないのでしょうか？　もう二度と、ゴムの木陰のベンチに、あのアルゼンチンのくつろぎを見出すことはないのでしょうか？　誰が私の無実を信じてくれるでしょう？　今はまだ私に残されている、自分が自分であるというささやかな幸せをこれからも生き続けるには、いったいどうしたらいいのでしょう？

ポルフィリアの兄はミゲルと言いました。彼女より五歳年上で、非常に美しい少年でした。浅黒い肌、端正な顔立ち、キラキラと輝く、憂いを含まぬ黒い瞳。きつい眼差しとは対照的な穏やかな微笑みがその表情を明るくしたり、残酷な微笑がその顔に影を落としたりするのでした。髪はまるで植物のように気ままに伸びていました。ポルフィリアは、いま言ったように一人っ子ではなかったのですが、父親はまるで一人っ子のように彼女を甘やかしていました。マリオ・ベルナルはもの静かで温厚な男性で、娘に対してはほとんど母性的とも言える愛情を抱いていました。

いつも彼を賞め、他の誰よりも彼を可愛がった母親に対して深い愛情を抱いているのと変わりませんでした。

　ポルフィリアの教育をより良いものにするため、私はできる限りの努力をしました。地理と歴史の本をたくさん読みました。歴史上の重大な事件や日時のほとんどを忘れていたことを正直に申し上げます。父がいつも言っていたように、「学ぶには教えるのが一番、たぶん、唯一の方法だよ」です。私はポルフィリアに教えるために、まず自分自身に教え込みました。これほど勉強に打ち込んだことはかつてありませんでした。家族の全員からこんなに勇気づけられたこともありません。ポルフィリアの祖母――二年前から編んでいる、ライラック色のショールを編み上げられないでいる八十歳の老婆――までが授業法に興味を持ち、いろいろ助言してくれたものです。

　ポルフィリアの頭の良さはずば抜けていました。文学に興味があり、ほとんど夢中になっていると言えるほどでした。彼女の書いた作文の中には、本当に素晴らしいものが何編もあります。「塔の中の小さな王子たち」、「ある樹の死」、「雨の日」、「エル・ティグレ（ブエノスアイレスの北の行楽地）への遠足」、「捨て猫」などに、私は驚嘆し、感動しました。題材は彼女に自由に決めさせていました。彼女が日記をつける気になったのも――神よ、お許し下さい！――私の考えでした。彼女は何時間もノートの上にかがみ込んで、天使のように目を輝かせて何か書いていたものです（あのころは、興に乗って書いているあの娘を天使のように思いながら見ていたのです！）。

「イギリスの女の子たちはいつも日記をつけているのよ」ある朝、都会の蒸し暑さをのがれて南の浜辺へ向かう列車の中で、私は彼女に言いました。

「それで、本当のことを書かなければいけないの?」ポルフィリアが訊きました。

「本当のことを書かないのなら、日記が何の役に立つかしら?」自分の言葉が彼女にとってどんな意味を持つかを考えもせずに、私は答えました。

汽車の窓から、西日に燃え立った広い野原を私は眺めました。視野をさえぎる木の一本もなく、家畜は塗り立てのおもちゃのように見えました。時々、紫色の花の咲く野原や亜麻の畑が通り過ぎました。私はいつも自然を崇拝してきました。自然のさまざまな様相を目の当たりにするとき、私は詩や、小説の一節や、イギリスの我が家の居間に掛けてあった美しい細密画とターナーの油絵――その美しさにはいつも体が震えたものです――の複製や、夜、母が髪型に合わせて緑色のリボンを結び、素適なピンクの服を着たとき口ずさんでいたパーセルの歌曲(牧歌)などを思い出します。あの日の午後に似た空を見ると、私はヘリオトロープの香水を思い浮かべます。あの香水の匂いにこそ、私の祖国、私の感傷の源があるのです。

「でも、日記はもうつけているわ」ポルフィリアは、それまで聞いたことのない、とげとげしい声で言いました。「ミス・フィールディング、先生が十二のとき日記をつけた、と話してくださった日に、そうする気になったの。憶えていないの?」

小さいころつけていた日記のことを話した憶えはまったくありませんでしたが、彼女の瞳を見て、本当のことを言っていると感じました。私が何気なく口にした言葉が印象に残ったにちがいありません。汽車の音のために声を張り上げなければならないのでいっそう耳ざわりな、とげとげしく不愉快な声で彼女は続けました。

「私の日記はとても変わった日記なの。いつか先生にお渡しして読んでいただくかもしれないわ。でも、お渡しするのは先生だけ。お母さまには見せないの。だって不道徳だと思うでしょうから」

　私はあっけに取られて彼女を見つめました。いったい、私を何と思ってこんな言い方をするのでしょう？

「どうしてお母さまには不道徳で、私にはそうでないの？」私は不安を隠し切れずに訊きました。

「だってミス・フィールディング、先生は頭がいいし、それに、私の母親ではないからよ。母親というのは頭が良くなくなるものなの」

　この言葉を聞いて、私はひどく落ち着かない気持ちになりました。ポルフィリアは何を言いたかったのでしょう？　ちょうどそのとき、他の車輛に乗っていたベルナル夫人が私たちを食事に誘いに来ました。そのときからもう、私は家庭教師としての責任に押しつぶされ始めていたのです！

　寒くなり、夜のとばりが下りて、私は自分の国で過ごした避暑地の日々のことや、海岸へ乗っていった列車のあれこれを思い出し、初めて言うに言われぬ寂しさに襲われました。そっと鏡に向かい、髪を撫でつけました。顔の、唇の角のところに、今まで見たことのなかった新しいしわが見つかりました。ポルフィリアは私に体を寄せかけ、腕を取って私に接吻しようとしていました。私には、すでにある秘密が私たち二人を結びつけているように感じられたのでした。危険な、解き放つことも避けることもできない秘密が。

何か月もの間、ポルフィリアは私に、日記を読んでほしいとせがみ続けました。折を見ては、早く私に日記を読んでもらいたいと思っていることをほのめかすのでした。しかし、私が無関心なのを見て、きっと、しつこく言うのに飽きてしまったのでしょう。

冬が去り、やがて春も過ぎて、夏が来ました。するとポルフィリアは、あらゆる手練手管を用いて、また日記のことを持ち出したのです。そのことが私を不愉快にさせることは承知の上でした。私の嫌悪感を打ちくだこうとしたのです。

一九三〇年の九月のことでした。ポルフィリアの日記を開き、そのページにざっと眼を通したのは、それを渡されてから数日後のことでした。日記を読む、と考えただけで私はぞっとしました。もう一度申しますが、私にはその日記が私たち二人を傷つけるような気がしたのです。それは一種の秘密のきずな、後ろめたい代物であって、私に不愉快な思いをさせるような気がしたのです。けれどポルフィリアがしつこくせがむので、それ以上拒絶するわけにはいきませんでした。緑色のインクで、私の筆跡をまねた震える字で綴られたそれらのページは、いったい、どんな幼な心の深淵へ、無邪気な悪のいかなる地獄へ、私を突き落とそうとしていたのでしょう？　真実から何とへだたった想像を私はしていたことか！

この物語の細かい部分にかかずらわってはいられません。私には文学的才能など皆無です。これまで書きつけてきた言葉も、私には心が楽になるどころか、深い苦しみをもたらすのではないかと思われます。

ポルフィリアは、私の最初で最後の教え子でした。私が真の愛情を抱いたただ一人の生徒であり、母親が娘ゆえに味わうのと同じ苦しみを味わったのも彼女に対してです。おそらく、これまでに一人前の大人が幼い少女によって経験させられたことのない、深い心の乱れを、私は彼女によって経験させられたのです。実際、この娘は、性悪な女友だちの場合にだけありうるような影響を私に与えたのです。

一種の嫌悪感を抱き、自分の好奇心を心の中で恥じながら、私は日記を読みにかかりました。「不道徳」という言葉は、ポルフィリアにとってどんな意味を持っているのか？　私が想像したような、恐ろしい意味では全然ないのか？　これらのページは、どんな家庭の秘密を明かしてくれるのか？　祖母や母親、父親や兄のミゲルのことを不遠慮に語っているのか？　この日記を読むことで、良心の問題を抱え込むだけでなく、その他にも不愉快な思いをすることにはならないのか？　こうした考えはすべて、私には低級な、エゴイスチックな、取るに足らぬ、賢明でないものに思われました。自分の決意に感動し力づけられて、私は初めの数ページを読み始めました。

ポルフィリアの日記

一九三一年一月三日

私は満八歳。名前はポルフィリア。ミゲルが私のただ一人の兄。ミゲルは羊みたいな大きな犬を飼っている。長い間、もっとやさしい弟が欲しいと思っていたけど、もう諦めたわ。家族はきらい。私は美人ではないけれど、ふっと美人のような表情をすることがある、とミス・フィールディングは思っている。「知性の表われよ」と言っていた。「大切なのは知性だけなの」襟に刺繍のついた服を着たミス・フィールディングの言うところでは、「神さまのことばかり考えていて、すっかり老けてしまった顔」をしているボッティチェリの天使たちに、私は似ているの。私が神さまのことを考えるのは、夜になって誰にも顔を見られないときだけ。そんなときには、神さまにいろいろお願いして、約束もするのだけれど、約束は守ったためしがない。花が咲いていて鳥のいる大きな茂みが夜にはあって、私はそこに隠れて幸せになったり、時にはとっても不幸になったりするの。なぜってそんなときには、大胆になるのもやさしいけれど、恐怖や絶望で簡単に死んでしまったりもするから。その時刻には家を抜け出して、誰かを殺したり、ダイヤモンドのネックレスを盗んだり、映画スターになったりできるわ。

私は、大きな鏡や小さな鏡で自分の表情をすべて研究した。ボッティチェリの絵は「大画家」全集で見たことがある。

大きくなったらお母さまのようになりたいなんて思わないし、ミス・フィールデングや、いとこのエルビラのようにもなりたいとは思わない。若い娘にさえなれないような気がする。でもこう考えても寂しくはない。むしろ自分が不死身のように感じられさえする。同じ年頃の女の子たちは、こんなふうには、きっと感じなかったにちがいないわ。

一月十日

ミス・フィールディングが私にこの日記を書くことを考えつかせてくれた。彼女と知り合う前には考えつかなかっただろう。先生と会う前にはボッティチェリの天使を眺めたり、こんなにたくさんの鏡に顔を映してみたりすることは、考えてもみなかっただろう。だっていつも、自分はひどく醜く、鏡を見るのは罪だと思っていたから。両端にメダルのついた鎖に私は鍵をつないでいる。日記のしまってある引き出しの鍵。引き出しと鍵とは、雇い人やお母さまの好奇心を呼び覚ます。お母さまはずる賢い。

　あの人だけ、ミス・フィールディングだけよ、この日記を読めるのは。それに、もしかしたらミゲル。ミゲルは正しい綴りを知っているから。

　ポルフィリア・ベルナルが私の名前。私を驚かせ、いつも当惑させ、眼の色や、口や、腕の形や、お母さまに対する愛情まで変えてしまう名前。お母さま——時々、おやすみの挨拶をするとき、私にはお母さまが私の髪を撫でる、見知らぬ、無礼な女のように思えてしまう。お父さまのお顔は偉人みたい。飾り棚にしまってある細密画みたいに見慣れた顔。お父さまにキスするのは恥ずかしい。

　私は名前の奴隷。

「慣れの問題よ。大きくなったら、きっと、その名前が好きになるわ。独創的ですもの」お母さまは私に言った。

「ミゲルって名前のほうがいいわ。ミゲルは男の名前だし、よくあるものだもの」

一月十五日

ミス・フィールディングに腹を立てた。先生は、私がパレルモの猫たちにさよならするのがお気に召さなかった。

二月二十日

今日、海へ着いた。汽車の旅は短すぎる。考えることはたくさんあって、汽車の中でしか考えごとができないのに。体を動かすと考えが出ていってしまう。人がいたり、算数をしても同じ。

二月二十八日

砂浜は、石や、貝殻や、骨や、毛や、遭難した人の爪や、海に入って骨になった動物のかけらでできている。私は虫眼鏡を使って、砂を近くから見た。

青い魚と同じ色の眼をした男の人と、お母さまが話している。親戚のことか、商売のことか、何かとても不愉快なことを話しているのははっきりしているわ。だって、お母さまは眉をしかめて時計を見ているし、男のひとは金の指輪をして、いまいましそうに海を眺め、ひどく疲れているみたいに、タバコを喫いながらビーチテントに寄りかかっているもの。砂は足の指の間にくっつく。取ろうとするけれど取れない。ミス・フィールディングは金の指輪の男のひとを横目で見ている。ミス・フィールディングは何を考えているのかしら？　いいえ、何も考えていないわ。海に入って泳いでいく。海の上の緑色の海水帽を私は追う。戻って来るまで。

なんてたくさんのおへそが砂にはあるのだろう！

マリアさまの形をしたろうそく立てをもらった。とても便利なもの。

三月一日

私は病気になった。ミス・フィールディングのせいでものを考えることができない。単調な声でロビンソン・クルーソーを読んでいる。そんな本に、どんな興味を持てるというのかしら？　私が好きなのは恋愛か犯罪の本だわ。いろんな考えを書いた本も好き。食事の時間だけを待っているのに、時間になっても何も出てこない。十五歳になる前に、私は死ぬのかしら？　寝込んでから、ミス・フィールディングのせいで考えごとができない時間を数えてみた。今日は五時間、きのう三時間、おととい九時間、全部で十六時間。もし十五になる前に死んだら、このことを許さないから。

三月十日

海にさよならした。海にキスするのは難しかった。砂にするほうがやさしかったわ。砂は湿っていた。来年までもう来ることはないだろう（でも来年は同じじゃないわ。私は一つ年を取るし、今と同じ私ではないもの）。

私たちはアレシフェス〔ブエノスアイレス州の町〕のお祖父さまの農園で数日を過ごす予定。

三月十二日

農園は「眠り姫《ラ・ドルミダ》」という名前がついている。

「きっと、この農園の昔の持ち主のお嬢さんたちが『眠れる森の美女』のお話が好きで、それでそんな名前をつけたのね」到着した日の夜、ミス・フィールディングは私に言った。

私は、農園の名は「眠れる森の美女」ではなく「眠り姫」で、別の名前なのだ、と説明しなければならなかった。先生は、まるで歴史上の出来事でも教えるように答えた。

「ちょっと長すぎるから、名前を短くしたのでしょ」

三月四日

農園が「眠り姫《ラ・ドルミダ》」という名前なのは、昔の持ち主にとても無口な、私よりずっと無口で内気な娘がいたからだ。客がやって来ると、なかば黒く、なかば褐色の髯を生やしたこの家の主人は、手作りのお菓子を出してもてなす娘を自慢したり、呼ぶのに大声でこう言うのだった。

「眠り姫じゃないぞ、眠り姫じゃないぞ、あの娘《こ》は」

客はみんな喪服を着ていて、豚のように甘いものが好きな女たちで、農園に来るといつも、

「眠り姫じゃない」娘のことを尋ねるのが習慣になった。後にははしょって「眠り姫」のことを、メレンゲのデコレーションで有名なお菓子屋のものにそっくりな、手作りのケーキのことを考えながら尋ねるようになった。「眠り姫」はだんだんと有名になり、人々がケーキをねだるときには、「眠り姫はどこにおられます？」とか、「眠り姫はお元気ですか？」とか、「眠り姫は何をなさっています？」とかいう言い回しが聞かれるようになった。そしてついに、農園も「眠り姫」と呼ばれるようになったのだ。

でも今では、『眠れる森の美女』が農園の名前とは関係がないことを、ミス・フィールディングに納得させることのできる人はいない。

三月十五日

ミス・フィールディングは一日で馬に乗れるようになった。蛇も、こうもりも、鬼火も怖がらない。猫は大好きなのか大嫌いなのか、よくわからない。ミス・フィールディングは猫の背中を撫で、コックが昼寝をしている間に台所から盗んできた生肉の切れはしをやる。でも足で蹴とばしたりもする。

夜、彼女はミゲルと公園を散歩する。私が寝つくまで声が聞こえる。二人いっしょのとき幽霊を見て、ミス・フィールディングは気を失ったそうだ。実際は、屋根の上を黒い巨人のように走り抜けた猫の光る眼だったのに。

三月二十日

芝生の上に差す日の光を見たり、夕暮れに大地から立ちのぼるクローバーの匂いを嗅いだり、真っ昼間、虎に喰われてしまう自分を想像したりするとき、私は偉大な芸術家になれるような気がする。国立美術館を頭において、たくさん絵を描くわ。

三月二十六日

貧乏なこと、裸足で歩くこと、まだ青い果物を食べること、屋根が半分くずれた小屋に住むこと、恐れを抱くことなどは、世界で一番幸せなことにちがいない。でも私は、そんな幸運を望むことはできないだろう。いつも髪をきちんととかして、この大嫌いな靴をはき、ソックスでいなければならないんだわ。

富とは、ミス・フィールディングは大好きで、私は大嫌いな鏡みたいなもの。

三月二十八日

私はこんなお祈りを作った。「神よ、私が想像することのすべてを現実となしたまえ。私の想像しえぬことは一切、現実となすなかれ。私をして、聖者らのごとく、現実を無視させたまえ」

三月二十九日

私は、神の存在を疑ったことがある。偉大な人間はいつも嘘をつくし、私に神の存在について話してくれたのは、そうした偉大な人たちだから。

四月一日
四つ葉のクローバーを見つけることができない。私は絶対に幸せにはなれないわ。幸せとは、自分が幸せだと信じることだもの。

四月二日
汽車の中で眠ったり、食べたりするのが私は好き。それに今日はブエノスアイレスも好き。だって今日はそこへ帰る日だし、絨緞にナフタリンの匂いがするから。

四月四日
自信が持てないままピアノを習っている。ピアノを上手に弾くためには、満員のホールを想像し、喝采を聞かないとだめなの。一回の拍手につき十センタボをフィロメナに払っている。お客さまのあるときには、お母さまが居間でボロディンの「尼僧院にて」を弾くように言うの。でもお客は大嫌いだし、そんな聴衆のいるホールもいや。泣き出さないように私は、自分がバラと柳の木のある庭園にいて、裸足のとても貧しい若者に手を取られている、と空想しなければならない。すると音楽が小道のように開いて、私たちを通してくれ、鍵盤も目に入らなくなるの。

五月二十日

パブロ・レレナはゆうべ家で食事をした。彼はお父さまのはとこだ。二十歳になるまでヨーロッパで育った、ということしか、私は知らない。香水の匂いのする頭を下げて挨拶してくれた。私は返礼もそこそこだった。階段から落ちて膝が痛かったの。

五月二十一日

居間の花瓶のバラの花の上で、小さかったころを思い出して、大人みたいに泣いた。午後六時、家には誰もいなかった。怖くなるような静寂、まるで何かが存在するような静寂が部屋にしのび込んでいた。暗い廊下を通って、私はミス・フィールディングの部屋へ行った。立ち止まり、ナイトテーブルの引き出しを開けた。中にはリボンで結んだ一束の手紙（誰からの手紙かはわかっていた）、香水の瓶、鉛筆一本、そしてマッチ一箱があった。リボンを解いた。一通ずつ手紙を読んだ。読んでしまった手紙をもう一度読んだりしないように、読み進むにつれて、読んでしまったものはポケットに入れた。玄関で物音が聞こえた。大急ぎで手紙をリボンでゆわえた。一通はポケットの中に残った。その手紙はすっかり暗記している。

五月二十二日

ミス・フィールディングは手紙が一通足りないのを知っている。「証拠になる手紙ね」とお母さまなら言うだろう。私はミス・フィールディングのスカートに顔を埋めて泣いた。彼女は私を許してくれた。利口だから。お母さまにこのことを話した。

五月二十七日

ロサとフェルナンダとマルセリナは私の一番の仲良し。ロサは私を誉め、フェルナンダは私を支配し、マルセリナは私を無視している。マルセリナはピアノがうまく、猿みたいに自転車に乗って走っている。女の友だちはいろんな種類に分けられる。いつも聞き役の友だち、私たちが聞き役の友だち、近くにいるときは好きな友だち、遠くにいるほうがいい友だち、自分たちとは違った意見を持っていて欲しい友だち、ある音楽を聞くと思い出す友だち、お庭みたいな友だち、自分自身のほか誰にも似ていない友だち、私たちが口を開く前に言おうとすることを知っていて、それを先回りして言って恥をかかせる友だち、私たちが好きなものを好きになって、私たちからそれを盗む友だち、孤独をより完璧なものにしてくれる友だち、年上の友だち、私たちを相手にしない友だち。

ロサとフェルナンダとマルセリナは、本当は、私の一番の仲良しなんかではない。ただ、作文の中でそう言っているだけ。たとえば、「エル・ティグレへの遠足」という題の作文の中などで。

六月四日

パブロ・レレナはほとんど毎日我が家で夕食をする。お父さまと半々でしている商売があるのだ。食事のあと、ミス・フィールディングとお母さまはトランプで一人占いをし、お父さまとパブロ・レレナは濃い葉巻の煙に巻かれながら話をする。お祖母さまはショールを編む。蜘蛛の手をした亀のように編む。お祖母さまには誰にも聞こえない音が全部聞こえるのに、みんなに聞こえる音は何ひとつ聞こえない。時々、変装しているように見える。特に冬は、ミサに行くとき、あんまり厚着をするので、変装でもしているように見えることがある。

ミス・フィールディングは、私が彼女をからかっているのだと思っている。でも私のせいじゃない。彼女は他のみんなと全然違っているのだもの。アンゴラ猫の眼と泣き出しそうな声をしていて。

六月二十日

私はお父さまとはほとんど会わない、というより、お父さまをほとんど見ない。きのう、お父さまが緑色の眼で鉤鼻をしていることに気がついた。いつも近くにいることは、かえって人を遠ざける。私は、お母さまの小さな部分、部分を知っているにすぎない。手首とか、髪型の厚さとか、好きなウェーブの位置とか、歩くときに立てるきしみとか、笑い声の響きとか。でも、パブロ・レレナは上から下まで知っているわ。それも、お祖母さまの場合がそうだけれど、胸像のように知っているのではなくて、大きな鏡に映したみたいに、全部すっかり知っているの。

六月二十一日

ミス・フィールディングとパレルモへ行った。猫に生肉を持っていった。湖の近くの貸し自転車屋で、私たちは坐って、猫が食べるようすを見た。猫は喉を鳴らし、私に体をすりつけた。突然、ミス・フィールディングは震え出し、顔つきが変わった。ひどく醜く、本当の猫みたいになった。そう言ったら、私をそこらじゅう引っ掻いた。顔から血を流しながら家へ帰りついた。

七月二十三日
私は階段の踊り場に隠れた。姿は見えなかったが、話していることは全部聞き取れた。ミス・フィールディングがミゲルに話していた。泣いているみたいだった。バルコニーで籠の中の小鳥がキスでもしているように鳴いていた。日の当たった壁の上で影があわただしく動いた。回り灯籠の絵みたいに。

七月三十日
私の誕生日、お父さまは細い金のブレスレットを、ミス・フィールディングは一冊の本を、お母さまは小銭入れを、お祖母さまは百ペソをプレゼントしてくれた。パブロ・レレナは今日が私の誕生日なのを知らず、私の名前の入ったケーキにろうそくの火がついたのがテーブルに出たのを見て、食事中なのに立ち上がって、私にキスした。私は赤くなった。お祖母さまもテーブルで食事はしたけれど、卵が入っているのでケーキは食べなかった。

八月十日

私はミス・フィールディングに言った。
「先生が猫、私が犬で、先生が私を引っ掻いたらどう？」
ミス・フィールディングは私におしおきをした。

八月十五日
私は恋愛や犯罪の本が好き、ロセッティやテニスンの本が好き。いくつかの詩は暗記していて、教会でミサが終わるのを待っているとき、声は出さずに、そっと口ずさむの。

八月二十四日
授業の途中で、ミス・フィールディングは手を止め、溜息をつき、その目を窓の外の風景にさまよわせる。きのう、ミゲルが手紙を書くのを手伝って欲しいと彼女を呼んだ。一時間以上もかかった。

九月二日
私はロマンチックなのだって。ゆうべ、私の髪を編んでくれながら、ミス・フィールディングがそう言った。
彼女のほうがもっとロマンチックだわ。だって生きている時間が彼女のほうが長いから。でも、生きる激しさの度合では、彼女のほうが劣っている。

ミス・フィールディングはレモを抱き、爪を立て、英語で話しかける。「どんなにおまえが好きかわかる？」レモは英語がわからない。でもミス・フィールディングが猫にそっくりなのを知っていて彼女を嫌がり、耳を伏せる。

九月二十九日
ミス・フィールディングは、たぶん、私を悪魔みたいに思って見ているだろう。私を心から怖がっている。それは、この日記の意味を理解し始めたからだわ。この日記の中で、彼女はこれからも顔を赤らめ、私が彼女に課す運命に従順に従わなければならないだろう。私は何も、誰も恐れない。

十月五日
今夜、ロベルト・カルデナスが初めて家に食事をしに来た。夏の間、海辺でお母さまと話しているのを見かけた、あの青い眼の男のひとだとすぐにわかった。私に丁重に挨拶した。私はほとんど挨拶を返さなかった。ミス・フィールディングは真っ赤になった。
ミゲルの犬、レモが事故で死んだ。

ここでこの日記を読むのは中断します。あの十月五日夜の十二時に、ポルフィリアが一年近く前に日記に書いていたことのすべてが現実になりつつあるのを確認して呆然となったときもそうでしたが。

ロベルト・カルデナスはその夜、初めて食事に来たのでした。そして私の目の前には、十月五日という信じられない日付が、身の毛のよだつ不思議な証拠として、日記のページに記されているのです。日記帳はその間、ずっと私の手元にありました。ポルフィリアがその間ずっと、いいえ、今日の夕食のあとも、日記に手を触れられなかったことは私にはよくわかっていました。いったい、どのような恐るべき神秘が、毎日、この日記の一ページ一ページを育んでいたのでしょう。名状し難い恐怖に襲われて、その夜は一晩中、まんじりともしなかったことを憶えています。

翌朝、私はポルフィリアに、日記に新しい書き込みをしなかったかどうか、たずねてみました。手を触れていないことは十二分に承知していたのですが！　漠然とした恐れをいだきつつ、日記の日付が実際の日付より先になっている不注意を指摘しました。彼女は驚いたように私を見ました。そして瞳をひどく大きく見開いて、常になく興奮したようすで言ったのです。

「物事が起こる前に書いても、起こったあとで書いても、同じことよ。創作するほうが思い出すよりやさしいわ」

あの利発な、やさしいポルフィリアが、まるで悪魔に憑かれたように思われたことを告白しなければなりません。その日、私は彼女に恐怖を感じました。そしてその夜、自室で一人きりになったとき、日記の続きを読んだのです。

十月二十六日

ロベルト・カルデナスとお母さまとは、まるでもう二度と会えないと思っているように、別れを惜しんでいる。電車が表を通り過ぎていくとき、居間のほの暗さの中では、どんなすさまじい秘密が語られているのだろう？　ミス・フィールディングはとても嫉妬深い。猫は嫉妬深いのかしら？

今日は、ミス・フィールディングと私とで連弾をするように言われた。ミス・フィールディングは悲しそうにピアノに向かい、私はその横のスツールに腰かけた。ピアノのつやつやした木肌に、泣いているお母さまを慰めようとして、その手にくちづけしているロベルト・カルデナスが映っているのを私は見ていた。

お母さまはよく、涙を流さずに泣くの。お母さまはミス・フィールディングが私を痛い目にあわせることも知っている。それに彼女が人間でないことも。でもやめさせようとはしない。彼女を怖がっているからだわ。

十一月五日

恋をしているというのは、一人の男性を愛するということではないわ。人は、誰も愛していなくても恋をすることはできる。一葉の写真、ある夕暮れ、一瓶の香水、天使か一曲の調べで十分。

十一月二十日

空中ブランコ乗りになりたい。緑色のキラキラした服を着るの。空中ブランコ乗りは天使にとても似ている。一人がブランコから飛ぶと、もう一人の天使がその腕の中に彼を受けるの。

十二月四日

私には予感がする。私たちの終わりが近づいている。死が近づくと、犯罪者の顔になってくる人たちがある。無意識のうちに死の面差しを想像して、それと同じ顔をするのだ。

きのう、ミス・フィールディングと、死や自殺や犯罪について話した。子供を相手にする話ではないわ。

十二月五日

暑い。ミス・フィールディングは、それは大きな花束をかかえて野原から戻ってきた。食堂の花瓶にその花を挿した。お母さまは礼も言わなかった。自尊心が高いから。

黄色い太陽がまだ道や家の上に輝いている。もう遅いのに。

ミス・フィールディングはミゲルに恋をしている。女の家庭教師は男の生徒に対しては恋するべきで、私を扱うときのように厳しく当たるべきではないわ。でも、ミゲルはミス・フィールディングの生徒ではなくて、猫の生徒よ。彼女の教え子は私なの。ミス・フィールディングは私の世話をするべきで、猫のように爪を立てるべきではないわ。お母さまにそう言ってやった。

十二月八日

ミゲルやミス・フィールディングと一緒にミサに行った。
二人の仲を裂いてやるわ。憎まれたって私はかまわない。愛情を求めても与えられないとき、憎しみは救いになる。愛情に代われるのは憎悪だけ。
私はたたかれ、爪を立てられることに成功した。私が勝ったのだわ、彼女をいらいらさせたのだから。

十二月九日
私は後悔などせずに、ミス・フィールディングを殺せる。レモが死んだときは泣いたけど、彼女が死んでも泣いたりしない。彼女も私が死んでも泣かないだろう。

十二月十五日
まるである声がこの日記の言葉を私に書き取らせているみたい。その声は夜、私の部屋の絶望の闇の中から聞こえてくる。
私も残酷になれるけれど、この声は私より無限に残酷になれるのだ。終局が怖い。ミス・フィールディングも恐れているように。

再び日記を閉じました。そしてそれを二日間しまっておきました。読まないでいれば、たぶん日記は消え失せ、無視することで呪いを消すことができるのではないかと思ったのです。私の不安、屈辱の思いを説明する必要はないと思います。
私に起こったすべてのことを、私はこの日記で読んでいるのです。最後のページを読みました。そうせずにはいられなかったのです。
ポルフィリア・ベルナルの日記が私に代わって語ってくれるでしょう。私には、日記の最後の数ページ分の生命しか残っていません。

十二月二十日
長いあいだ鏡を見て、自分自身に別れを告げた。まるで世界中の鏡という鏡が永遠に消え失せるかのように。鏡に映った自分を見る、だから私は存在する、と私は思う。
ミス・フィールディングが怖い。猫はみんな怖い。憎まれないように、私は猫に餌をやる。

十二月二十一日
私たちの反目はいつ始まったのだろう？　二人が頭を寄せ合って、一冊の詩集を読んでいるのを見た日から。ミス・フィールディングはどんなことも許してくれた、たぶんそのことを除いて。
彼女は私に対して、犬に対する猫の恨み、できの悪い弟子の師に対する恨みを抱いているのだ。

十二月二十二日
心の底で、人は悲劇の日が早く来ることを望んでいる。今日、ミス・フィールディングは私を三度引っ掻いた。

十二月二十三日

エル・ティグレへ行った。川の水面に空が映っていた。緑色の小舟が静かに水面をすべっていた。ひととき、私たちはすべてを忘れた。柳の木の下でお昼を食べた。午後五時、ミス・フィールディングはぎょっとして私を見た。何を見たのだろう？　猫の影。人は変身しようとしているとき、自分について回る影を見るものだ。その影は将来を予告している。

十二月二十四日

ミス・フィールディングは私に本を一冊プレゼントしてくれた。私は彼女に陶器の猫を贈った。暑い日が来るといつもするように、私とミス・フィールディングは屋上に登った。手摺りは弱くなっている。四階建ての家の高さでは、誰もめまいがしたりはしない。ミス・フィールディングはどこにいても、高いところでも低いところでも、めまいがすると言う。でも、田舎へ行ったときは粉挽き小屋へ登ったわ。

「手をつないで」階段の一番狭いところを通っているとき、彼女は言った。

手は冷たく、彼女は震えていた。私の手に爪を立てた。再び猫の顔をして私を驚かせた。そう言ってやったわ。私たちは川を見ることができた。突然、私の足がすべった。ミス・フィールディングが私を押したのだろうか？　私は鉄柵にしがみつこうとする。

私は外側には落ちなかった。スレート敷きの上に落ちて気を失った。かん高い、裂くような叫び声が聞こえた。いつも夕方のこの時刻に聞いていた港のサイレンだった。

十二月二十六日

ミス・フィールディングは私を殺そうとした。このことは誰にも言うまい。彼女は私が眠っていると思っている。開いている窓から、サン・マルティン広場が見える。広場ではアーカンサスの花が咲き始めている。椰子の木が輝き、ブエノスアイレスの空は黄色い川まで広がっている。私はベッドにいる。ココアを一杯飲んでもよいという許しが出た。ドアが半分開いていて、ミス・フィールディングがココアを入れているのが見える。ヒーターでミルクを沸かす。私のところまで、もうカップを持ってこられないだろう。毛で被われ、小さくなり、姿が隠れてしまう。開いている窓からひと跳びして遠ざかる。もう家に置かずに済んで、きっと、お母さまが喜ぶわ。たくさん食べるし、家の秘密を何もかも知っていた。私を引っ掻いたし、お母さまは私以上に彼女を怖がっていたくらい。今ではミス・フィールディングは無害になり、ブエノスアイレスの街にまぎれ込んでしまうのだわ。彼女に会ったら、もしいつか会うことがあったら、「ミシュ・フィールディング、ミシュ・フィールディング」って呼んでからかってやるわ。そうしたら彼女は知らん顔をするだろう。いつだって猫のように偽善者だったんだから。

（鈴木恵子＝訳）

吸血鬼

ムヒカ＝ライネス

◆マヌエル・ムヒカ゠ライネス
Manuel Mujica Láinez 1910〜1984

ボルヘスと並ぶアルゼンチンの代表的な作家。少年時代をフランスとイギリスで過ごし、西欧の文学、芸術、歴史に精通。一九三二年から新聞記者として働く一方、創作活動を行い、重厚なバロック的文体を駆使して数多くの短編を発表。一六世紀イタリアの貴族ピエル・フランチェスコ・オルシーニの独白という形式の小説『ボマルツォ公の回想』によって脚光を浴びる。濃密で息の長い文体を通して現代文学に物語を蘇生させた功績はきわめて大きい。ここに紹介した「吸血鬼」が収められている連作小説『王室年代記』(一九六七)の他に中世の幻想的な世界を描いた『一角獣』、あるいは『迷宮』、『スカラベ』といった小説が代表作として挙げられる。

　国王カール九世の従兄弟にあたるザッポ十五世フォン・オルブス老男爵に残された財産といえば、ヴュルツブルクの城とかつて大司教が所有していた悪魔の毛房の通路と呼ばれる老朽化した屋敷だけだった。城のほうは、はるか昔の中世から一族の財産として代々受け継がれてきたものだが、屋敷に関してはいわくがあった。つまり、黒魔術に凝っていた先祖のベッポ伯爵があの陰気な屋敷に埋葬されているという古くからの言い伝えがあったために、羽振りのよかった時期に一族の者が買い取ったのだ。男爵は長年ふたつの屋敷を行き来して暮らしていた。宮廷内では、狷介なこの独身者に関して様々な妙な噂が取り沙汰されていた。すなわち、男爵は魔術、夢想画、拷問具の収集、孤独な快楽、終わりのない小説といったものに打ち込んでいるというのである。その小説というのは、文学に革命をもたらすべく書かれたもので、きまじめなフランス人が特に喜びそうなものだった。そこでは、見事なまでに徹底して事件らしい事件が起こらず、冷徹で博識きわまりない亀がペンをもって書きでもしたように、万事に悠長な登場人物たちのひとつひとつの身ぶり、態度、行動、歩み、動作を、あるいは作品の中に取り入れたいろいろな事物が作り出す影やほの暗い陰影が、サディスティックなまでに詳細に描き出されていた。男爵はまた、魔王を思わせるベッポを蘇らせるべく研究を行なうかたわら、浩瀚《こうかん》な書物を書き、その中で貴顕の士を悪意のこもった筆で槍玉に挙げていると噂されていた。なにしろ得体の知れない人物だったので、人々からひどく恐れられていた男爵は、その書物の中で、自分の先祖がベンノという怪しげな名前だったにもかかわらず、国王カールも含めて、あの国の貴族はひとり残らず、ユダヤ人の血を引いていると立証しているとのことだった。

皇太子が生まれると、王の血族の者が病み衰えている産婦のまわりに集まり、証人としてその場に臨席するしきたりになっていたが、めったにないそういう機会に男爵がエラクリーダ宮殿に姿を現すと、国王以下その場に居並ぶ者たちは一様に眉をしかめた。誕生の儀式の間、カール九世は、男爵が王妃のそばに近づかないようたえず気を配り、つとめて二人の間に割って入るようにしていたが、その間も一度魅入られたらその魔力から逃れることのできない目の呪いの危険を避けようと、指を角のように立てていた。

なにしろあの外見だったので、老男爵にまつわる忌まわしい神話はいっそう煽り立てられることになった。背が高くて骨張っており、服装は垢抜けせず、顔色はくすんだ緑色で、ガラスのような目は気味の悪いほど透き通っており、まるで死人か、ミイラを納めてある棺の蓋に付けられた目のように相手の顔をまじまじと見つめたものだった。白髪混じりのげじげじ眉毛はいかにも気短そうな感じを与えたし、とがった耳の後ろには灰緑色の髪の毛がまるで後光のように生えていた。普通なら禿げていてもおかしくない齢だったが、頭には色褪せた髪の毛がもじゃもじゃ生えていた。偉大な世紀を通じて、フォン・オルブス一族の人間は猛禽類を思わせる顔を誇りにしてきたが、その血筋を引く男爵もやはり鳥と人間をかけあわせた、人をぞっとさせるような顔をしていた。鼻は鳥のくちばしのような鉤鼻だった。年代物の擦り切れたフロックコートを体から離したことがなく、頭にはいつもよれよれになったシルクハットをかぶり、手には気味の悪いカエルの皮で作った手袋をはめていた。身につけているものはどれも時間の作用を受けて色褪せ、緑がかった色をしていた。その色は、死体を思わせる男爵の肌の色や水のようにもの悲しげな目の色とうまく調和していた。男爵を包んでいる緑がかった色は人の気持ちを和らげるようなものではなく、男爵はまるで水彩画に描かれた絵のような感じがした。

口さがない連中——たとえば、男爵が行なっているにちがいない、人種に関する研究から導き出される結論をいちばん恐れている人たち——の中には、男爵ザッポ十五世は吸血鬼だという人もいた。この世に吸血鬼に似た人間がいるとすれば、あるいは学識ある人や無教養な人が口を揃えて、これこそ吸血鬼の特徴だと言い、また映画が繰り返し吸血鬼の特徴はこれこれだと喧伝しているものを一身に具現している人間がいるとすれば、男爵ザッポ十五世をおいてほかにいないと言われていた。男爵があくびをすると——ちなみに、彼は笑うということを知らなかった——巨大な犬歯がむき出しになった。男爵は若い者と同じように肉をむさぼり食った。しかし、日々進歩している歯科技術を習得した歯科医があのような歯を入れたとは考えられなかった。というのも、いくら風変わりな男爵でも、あそこまで大きな犬歯を入れさせたりはしないはずだった。これまで挙げてきた肉体的な特徴や陰鬱な夢魔を思わせる雰囲気、加えて男爵がヴュルツブルク城と悪魔の毛房の通路と呼ばれている屋敷の所有者だということを考えれば、イギリスの映画会社が彼に目をつけたのもむりからぬことだった。以下にそのときのいきさつを語ることにしよう。

ロンドンのスウィートフェイス・ブラザーズといえば、ホラー映画専門の会社として知られているが、その会社が『入れ墨のコウモリ』、『呪われた遺産』、『死者はふたたび襲ってくる』といった傑作で確固たるものにした名声をさらに高めようと、野心作に取り組むことに決めた。会社は、プロットが入り組んでいて読み応えのある連載恐怖小説を書いているミス・ゴディヴァ・ブランディに白羽の矢を立て、契約を結ぶことにした。八方手を尽くし、大金を積んでようやく未婚のその女流作家をサセックス州にある書斎と研究所から引っ張り出して、人をあっといわせるようなシナリオを書いていただけないだろうかと持ちかけた。すでに六十台にさしかかっている、痩せて眼鏡をかけたミス・ブランディはロンドンに着くとすぐに、この種の作品にはくだらないものが多いが、本当にいいものを作るつもりならスタジオにしつらえたセットではなく、それらしい雰囲気のある場所で製作するという条項を付け加えてもらいたいと申し出た。スウィートフェイス・ブラザーズ側は、彼女の言い分を聞くとなると金がかかるが、たしかにいい宣伝になると考えて、その申し出を受け入れた。ミス・ブランディはさっそく契約を交わし、たっぷり前金を受け取ってサセックス州に引き返したが、頭の中にはいろいろな案が生まれていたし、今度の映画で観客を恐怖のどん底につき落として名を挙げたいという野心を抱いてもいた。広い書庫の中を掻き回せばきっと映画を撮るのにもってこいの土地が見つかるだろうし、うまくいけばシナリオのプロットまで決まるかもしれない。書庫の中には無数の靴箱が積み上げてあった。一見乱雑に見えて、そのじつきちんと整頓してある箱の中には新聞、雑誌の切り抜きや写真、ノートの類がびっしり詰まっていたので、それをひっくり返して調べ始めた。探しているものを見つけだすまでにかなり時間がかかったが、とうとう見つけだした。つまり、黒海のほとりに建っているヴュルツブルク城と中世を思わせる迷路のように入り組んだゲットーの外れにある、大司教が建てた屋敷の写真がそれだった。それらの写真は、中央ヨーロッパの知られざるジル・ド・レとも言うべきベンノ・フォン・オルブス・ツー・オルブスの恐ろしい所業を記した短い覚え書きといっしょに、錆びついた安全ピンで留めてあった。あそこなら映画を撮るにはもってこいだろうし、ひとりの人間があの城と屋敷の両方を所有しているというのも、願ってもない話だった。世界中いたるところに彼女を崇拝している読者がいたので、ミス・ブランディはさっそくカール九世に仕えている女官のひとりで、自分の愛読者の女性に手紙を書いた。すると、彼女が知的な目的で貪欲に探し求めているあのふたつの建物は、奇態な老貴族の所有になるもので、しかもミス・ブランディの作品から抜け出してきたような所有者である奇妙な貴族は、現在経済的に困窮しているという返事が返ってきた。その返事をスウィートフェイス・ブラザーズに伝えると、会社側は大喜びして、行動力のあるあなたの協力を仰ぎたいと言ってきた。そして会社のほうは、こうなれば一日も早くヴュルツブルクに行き、ザッポ男爵から城と屋敷を借り受けるか、それがむりならせめて向こうの言うとおりの金を払って、今回の超大作のクライマックスシーンだけでもあちらで撮影すべく交渉するという決定が下された。いい映画を作るためなら、金を惜しむな、というのが会社のモットーだったのだ。

大きく揺れるイスタンブール急行に乗っている間中、ミス・ゴディヴァは謎の男爵のことをあれこれ考えていた。少女時代からウォルター・スコットやポーの作品、あるいはフランケンシュタイン、ハイド氏の登場する小説に親しみ、空想の世界に生きてきたが、今こうして鉄道の駅の名前がだんだん発音できないものに変わってゆくのを見ていると、彼女の空想の世界がいっそう大きく広がってゆくように思われた。雪が列車の窓を叩いていた。イギリスの女流作家は、カンターヴィル家の幾可学的な紋章の入った毛布にくるまっていた。そのそばでは、(スウィートフェイス・ブラザーズ社の経営者で、弟のほうの)マックス・スウィートフェイスとルーポ・ベローシがしきりに話し合っていたが、彼女は二人の話を聞いていなかった。ルーポ・ベローシは、吸血鬼や怪物、霊媒、狼男、蘇った死者、いかにも人間くさい悪魔などの役どころで知られる俳優だった。ミス・ブランディは精いっぱい想像力を働かせて男爵ザッポ十五世フォン・オルブスのことを考えた。男爵の家系についてはすでに詳しく調べてあった。ゴータ宮廷大名鑑には王侯の称号がないために省かれている家系が数多くあったが、フォン・オルブス家も例外ではなかった。しかし、このうえもなく優れた宮廷小名鑑の詳細をきわめた基本的な本文には、あの一族がおおかたの貴族よりも由緒正しい家系だというのでちゃんと記載されていた。それを見て、ザッポがあの恐るべきベンノ・フォン・オルブスと同じ姓だということを発見し、彼女はひどく感激した。さらに、注を見ると、ティボル・ザッポ伯爵とクルト・ベンノ男爵の名が挙げてあり、彼らもやはり同じ一族に属しているという記述が見つかり、嬉しさのあまり思わず舌なめずりした。かつてヴュルツブルク城に住んでいたティボル・ザッポ伯爵は白い雌山羊を愛するようになり、気の弱いヴォルノスの大司教を説き伏せてむりやりその山羊との結婚式を挙行させた。同じヴュルツブルクに住んでいたクルト・ベンノ男爵は死の国から蘇らせたおかげで、給金を払わなくてもいい従僕を使って、見事に組織された悪魔礼拝の儀式を執り行なったが、それがもとで異端者として名を馳せることになった。ザッポの先祖にこれほどすごい人物たちがいたのかと思うと、体が震えるほど嬉しかった。彼女と文通している例の女官が、不可解な孤独の中に閉じこもっている男爵が引き起こした相矛盾する様々な風聞を伝えてきたが、そのせいで神秘的な世界に魅了されていたオールド・ミスはいっそう激しく心を掻き立てられた。フォン・オルブス一族の輝かしい家系、彼らを取り巻く魔術的な雰囲気、そうしたものに比べるとけばけばしい俗悪さだけが売り物のルーポ・ベローシはあまりにも惨めたらしかった。黒い森《シュヴァルツヴァイト》で作られ、ハンガリー産の葡萄酒に漬けて味付けしたベーコンをがつがつ食べながら、ベローシはマックス・スウィートフェイスを相手にさかんに議論を闘わせていたが、これまでスクリーンのうえで数知れず怪物役を演じてきたせいか、絶えずチックを起こしていた。もっとも、そのおかげで今回『ヴュルツブルクの怪人』の主役をもらうことになったのだ。ヴュルツブルク、ヴュルツブルク！　ミス・ゴディヴァ・ブランディはあの城の胸壁や武具甲冑、クモ、墓などに思いを馳せていたが、その間もバルカン地方のレールの上を走る列車は、「ヴュルツブルク、ヴュルツブルク……」と音を立てて走っていた。一方、降りしきる雪は恐怖と愛をテーマにした今回の映画が大ヒットするにちがいないと窓ガラスのうえに嬉しい予言を書き連ねていた。

来訪を告げられた男爵ザッポは、十本のたいまつに照らされた、なかばホール、なかば洞窟といった感じのする武具甲冑を並べた広い客間で彼らを待たせた。迎え入れたものかどうか迷っていたのだ。自分のひそやかな世界を誰にもかき乱されたくないという気持ちと、どうしても金が要るという現実のはざまに立って心を決めかねていた。ヴュルツブルク城も屋敷もすでに抵当に入っていたが、厭人癖が高じていたザッポは、それまで誰ひとり城砦に招き入れたことがなかった。

イギリス人の来客は犬のように体を揺すって雪を払い落とすと、赤々と燃えさかる火にかじかんだ指をかざした。無表情な家政婦とふたりしかいない知恵遅れの使用人が苦い味のする酒を彼らに給仕したが、飲んだとたんに内臓が燃えるように熱くなった。三人の外国人は目顔で、城にはこれ以上望むべくもない素晴らしい雰囲気が備わっているし、何かが腐敗しているような臭いがするが、それがまたなんとも言えないほどいいと語り合った。城を舞台にして最初のシーンを撮るのなら、ほんの少し手を加えるだけでよかった。ミス・ブランディは独特の雰囲気に刺激されて、創造的意欲をかき立てられた。ルーポ・ベローシは奥歯をかみしめると、例の有名な淫猥でしかも陰気な高笑いをあげた。若いマックスは喜びに身を震わせながら、これでオルガンの演奏があれば申し分ないんだがなと言った。その言葉が終わらないうちに、音程の狂ったオルガンの音が鳴り響き、ゴシック風のドームや武具、梁からぶら下がっている色褪せた旗、穴居人の住居を思わせるホールに石像のように突っ立っている三人の外国人の体をぴりぴり震わせた。フォン・オルブス家の石造りの豹が目を光らせている磨り減った石の階段の上に、とつぜんザッポ男爵が亡霊のように姿を現した。男爵の全身は緑色に包まれていたが、威風あたりを払う堂々とした背の高い男爵のシルエットを、色褪せた緑色のライトが照らしだしているように思われた。というのも、ゆったりと石段を降りてくる男爵の全身を、緑色の震える光が包み込んでいたのだ。その皮膚、目、髪、フロックコート、手袋、体全体、すべてが緑がかった色をしていたが、全身緑色の人物などめったにお目にかかれるものではなかった。

　ミス・ゴディヴァとマックス・スウィートフェイスはすっかり感激していた。ベローシも感激してはいたが、自分はメーキャップと音響効果でなんとかそれらしい雰囲気を出しているだけなのに、目の前にいる男は正真正銘の本物であり、しかも本物にしかない迫力を備えていたので、怖じ気づいていた。ベローシはその迫力に圧倒されて、怯え、苛立っていた。ザッポ男爵の顔を見たとたんに、情けないことに思わず驚嘆の声を上げそうになった。それを顔に出すまいとして、まやかしの吸血鬼のポーズをかなぐり捨てた。ミス・ブランディはスペースものにまで手を伸ばしているホラー小説の作家であり、マックス・スウィートフェイスのほうは超自然的な映画の共同製作者であり、ルーポ・ベローシはホラー映画の俳優として有名だった。つまり、彼ら三人はホラーものという扱いにくい分野では多少名の知られた専門家だったわけだが、その彼らが揺めくたいまつの炎に照らされて、ゆったりした態度で自分たちのほうにやって来る男爵の姿を見て、思わず拍手した。男爵は鋭くとがった歯をむき出していたが、その歯は両棲類を思わせる緑色の透明な目と奇妙なコントラストを見せていた。彼が手袋をした手で合図すると、三人は金縛りにあったように体が動かなくなった。凍てつくような列車に揺られた後、鈴の音がうるさいトロイカに乗せられてつるつる滑る雪のうえを、いまにも崖から転落しそうになりながらここまでやって来た。そのときは、今夜はおそらく松がごうごうと鳴る塔に閉じこめられて、寝苦しい夜を過ごすことになるだろうと考えてうんざりしていたのだが、いざ男爵に会ってみると、やはり来た甲斐があったと考えた。辛い旅をしてきたおかげで、典型的な人物、いや、超人的といってもおかしくない人物に出会うことができたのだ。それまで、彼らは熱に浮かされたように様々な人物を創造してきたが、目の前にいる男爵はそうした人物すべてをしのいでいた。彼らは映画と小説の中で知恵を絞り、想像力を働かせてきたわけだが、男爵を前にすると自分たちの作り出した人物がひとり残らず色褪せてしまうように思われた。マックスは『入れ墨のコウモリ』を製作する前に、男爵と出会い、ヴュルツブルクの城を訪れていたらと思うと、残念でならなかったし、ミス・ブランディは、『死者の愛』を書く前に、男爵と黒海のほとりに建てられたこの陰鬱な城のことを知っていたら、と考えた。かすかに聞こえていたオルガンの和音がはたと止んだ。音楽がとぎれると、目に見えないバレエの舞台監督が手を一振りしたように、コウモリの一群がキーキー鳴き、翼をばたばたさせながら近くの回廊を抜けて飛び去っていった。二本のたいまつの火が消え、石造りの階段が薄闇に包まれたが、そのせいで石の豹たちはいかにもその場にふさわしい幻影の豹に変わったように思われた。

時代とともに礼儀作法も変化していたが、男爵はそんなことにおかまいなくミス・ブランディの手に口づけし、その後ふたりの男と握手した。華やかで古風ではあったが、男爵の立居振舞いは非の打ちどころがなかった。その姿は、戦利品でいっぱいの洞窟の中を尻尾を振りながら先に立って歩き回り、サセックスの女猟師の手の甲に軽く歯を立てる、おとぎ話の豹を彷彿させた。これまで五十六編の記憶に値する小説を書いてきたミス・ゴディヴァは、自分の手に男爵の歯が押し当てられるのを感じた。マッチの火を近づけでもしたように、一瞬ちくりとした痛みを感じて、彼女は思わず身震いした。とたんに、それまで度しがたいほどロマンチックな夢想の世界に生きていた彼女は、男爵こそ自分の探し求めていた人だと考えて、すっかりのぼせあがってしまった。彼女の心は激しく燃え上がった。目の前にいるのは、長年夢見てきた理想の人だったが、その人を目で見るだけでは満足できなかった。あの目、あの歯、あの鼻、ぼさぼさの髪、あの緑色！　できることなら男爵の体に触れ、その体を嘗め、頬髭や首筋の匂いを嗅ぎ、血管を流れる高貴な血の音を聞いてみたいと思った。一方男爵のほうは、以前大司教の友人のスウィートフェイス閣下が皇太子殿下とともに自分の屋敷、悪魔の毛房の通路にお泊りになったことがあるのだが、スウィートフェイス・ブラザーズというのは閣下と同じ血筋なのですかと尋ねた。マックスは貴族の中に同姓の人間がいるとは知らなかったが（冒険家にして詩人の彼にとって、仰々しい肩書きなど何の意味もないものだった）、そこは世慣れていたので、すかさず、ええ、同じ血筋ですと答えた。おかげで、話はとんとん拍子に進んだ。

男爵は優雅な物腰でヴュルツブルク城を案内して回った。いくつもあるサロンはおそろしいほど薄汚れ、経済的困窮ぶりを物語っていたが、ザッポはそしらぬ顔で、まるでそこが新しい子供部屋ででもあるかのように見せて回った。イギリス人たちはその度に感嘆の声を上げた。三人はぼろぼろになったタピストリーが垂れ下がり、クモの巣があちこちにかかっているのを見て、度胆を抜かれたが、右手に燭台を持った男爵はある部屋から次の洞窟、あるいは寝室へと案内して回るときに、そうしたものを厚い布地のカーテンのように引き剝がしていった。世慣れた実業家のマックスはその間もしきりに愛想を振り撒いて、これから作る映画のことを話して聞かせた。しかし、ザッポ男爵のほうは返事をせず、愛想のいい野蛮人のようにじっと相手の顔を見つめていた。ミス・ブランディはしきりにノートを取っていたが、興奮していたせいか何度も鉛筆を折っていた。一方ルーポ・ベローシは、吸血鬼の役をせっかく手に入れたというのに、汗ばんだ手の指のあいだからそれが逃げてゆきそうな不安を覚え、いかにも芝居がかった態度で人を小馬鹿にしたような表情を浮かべていた。あとの二人もその点はよくわかっていた。それまで彼は自分の部屋の鏡のまえに立って、くたくたになるまで何度も悪魔らしく見えるようにポーズをとって練習してきたが、その苦労も水の泡になってしまうのだ。夜も寝ずに長い時間懸命になって練習を積んだおかげで、ようやく複雑な表情を備えた顔を作るのに成功したのだが、男爵のほうはそうしたものが生まれつき身に備わっていた。城の中を見て回っているときに、ルーポ・ベローシは突然ゴシック風の窓の前に立つと、一度も体から離したことのないマントをひるがえし、サインの収集家たちから〈恐怖のルーポ〉という呼び名をもらうことになった例の口元を歪めるやり方でにやりと笑ったが、そんなことをしても何の役にも立たなかった。その場にいたふたりのイギリス人は、しようのないいたずらっ子だとでもいうように笑いかけた。一方、ザッポ男爵のほうは笑顔を作ろうとしたが、顔が歪んだだけで、しかもその顔には相手を見下したような表情が浮かんでいた。

家政婦（後に、ミス・ブランディは、あの人はぜったいにこの地球の人間じゃないわと断定した）が黙々と食事を給仕していたが、その間にマックス・スウィートフェイスはフォン・オルブスに向かって、机の下からベローシが蹴りつけるのもかまわず、恐怖のルーポには吸血鬼を相手に闘う科学者をやってもらうことにして、もしよろしければあなたに吸血鬼の役を引き受けてもらいたいのだが、どんなものだろうとそれとなく持ちかけた。困惑した男爵が断わりの言葉を並べ立てる前に、マックスがギニーでとてつもない金額を切り出したので、たいまつが揺らめき、男爵は目をしばたいた。ミス・ブランディは懇願するように両手を合わせたし、ルーポは首を左にかしげたが、そのせいで揺らめく明かりを受けてなんとも言えず悲しそうな横顔が浮かび上がった。支払う金額について、二日間にわたっていやになるほど議論を闘わせた。外国の為替手形売買業者から相手にされないあの国の通貨はひどいインフレに悩まされていたが、そのことも話題にのぼった。一方で、彼らはザッポのトロイカに乗せられて首都に行き、悪魔の毛房の通路の屋敷を見て回った。そこでも大袈裟な感嘆の声を上げたが、ルーポのうちに秘めた怒りはそれくらいのことではおさまらなかった。マックス・スウィートフェイスは、ヴュルツブルク城と悪魔の毛房の通路の屋敷を舞台にザッポの主演する『怪人』を完成させれば、世界的な大成功をおさめるにちがいないと踏んだ。あとは、ミス・ブランディの才知と創造力にすべてを委ねるしかない。恋のとりこになっていた女流作家は、ザッポ十五世の目をじっと見つめていたが、男爵の不健康そうな緑色の目はきらきら輝いていた。

経済的なことに関してきわめて敏感なマックスは、城主がかなり軟化していることに気がつき、ここは契約の話と目をむくような金額を書き込んだ小切手をちらつかせて一気に攻め立てることだと考えた。金を惜しんでは、勝利を手にできないというわけだ。男爵がぎりぎり歯軋りしたので、イギリス人たちは縮み上がり、背骨に電流が走ったようなショックを受けた。それでもまだ老男爵は、ここはたしかに自分の家にはちがいないが、舞台に立ったことなど一度もないし、芝居や映画のことは何一つ知らんのだと言ってためらっていた。マックスは最後まで言わせず、あなたを立派な役者に仕立てあげるのはこちらの仕事ですし、プロの目から見てもあなたは写真写りがとてもいいはずですから、何も心配なさることはありませんと説明した。男爵はついに折れて、膝のうえに書類を置くと、引っ掻くようにサインをした。三人のイギリス人はそれを持ってあたふた鉄道の駅に駆けつけた。マックス・スウィートフェイスは有頂天になっていたし、ミス・ゴディヴァ・ブランディは恋に酔い痴れており、ルーポ・ベローシはまだむくれていたが、いずれにしても三人とも寒さのあまり真っ青になっていた。

ザッポ男爵がロイヤル・バンクで百万ドブラにのぼる手形を決済したという驚くべきニュースはたちまち宮廷内にひろまった。いったいどこからあれだけの大金を手に入れたのだろう、と様々な揣摩《しま》臆測が飛び交い、嫉妬深い宮廷人たちの意見も分かれていた。年齢のわりには開けている、斜視のフォン・オルブス伯爵夫人は、私なら、そういう申し出があったら、喜んで吸血鬼の役を引き受けますけどねと言い、早速ペンを執って金を貸してある男爵に、エキストラでもいいから、『ヴュルツブルクの怪人』に出演させてもらえないだろうかと書き送った。官房長官は、映画を通して由緒ある祖国の偉大さがいよいよ世界に喧伝されるべきときが来たと表明した。国王カール九世までが王室会議の席で、百万ドブラの収入があったということは国民にとって喜ばしいことだ、とりわけ今回の映画『怪人』で観光客が押しかけて来るようになり、お金を落としてくれれば言うことはない、と演説をぶった。けれども、多くの宮廷人は今回の出来事に対して激しい非難の矢を浴びせかけた。つまり、こういうことを許しておけば、貴族階級は危険なまでに疲弊しているというふうにとられ、共和制を支持する人達を煽り立てることになるというのだ。共和主義者たちがこの好機を見逃すはずはなく、貴族階級はもはや自らの腐敗を覆い隠そうとせず、わずかばかりの金で祖国の伝統を売り飛ばしてしまった、と抗議の声を上げた。しかし、百万ドブラといえばやはりとてつもない大金で、けっしてわずかばかりの金ではなかった。信心深い女たちは十字を切り、英語が少しわかる若者たちは、『ヴュルツブルクの怪人』が自国の新しい時代の幕開けになるにちがいないと考えて、飛び上がって喜んだ。その後共和制が発布されたが、そのときに歴史学者たちは政治体制の変革をはやめた要因のひとつとして、あの重要な映画を挙げている。

ミス・ブランディはサセックスに戻ると、さっそくシナリオに着手、まるで熱に浮かされたように書き始めた。半月も経たないうちに、吸血鬼として不死の生命を得たベンノ・フォン・オルブス・ツー・オルブス伯爵の伝記をもとに、幻想的なストーリーを作り上げた。創作の合間に温室のティー・ローズに水をやりながら、男爵のことを懐かしく思い出して、空想の翼をはばたかせた。自分がヴュルツブルクの城主夫人になり、緑色の肉体と猫のような歯を備えた男爵のそばに立っているところを思い浮かべた。そして、ヴュルツブルク城の洞窟を思わせるホールに書斎を作り、そこに魔術の辞典や怪奇幻想譚のコレクション、妖術に関する論文、これまでに書いた全作品である五十六冊の小説を並べ、壁にはウォルター・スコットとエドガー・アラン・ポーの肖像を飾るのだ。むこうが霞んで見えるほど奥行のあるダイニングルームを取り仕切っている自分の姿が目に浮かんだ。一世紀前から、そのいかめしいダイニングルームには、初代から十代までのザッポ男爵をはじめ、ティボル・ザッポ伯爵、クルト・ベンノ男爵、クルト大司教、それにぞっとするような魅力をたたえている、見るも恐ろしいベンノ・フォン・オルブス伯爵の肖像がずらりと並んでいた。リュウマチにかかった腕のいい画家の手になる、表面にひびの入ったそれらの肖像画は、どれも同じ特徴を備えた人物たちを描き出していた。おかげで、そこは先祖の肖像のかかっている豪華な回廊というよりも、謝肉祭用の衣装を集めたコレクションのような感じがした。その中にあって、堂々たる鼻をしたげじげじ眉毛の、青緑色、灰緑色の人物だけが、十字軍の鎖帷子《かたびら》のかわりに小姓が着けるような胴着をつけ、まっすぐな司教冠のかわりに斜めにかしいだ三角帽子をかぶり、殉教者聖エクシミオの緑色、海緑色の綬章のついた礼服のかわりに、ハンガリーの軽騎兵の長い上着と学者を思わせるローレル・グリーンのフロックコートを着ていた。高々とそびえるヴュルツブルク城にこもれば、廊下を風がひょうひょうと吹き抜け、オルガンがうめき声を上げ、不吉な鳥が騒々しく鳴き騒ぎ、男爵ザッポ十五世が真っ赤な歯茎を見せるだろうが、そんな中ではたしてミス・ブランディに小説が書けるだろうか。すぐそばの黒海で吹き荒れる嵐のせいで楼門がじっとり濡れている城の中、あるいはまだ見つかっていないベッポ・フォン・オルブスの墓がある悪魔の毛房の通路の屋敷で、『死者の愛』や『噛みつく亡霊』、『狼男など怖くない』といった作品よりも優れた小説、心理学的な人物描写など書けるはずはなかった。ザッポのような男性から包容力のある愛情を受け、ヴュルツブルク城に住んでインスピレーションを得て創作するような機会に恵まれることもなく、いつのまにか六十の坂にさしかかっている自分がうらめしくてならなかった。彼女はひたすら書き続けて、ついに『怪人』を完成させた。

一方マックスは、ひどく齢の離れた長兄のパトリックをつかまえて、今回の百万ドブラに加えて、さらに何百万ドブラかの金が入用になるだろうが、それで男爵を映画に出演させ、あの城と屋敷を自由に使えるのなら安いものだと説き伏せなければならなかった。加えて、ミス・ゴディヴァがあれほど男爵を絶賛したにもかかわらず、ルーポ・ベローシはこれまで長年吸血鬼を演じ続けてきた実績にものを言わせ、したり顔して、自分がエレオノーラ・ドゥーゼ〔サラ・ベルナールと人気を二分したヨーロッパの女優〕に似ているように、ザッポ男爵は吸血鬼にそっくりだ、しかし、あの空きっ腹を抱えたよぼよぼのじいさんに怪人の役を演じるというような器用な真似ができるはずがないと主張した。おかげで、マックスはそのルーポともやりあわなければならなかった。ルーポは、この偉大なルーポに恐ろしい吸血鬼ではなく、その吸血鬼を追いかける科学者の役をやらせるというのは、狂気の沙汰としか言いようがない、というのも観客、つまり彼を見ようとやってくる観客はルーポが吸血鬼を演じている映画を見慣れているので、役が入れ替われば混乱するにちがいない。そうなれば筋がわからなくなり、結局映画は失敗作ということになって大損失を招くことになるだろうと言い張った。パトリック・スウィートフェイスは、早急にこの問題を検討し、もし今回の契約が自分の見るところ性急に過ぎるということになれば、それを解約し、何としてもあの役をやりたいと言っているベローシに回すことにすると言明した。

さて、話がここまでくれば、明敏な読者ならおそらく、男爵ザッポ十五世がただ単に吸血鬼に似ているばかりでなく、じつは吸血鬼そのものだということにお気づきになったことだろう。セルビア語源のあの言葉のあらゆる意味で、男爵は吸血鬼に間違いなかった。吸血鬼、ヴュルツブルク城のヴァンパイヤー、ヴュルツブルク城の怪人。そのころサセックスの書斎と温室では、ミス・ゴディヴァが熱に浮かされたように想像力を働かせていたが、男爵は彼女の空想をはるかにうわまわる野獣、吸血鬼であった。あの城を訪れたというのに、彼女はもちろん、マックスもルーポもそのことに気がつかなかったが、考えてみれば奇妙な話である。しかし、あまりにも歴然としている、つまり文学作品や映画の研究書でしょっちゅうお目にかかる、型どおりの典型的な吸血鬼に瓜二つだったので、かえって相手の正体が見抜けなかったのも、ある意味ではむりからぬことだった。古典的な吸血鬼にそっくりのあの男爵がまさか本物の吸血鬼だとは、だれも考えなかった。映画で吸血鬼を演じている俳優にそっくりだったので、男爵なら、扮装を凝らしたり、メーキャップをするまでもなく吸血鬼の役を見事にこなすはずだ。ミス・ブランディとマックス・スウィートフェイスはこれまで大勢の人間を見てきたが、男爵ザッポ十五世フォン・オルブスのように、扮装もしていないのに吸血鬼に生き写しの人間に出会ったことは一度もなかった。驚くほどよく似ていただけでなく、人を威圧するような迫力があった。彼らはなまじプロの目で見ていたために、相手の正体を見抜くことができなかったのだが、男爵は正真正銘、本物の吸血鬼だった。もっとも、男爵が吸血鬼だということを知っていたのは家政婦だけだったので、彼らイギリス人にわからなかったのもむりはなかった。中には、うすうす感づいていて、黒海の近くで吸血鬼の犠牲になった人が出ると、男爵の仕業だと言い触らす者もいたが、そういう忌まわしい出来事はあの地方の民謡に歌われていたし、吸血鬼ははるか昔からいたので、直接被害にあって血を吸い取られた人をのぞいて、人々は猪や熊、狼、雹《ひょう》、洪水、あるいは豪雪などと同様、あれも避け難い災厄のひとつだと考えて、あまり気にかけていなかった。貪欲な吸血鬼の牙にかかった犠牲者が出ると、ヴュルツブルクの宿屋では、男爵の名が人の口の端にのぼったが、それは男爵の外見が、われわれが吸血鬼について抱いているイメージとそっくり同じだったからにほかならない。また、大半の人は、人間の生き血を吸うというのは、領主のような身分の高い人だけに許された異常な行為であり、フォン・オルブス家というのは大昔からこのあたりを治めているのだから、ザッポが人間の血を吸うという貴族的な誘惑に負けるのもむりはないと考えていた。どのみち誰かを犯人に仕立てあげなければならないのだし、ほかに適当な人間がいない以上、男爵ザッポの仕業にせざるをえないという事情もそこには働いていた。けれども、あの老貴族が本当に吸血鬼だと信じている者はひとりもいなかった。犠牲者が出ると、村人たちは（字の読めない彼らが推理小説の熱心な読者であるはずはなかったのだが）いちばんそれらしくないやつが怪しいと考えて、不安げに互いの顔を見交わしたものだった。

映画会社の人達は、ひと月後に再びヴュルツブルクを訪れた。前回は三人だったが、今回は経験豊かなパトリック・スウィートフェイスを先頭に、彼の弟とミス・ゴディヴァ、恐怖のルーポはもちろん、俳優、技師、助手の一団に加えて山のような機材と照明器具を持って押しかけた。奇怪な器具を積み上げ、おかしな服を着た人達が乗り込んだトロイカと馬車が村を通り抜けて城に向かって行った。それを見て古くからの住民達は、今よりも親しみの持てた以前の城主達が行列を組んで同じ場所を通って行ったときのことを語って聞かせてくれた父親や祖父の話を思い出したものだった。また、道化師や仮面をつけた婦人たち、おかしな形をした器具、あるいは聞き慣れない言葉でわめき散らしている人間たちの姿を見て、ザッポ二世の時代にヴュルツブルクの傾斜面を恐ろしい蛮族たちがよじ登って行ったときも、きっとこんなふうだったのだろうと考えた。一行のうち大半のものは村に残り、その地方独特の苦味のある酒を飲んで酔っ払ってしまい、後々の語り種になるような騒ぎを引き起こした。かつて侵入してきた蛮族達はその辺りにあるものすべてを奪い取ったが、今回やって来た侵略者達はフローリン、クラウン、シリング、ペンスを雨のように撒き散らした。おかげで、その地方の住民は、地上でもっとも計算のややこしい通貨の一つに数えられるお金の計算に慣れてしまい、ドブラ、半ドブラ、ドブリン、ドブレテといった自分達の通貨に対しても自信を持つようになった。

ヴュルツブルクの男爵は今回の来客に対しても、いささか古風だが、礼儀正しい物腰で接したが、おかげでいっそう威厳ありげに見えた。それまでいろいろと話を聞かされてはいたが、実際に男爵に会ってみて、パトリックは内心舌を巻き、マックスもあれでなかなか目端がきくじゃないかと考えた。しかし、すべては自分の一存にかかっていると思わせるために、わずかばかりの手付金を渡すのをできるだけ引き延ばし、フォン・オルブスに対してはつとめてくだけた態度をとろうとした。けれども、パトリック・スウィートフェイスが一種独特の強烈なオーラを備えている男爵ザッポ・フォン・オルブスと互角に渡り合おうとするのは、むりな相談だった。ミス・ブランディだけは、男爵の放つ強い狂気の光を感じないのか、腹を空かせた鶏のように男爵につきまとって、いかに素晴らしい人物かをまわりの人にしきりに吹聴していた。山のような書類を抱えた書記のように、何度も手を入れた『怪人』の手書きの草稿を見せたり、みだりがわしい偶像に仕える巫女のように、しきりに男爵を持ち上げていた。その様子を見て、パトリックは男爵と張り合うのを諦め、カメラマンや照明技師のいる自分にふさわしい世界に戻っていったが、彼らは黙りこくったまま一様に渋い顔をしていた。パトリックは最初に顔を合わせた日から、見かけ倒しのこけおどしをいくらやってみても、あの落ち着き払っているザッポ十五世の本物の迫力にはとても及ばないだろうと考えていた。その一方で彼は、男爵、ミス・ゴディヴァ、恐怖のルーポをはじめ、ほかの者をつかまえては、もし万が一自分が監督する『ヴュルツブルクの怪人』が数々の賞を取り、興業成績が驚くほど上がったとすれば、むろんそこには偶然や幸運が働いているにしても、やはり自分の経験と才覚が大きくものを言っているはずだとまくし立てた。

　さっそく試し撮りが始まった。ザッポを写した最初の写真ができ上がったが、それを見ただけで、マックス・スウィートフェイスの目に狂いがなかったことがはっきりした。カメラを通して見る映像はどれもぞっとするほど恐ろしいもので、現像液のしたたり落ちているフィルムに写しだされたその姿を見ただけで、ベテランの技師でも思わず手を震わせたほどだった。ルーポ・ベローシでさえ批判めいたことは一言も言わなかった。ただ、内心ひそかにほくそ笑んでいた偉大なパトリックだけはあれこれ注文をつけた。男爵には、やはり服を変えてもらおう、と言った。観客の要望もあるので、いくつかの点はこちらの言うとおりにしていただきたい。ルーポがやるはずの役を奪ったのだから、せめて衣装だけでもこちらの指定する、きまったものをつけてもらうことにする、それで映画の吸血鬼がぐっと引き立つことになるはずだ。映画に登場する吸血鬼というのは、フロックコートに黒のマントと相場が決まっている。つまり仕立てのいいフロックコートに糊のきいたワイシャツ、真っ白な胸にはサヴィル・ロード〔ロンドンにある一流の紳士服の店が並んでいる通り〕の蝶のような白の蝶ネクタイをつけるというのが基本的なスタイルで、そうでない衣装をつけた吸血鬼というのはしょせんまやかしでしかない。男爵ザッポが若い頃から着ているフロックコートはすでに擦り切れているにちがいない、そう考えた明敏なパトリックは、おそらく男爵はあの服に執着しないだろうと踏んで、ロンドンからきらびやかな衣装の詰まったトランクを送らせていた。トランクを開けると、中から彫像がつけているような燕尾服や極上のワイシャツ、勲章の詰まった宝石箱などが出てきた。勲章の件は、思いのほか簡単に片づいた。いろいろ注文をつけられてフォン・オルブスは困惑していたが、それでもその地方の金羊毛とも言うべきサン・エクシミオの綬賞と十字勲章だけは身につけたくないと思っていたし、スウィートフェイスが送らせた大きな箱の中には安物の記章と星章がぎっしり詰まっていた。監督みずから、男爵の服の襟と胸のところにそうした飾りをつけてやった。また、そのまわりでは、裁縫師たちが緑色の紳士と目を合わさないように気を遣いながら、体にぴったり合った服を仕立てるために寸法を取っていたが、男爵はなすがままにさせていた。裏方の人達が城の中を歩き回って、本物のクモの巣を取り払い、あちこちに灰色の糸を編んで作った人工のクモの巣を張ったり、コウモリを入れた鳥籠を運んだりしていたが、男爵は顔色ひとつ変えずその様子を見ていた。見るからに堂々としたオルガンのうしろに隠してある電子オルガンからは騒々しい音楽が流れていたし、ミス・ゴディヴァはミス・ゴディヴァで、どういう筋かわかっているシナリオの細部について何度もしつこく説明していたが、男爵は黙って耳を傾けていた。けれども、そのオパールのような、アクアマリンのような目はヴァイオレット・デイジーにじっと注がれており、真っ赤な舌が唇をみだりがわしく嘗めまわしていた。

これまで一度もヴァイオレット・デイジーの名前を出さなかったが、それは、この年代記をお読みになる方は、大勢の重要な人物の名前を覚えなければならないので、なるべく最後まで名前を出さずにおこうと考えたからにほかならない。七番目の芸術である映画の世界を彩る華やかなスターのことに詳しい人なら、おそらく彼女の素晴らしい名声のことはすでにご存じだろう。ヴァイオレット・デイジーといえば、誰もが、美貌、優雅さ、優しさ、ウェーブのかかった前髪、美しいまつげ、顔をしかめたときのあどけない表情、見事な脚線美、膝上の房飾りのついたスカート、細くくびれたウェスト、カールした金髪、とりわけこのうえもなく美しい目を思い浮かべることだろう。きらきら輝く無邪気な大きな目は、人間のものというよりも、豊沃な牧草地でゆったり草をはんでいる堂々とした家畜の目を思わせた。彼女がやって来たというので、ヴュルツブルクと宮廷は大騒ぎになり、真珠のような彼女を束の間納めるケースとして選ばれた国までが世界中の注目を集めるようになった。ヴァイオレットを崇拝している大勢のファンは、彼女の行くところ、どこにでも優しさと愛情が花開くということを知っていた。パトリックは彼女と契約を結んで、『怪人』のヒロイン役を引き受けさせることにしたが、これは天才的というほかはない着想だった。ヴァイオレット・デイジーはこれまでラブロマンスの映画にしか出演したことがなかった。だから、彼女をブラザーズ社が配給するこの手の映画に出演させることなど、それまで誰も思いつかなかった。パトリックは、ダナエを誘惑したジュピターのように、ふんだんに金をばらまき、この映画で成功すれば、女優としてひと回りもふた回りも大きく成長するだろうと言葉巧みに説得したのだ。ここまでお読みになった読者ならすでにお気づきだろうが、彼女がこの土地にやって来たおかげで、男爵ザッポまでが心を動かされた。一切を取り仕切っているパトリックのやり方は少々強引すぎて、不愉快な思いをすることもしばしばだったが、男爵はまったく気にかけていなかった——それもこれも彼女のおかげだったが、スウィートフェイス兄弟もそこまでは考えていなかった。男爵はなんとでも好きにするがいいと考えていた。裁縫師たちが彼の体にピンを突き立て、メーキャップ係はただでさえ恐ろしいその顔に余計な化粧を施し、裏方の連中は何世紀も前から城内に置いてある、錆びついた見事な甲冑に代えてぴかぴか光るブリキ製の甲冑を置き、ねずみを捕ってくれるし、画面にも出せるというので猫を放したりし、回廊で哀れな道具を叩いて悲鳴に似た音を出したりしていた。上品で美しいヴァイオレット・デイジーのそばに近づき、襟足から立ち上る「ヴィエルジュ・ブリタニク」のかぐわしい香水の薫りをかぐことができれば、ほかのことはどうでもいい、と男爵は考えていた。しかし、何気なく後ろを振り返ったときに、間の抜けた牛を思わせるヴァイオレットの目が、男爵の餓えた爬虫類のような目と出会うことがあった。そんなとき、彼女は思わず叫び声をあげそうになり、しばらくしないといつもの透き通るような笑顔が戻ってこなかった。

そのうちミス・ゴディヴァは、男爵が彼女のことを憎からず思っていることに気がつき、気も狂わんばかりになった。ヴァイオレット・デイジーと男爵は最初のうちこそ遠慮があったのでよそよそしくしていたが、いつのまにか親しく口をきくようになった。おかげで、ミス・ゴディヴァは絶望的な思いにとらえられた。男爵は彼女と計り知れないほど深い絆で結ばれているのだろうか？　自分はしょせん様々な挿話の提供者でしかなく、その話をザッポ十五世は女優の柔らかな耳元でささやきかける、すると話を聞いた彼女の目の前に、男爵の先祖の夜の闇に包まれた華やかな世界が開かれるわけだが、そんなことが許されていいのだろうか？　ミス・ゴディヴァが絶望的な思いにとらえられているかたわらでは、スウィートフェイス兄弟が、牧歌的な雰囲気を漂わせているあのなんとも奇妙な取り合わせの二人の前でうれしそうにもみ手をしていた。映画ファンが先を争って買う雑誌に今回の映画の企画を伝えると、早速誰もがまず目を止める表紙に、吸血鬼と美女、つまりフロックコートを着た吸血鬼とダンスのポーズをとっている美女の写真が掲載され、何週間も読者の目を楽しませることになった。

撮影が進むにつれて、個性と個性がぶつかりあい、パトリック・スウィートフェイスは男爵に厳しい注文をつけるようになった。ザッポ十五世は立っているだけで人をぞっとさせるような雰囲気を備えていたが、そのザッポ十五世が何をしても、パトリックはオーケーのサインを出さなかった。美しいプリーツのついた下着を着たヴァイオレットが片方の腕を首の下にあてがい、花のつぼみのような唇をなかば開いてベッドの上で眠っている、そこにザッポ十五世がそっと忍び寄ってゆく。吸血鬼の歯をむき出し、爪が長く伸びた吸血鬼の手を上にあげて。そのとき、パトリックがカット、カットと叫び、ルーポ・ベローシに、吸血鬼はこういう場合どういうふうに振る舞うのかお手本を見せてやってくれと指示する。同じシーンを十回、二十回、三十回と繰り返すが、ヴュルツブルクの怪人は天使のように辛抱強く同じシーンを繰り返し行なった。十回……二十回……三十回……何度でも豹の階段を降り、黒い繻子で作ったコウモリのようなマントを広げ、糊のきいた、染みひとつないワイシャツの胸元で手を広げ、カメラの前でその恐ろしい歯をむき出し、キーと鳴き声をあげた……。その鳴き声を聞いて、スタッフの連中は総毛立つような思いにとらわれたが、ルーポ・ベローシはパトリックに言われてしかたなく鳴き方のお手本を見せてやった。恐怖のルーポは内心、今度の映画を自分のものにしてやろうと腐心していた。吸血鬼役を取られたのだから、あとは主役を食うしかないと考えていたのだ。そのせいでメーキャップにひどく工夫を凝らしたのだが、あまり凝りすぎて、時々ふたりのうちのどちらが怪人役をしているのかわからなくなることがあった。おかげで、パトリックは、男爵の役まで奪ってはいかん、と釘を刺さなければならなかった。

その一方で、ヴァイオレット・デイジーは日に日に顔色が悪くなり、体が弱っていった。たぶん、ヴュルツブルクの不吉な毒気に当たったのだろうというので、口紅を濃くしてごまかした。メーキャップ係が、彼女の雪のように白いうなじに吸血鬼に嚙まれた跡をつけようとしたところ、すでに赤い小さな斑点が二つついていた。それを聞いてスウィートフェイス兄弟は、城の天井が黒くなるほど無数に繁殖しているクモに嚙まれたのだろうと言った。同じ斑点が、ルーポ、スクリプトガール、カメラ助手、三人の電気技師、それにパトリック・スウィートフェイスの首にもできた。おかげで、みんなが意気消沈してしまった。スタッフと同行していた心理学の教授に相談すると、ここの雰囲気のせいで、感情が異常にたかぶっているんだ、だからああいう斑点ができるんだろう、吸血鬼のことばかり話題にし、吸血鬼のことばかり考えているものだから、ああいう小さな傷ができるんだ、つまり子供が欲しい欲しいと思っていると、何もないのにおなかが大きくなる想像妊娠と同じだよ、と診断を下した。ヴァイオレット、パトリック、ルーポをはじめ嚙み傷のできた人達は倦怠感を訴えるようになったが、ザッポ十五世だけは満ち足りた猫のように舌なめずりしていた。体を覆っていた緑色が薄くなり、以前のけだるそうな感じもなくなり、みんなの体の具合を聞いて回って、精神安定剤を飲んだらどうだねと勧めるようになった。スタッフの連中は、男爵のことを最初はとっつきの悪い人だと思っていたが、付き合ううちに気の置けない人だと考えるようになった。そこへ今度のことがあったものだから、すっかり評判が上がった。あの上品な老貴族は、美しいヴァイオレットに関心を抱いているだけでなく、ほかのスタッフとも親しく口をきき、下積みの仕事をしている人達を怒らせないよう、彼らの宿舎までわざわざ出向いて行った。そのせいで、みんなは、ふんぞり返っているベローシと違って、あの人は飾り気がなくて、だれとでも分け隔てなく付き合うが、だからこそこの領地が活気に満ちあふれているのだろうと噂し合った。

けれども、ミス・ゴディヴァ・ブランディは油断なく目を光らせていた。心理学の教授が学者面をしてもっともらしいことを言うと、彼女は思わずかっとなったものだった。彼女は隠秘学の本を読んで研究するかたわら、男爵から目を離さず監視していた。静かにフィルムが回る中で、目を充血させた男爵がデイジーのうえにかがみ込むと、その度に偉大な女流作家は嫉妬に身を焦がしたものだった。一方で、吸血鬼のことを知り尽くしていただけに、スタッフの中に嚙み傷のある人が増えてくるのを見て、不安に怯えていた。彼女は考えに考え、男爵を十分に観察したすえに、ザッポ十五世フォン・オルブスが吸血鬼にちがいないという結論に達した。

このような結論に達するまでには、心の中でいろいろな葛藤があったのだろう。長年の夢がかなって突如それが正夢になり、吸血鬼と対面することができたのだが、その吸血鬼というのが男爵だった。すでにご承知のとおり、ザッポはヴァイオレット・デイジーを一目見たとたんに、恋のとりこになった。一方ミス・ブランディはそのことを知って激しい嫉妬に駆られた。彼女が男爵を強く推して吸血鬼の役をやらせようとして以来、いっそう激しく思いを募らせたことはここでくどくどしく述べるまでもないだろう。ただ、嫉妬のあまり彼女は自分の張りつめた心の中の思いをうまく表現することができなかった。それまで、ミス・ブランディは何冊かの本の中で愛が憎しみに変わるところを描いてきたが、今回は自分がそれを体験する羽目になった。つまり、彼女は男爵ザッポを憎んでいたのだ。せめて男爵が彼女を犠牲者の一人に加えるという心配りをしてくれていたら……。毎朝、目が覚めるとミス・ゴディヴァは真っ先に鏡の前に立ち、夜の間に嚙まれてはいないだろうかと思って調べてみたが、七面鳥のように肉のたるんだその首筋にはいつもの見慣れたしわがあるばかりで、二つの歯形はどこにも見当たらなかった。どうして？　ヴァイオレットは別としても、ルーポ・ベローシでさえ血を吸われた跡があるというのに、どうして自分にはそれがないのだろう。『嚙みつく幽霊』の作者は、自分の愛と誇りがひどく傷つけられたように感じた。そして、こういう場合誰もが考えるように、彼女も復讐を誓った。しかしさすがの彼女も、自分が復讐することによって、人類を吸血鬼の魔の手から救うことになるとまでは考えなかった。そうこうするうちに、日がどんどん過ぎてゆき、いつのまにか自分が復讐しようとしていることを忘れてしまい、ただあの吸血鬼から逃れたい、とそればかり考えるようになった。

悪魔の毛房の通路の屋敷で撮影が続けられることになり、一行はヴュルツブルクからそちらに移ったが、その間も彼女は着々と準備を進めた。しかし、その一方で事態はますます深刻なものになっていった。スウィートフェイス・ブラザーズ社のスタッフを見ると、その首には嚙み跡がついていて、嚙まれた者の中には空中を飛び、無性に人間の血が欲しくなる悪夢に悩まされる者も出てきた。被害をこうむらなかったのは、ミス・ブランディと会社の財布の紐を握っていて、スウィートフェイス兄弟の行くところならどこへでもついてゆく大金持ちの年老いた叔母の二人だけだった。被害にあった連中は暗黙のうちに結束を固め、お互いの血を吸いあうというあまり衛生的とはいえない手段に訴えるようになった。ジャンヌ・ダルクや天命を負ったフアナのように、ミス・ゴディヴァはたったひとりで吸血鬼を倒すための手段を講じていた。

ある夜、彼女は吸血鬼のあとをつけた。男爵は彼女にまったく関心を払っていなかったのでその必要はなかったのだが、吸血鬼に関する基本的な文献に出ていたので、念のためにニンニクの房を首のまわりにかけた。男爵の寝場所を突き止めてやろうと考えていたのだが、ヴュルツブルクではそれがうまくいかなかったのだ。恐怖のルーポの血を吸ったばかりの怪物は上機嫌で、まるで酔っ払っているようにふらふら歩いていた。拳銃も銀製の弾も手に入れることのできなかったミス・ブランディは、先のとがった杭を手に持っていたが、それを男爵の心臓に突き立ててやろうと考えていた。あたりには、胸が悪くなるような料理用のタマネギの匂いが立ちこめていたが、その中で彼女はザッポ十五世の様子をじっとうかがっていた。二人は、じっとり濡れて滑りやすい、迷路のように入り組んだ通路をどんどん下っていった。職業意識に駆られたミス・ブランディは、自分の住居を提供する代償として、百万ドブラもの金を受け取ったのだから、男爵が広壮な屋敷内のこの部分を見せないというのはおかしい、映画の撮影にはこれ以上ないほどいいところなのにと考えた。確かにそこは、ほかのどこよりも吸血鬼が住むにふさわしい場所だった。いまにも消えそうなたいまつが男爵を照らしだしているあのあたりには、一種異様な雰囲気が漂っていた。

彼らは鉄格子の扉の前に出た。ザッポは鍵で開けると、もう一度閉めた。鉄格子の扉がふたりを分かっていた。ミス・ゴディヴァは、男爵の息の根を止めるのは先に延ばすことにした。暗闇の中に身を潜めて地下にある部屋の様子をうかがってみたが、そこは彼女が想像力を働かせて、五十六編に及ぶ小説の中で描き出してきたどの部屋よりもはるかに幻想的なたたずまいを見せていた。不揃いな敷石を敷きつめた床の中央に棺が一つ置いてあり、その中には箱に納められた人形かあるいは休憩するときも服を着替えることのない奇術師のようにフロックコートを着、まがい物の勲章をつけた男爵フォン・オルブスが静かに横たわっており、乾いた血がその顔を彩っていた。そばにはもう一つ棺が置いてあり、蓋が開いていた。時代考証に詳しいミス・ブランディは、ここに置いてある家具はオペラで中世の雰囲気を出すときに使うような、時代がかったドイツ製のゴシック家具のように見せかけてあるが、じつはすべてまがい物だということを見抜いていた。棺も同じで、たしかに一見古そうに見える。しかし、それらしい材料を使ってはあるものの、新しく作られたものにちがいなかった。ただ、その棺の中に一揃いの甲冑が納められていたが、錆びついたその甲冑は紛れもなく正真正銘の年代物だった。小説家らしい知性に恵まれていた彼女は、男爵ザッポによって掘り起こされ、古い櫃を捨てて新しい棺に入れられた、ベンノ・フォン・オルブス伯爵がまとっていた唯一の形見である甲冑を目にすることができたのは、運命の導きによるものだと考えた。地下室にはなんとも異様な、埋葬に使う棺が二つ置いてあったが、それに劣らず奇怪なのは、じっとり濡れた壁一面に飾られた肖像画で、たいまつの揺らめく炎に照らしだされていた。その肖像画には、ヴュルツブルク城のダイニングルームで見かけた顔があった。おそらく同じ一族の人間を――ベンノ伯爵、その妻、ティボル・ザッポ伯爵、一世から十四世までのザッポなどを――描いたものにちがいなかった。先祖を敬うどころか、カリカチュアのようなタッチで描かれた肖像画は、おそらくザッポ十五世自身が筆をとって描いたのだろうが、それを見ると男爵が夢の芸術に手を染めているという噂もなるほどとうなずけた。十字軍の騎士、統治者、小姓、宮廷に仕えていた大元帥、大司教の友人、ヘラクレス三世に仕えた将軍、高位の聖職者、絵に描かれたこれらの人物達はセイウチの牙のような鋭い歯をむき出しており、その顎は曲がったナイフのように鋭くとがっていた。また、あまり見映えのしない翼の先には爪が花形飾りのように並んでいた。身の毛のよだつような一族の者達――彼らに一貫して見られる特徴からして、男爵の先祖はひとり残らず吸血鬼だったか、でなければ男爵がわざとそんなふうに描いたにちがいなかった――に囲まれて、ヴュルツブルクと悪魔の毛房の通路の屋敷の怪人は棺の中で食後の快い眠りに浸っていた。目の前にいる吸血鬼は、まわりの絵に描かれた人物たちよりもはるかに巨大で、いかにも悪魔めいた雰囲気をたたえていた。男爵はおそらく、あんなふうに肖像画を並べることで、偉大な人物を輩出した自分の一族が血の狂気に取り憑かれた偏執狂であることを示そうとしていたにちがいない。

ミス・ブランディの以前の恋人がまことに特異な人物であることは疑いのないところだった。もはやこれ以上証拠固めする必要はなかった。心の中に多少もやもやしたものが残っていたにしても、もはやこだわっていられなかった。迷路のような通路を闇雲に歩き回り、自分の務めを果たし終えたという満ち足りた気持ちになって、遠く離れたところにある自分のベッドに戻った。おぼろげなろうそくの明かりを頼りに、彼女は遅くまで自分の書いた台本に目を通し、最終的なプロットを作り上げた。

次の日、撮影が始まる前に彼女はうまく口実を作って、台本を手に持ち男爵ザッポに近づいて行ったが、男爵のほうは例によって気を失ったようになっているヴァイオレット・デイジーにしきりに言い寄っていた。そのそばでは、監督と助手たちが夢遊病者のようにふらふらしながら仕事をしていた。ルーポ・ベローシは二度にわたって失神し、スクリプトガールは神経性の発作に襲われてソファのうえに倒れ込んだ。黒ずんだ隈のできた電気技師達の目は暗闇の中で、熱い照明よりも強い光で輝いていた。左手に万年筆を持ったミス・ゴディヴァは貴族のそばに行くと、台本のト書きのところに下線を引いたが、その時に手を滑らせたふりをして万年筆のポンプを押し、怪物のつけている真っ白なシャツの胸にインクの染みをつけた。男爵が顔をしかめているのに気づかないふりをして、彼女はしきりに弁解し、自分の不注意で衣服を汚してしまったのだから、ぜひ自分の手でそれを洗って、糊づけさせていただきたいと半泣きになって頼んだ。亡霊のようになっている衣装係の連中がそれは困ると言ったが、こうるさい女だと思い、サディスティックな気持ちになっていたザッポ十五世は、シャツを洗わせてやれば、自分を崇拝しているなんとも苛立たしいこの女流作家もいいかげんくたびれて音をあげるだろうと考えて、急いでシャツを脱ぐと、屈辱的な青い染みのついたシャツを渡した。ミス・ブランディは戦利品、あるいは敵の旗を手に入れでもしたように、そのシャツを抱き締めて部屋に戻った。その衣服を煮沸し、こすり、糊をかけ、鏝《こて》をこんろで温めてアイロンをかけた。それが終わると、ルールドの水、ニンニク水、王水、蜂蜜水、テレビン油、水溜りの水、アルコール分を含んだ水、マナグアの水、下着の水、そのほかの水を錬金術師のように慎重に分量を量りながら混ぜ合わせ、ワイシャツにふりかけたが、その間ずっとなめらかな子音を織り込んだ魔法の呪文を唱えていた。彼女は男爵にまばゆいほど白いワイシャツを差し出すと、これを着ていただかないと私の気持ちが納まりませんから、どうか着て下さいと懇願した。ザッポはすっかりいい気になっていたので、言われたとおりにした。衰弱しきっていたデイジーはうっすらと目を開けると、残された力を振り絞って、とってもすてきですわと言った。

不幸なイギリス人女性は、満ち足りることを知らない吸血鬼の様子をじっとうかがっていた。彼女が見ている前で、男爵は悪夢にうなされてすすり泣いているマックス・スウィートフェイスが横たわっている部屋のドアをむりやり押し開けると、パトリックのトランクにはいっていたマントを翼のように広げ、弱り切っているマックスのうえにかがみこんだ。ミス・ブランディは間髪を入れず英国国教会の仮借ない神に援助を乞い、ハンマーとくさびを握り締めると、さきほどまで口の中でつぶやいていた呪文をソプラノの声で唱え始めた。男爵は餌を食べようとしているところを邪魔されたブルドックのように怒り狂って振り返ると、身の毛がよだつほど恐ろしい顔でにらみつけた。その顔を見てミス・ブランディは全身の力が抜けたようになり、その場にくたくたと倒れそうになった。けれども、驚嘆すべき女流作家はすぐに気を取り直し、魔法の呪文を口の中で唱えながら前進した。ハンマーとくさびを高く掲げて迫ってくる彼女の姿を見れば、何をしようとしているかは一目瞭然だった。男爵はオリーブグリーンの濃い眉を上げると、下品な呪詛の言葉を浴びせながら、爪を立てて獲物のほうに突き進んだ。自分のワイシャツに魔法の水がふりかけてあるとは夢にも思わなかった。彼女の呪文に魔法の水が反応し、シャツにつけた糊が固まって石のようになり、男爵をぎりぎり締めつけた。フロックコートの下に着るワイシャツではなく、狭窄衣をつけでもしたように腕と胸がひどく圧迫された。石と化した糊の牢獄に閉じ込められたようなもので、こちこちの糊の鋳型が男爵の自由を奪っていた。猿のように広げた両腕がそのまま動かなくなり、相手に襲いかかり絞め殺そうとした姿勢のまま硬直してしまった。そして、シャツの両端からは、毛むくじゃらの手が無力な房飾りのようにだらりと垂れ下がっていた。固くなったコルセットが白い壁のように男爵を締め上げ、おそらく鰓《えら》呼吸しているにちがいない彼の呼吸を止めた。人々に混乱と不安と恐怖をもたらすはずの彼が、今や思わぬ事態になって困惑し、不安と恐怖に怯えていた。身動きのできない上半身を動かし、弓なりに曲げている腕をなんとか振り下ろそうとしたが、爪を振り上げたぶざまな蟹のような姿のまま動きがとれなかった……そうだ、まさしく硬直した蟹にそっくりだった。男爵はふらふらしながら、ミス・ブランディのほうに二歩ばかり進み出たが、すぐにくるりと向き直ると部屋を出ていった。男爵はキーッと金切り声を上げた。主人の感情の動きに敏感なコウモリがばたばた飛び立っていった。あの怪物が地下の隠れ家に逃げこもうとしていることに気づいて、イギリス人女性はあとを追った。礼服をつけたグロテスクな熊のような男爵はよろよろしながら歩いていたが、壁にぶつかるたびに鈍いがとてつもなく大きな音を立てていた。彼女はそのあとを追いかけた。ふたりはそのままらせん状の通路を下り、ぼろぼろの鉄格子の前に出た。糊で固くなった胸でどんとぶつかると、まるで破城槌で叩いたように開いたので鍵を使う必要はなかった。ここまで来ればもう慎重に構える必要はないと考えたミス・ゴディヴァもあとについて中に入った。自分だけの世界に他人が入り込み、牙と翼のある先祖の肖像画が、臆面もなく彼女が入り込んできたのを見ていることに気がついて、男爵はゆっくり振り返ると、一捻りでつぶせそうな女のほうに向き直った。緑の貴族は力を振り絞って、醜い顔をいっそう醜く歪め、足を動かそうともがいていた。冷たい汗の浮かんだその顔は毒々しい緑色に光っていた。ミス・ブランディも恐怖のあまり顔が真っ青になっていたが、最後の仕上げのために取っておいた呪文のおしまいの言葉をなんとか唱えることができた。様々な水を混ぜあわせた魔法の糊が吸血鬼を締め上げ、肋骨がぎしぎし音を立てていた。ワイシャツは縮んで、今では経帷子に変わっていた。世界中の駅の売店で売っている五十六冊の小説の作者であるミス・ゴディヴァは、大胆にも怪物の体に触れると、その心臓にくさびを押し当て、息をあえがせた彫刻家のように――というか、男爵の体の中にもその血が流れている石工王《ピカペドレーロ》のように――ハンマーをふるった。ひ弱な女性である彼女は精いっぱい力を振り絞ってくさびを打ち込もうとしたが、その間フォン・オルブスはサーカスの熊のように、高くあげた両腕を曲げたまましきりに体を揺すっていた。ザッポは金切り声をあげ、ひゅうひゅう声を出しながら、毒を含んだ緑色のつばを吐きかけたので、女流作家は服の袖で頬を拭った。ミス・ブランディは絶望的になって、左官が使うドリルを取ってこようかと考えたが、思い直して力いっぱいくさびを打ち込んだ。くさびはあの気味の悪い怪物の体にずぶりと突き刺さった。男爵ザッポ十五世はその場に倒れたが、死の苦しみのせいで目を閉じ、やがて息を引き取った。その間も口からしきりに泡を吹いていた。ミス・ブランディはよろめくと、男爵のうえに折り重なるように倒れたが、それもむりからぬことだった。悪魔の毛房の通路の屋敷は、悪寒に襲われでもしたようにびりびり震えた。真夜中近い時間だったにもかかわらず、呪縛を解かれた人達の声があちこちから聞こえ始めた。スウィートフェイス兄弟やヴァイオレット・デイジー、ルーポ・ベローシ、それにスタッフ達は悪夢を振り払いでもしたように目を覚ますと、何かにせかされるように、撮影器具や照明の道具を引きずりながら地下の隠れ家に急いだ。そこにたどり着くと、戸惑いながらも目の前の情景が『ヴュルツブルクの怪人』のラストシーンにぴったりだというので、何も考えずにフィルムを回した。彼らはミス・ブランディを助け起こすと、戸板に載せて運びだした。もの静かな警察が検証のためにやって来たが、国王の従兄弟に当たる、国でも指折りの名門貴族が今回の忌まわしい事件に絡んでいるうえに、国王みずからが事件を表沙汰にしないようにと指示したので、あの件は結局うやむやのうちにもみ消された。

　イギリス人たちはロンドンに帰る前に、それまでに撮りだめてあった分とラストシーンをつなぐ部分を撮影することにした。ザッポがいないので、その穴をベローシに埋めさせることにしたが、もちろん彼は大喜びで引き受けた。彼は男爵の特徴をうまくつかんで完璧な扮装を凝らし、吸血鬼役をじつに見事にこなしたので、きまじめな批評家たちは『ヴュルツブルクの怪人』を取り上げて、あの映画で唯一成功しているのは、観客に恐怖と同時に真の吸血鬼の姿を伝えているベローシの登場しているところであり、それはプッチーニのものではない最後の楽章が、聴衆にはもっともプッチーニ的なものに思われた『トーランドット』を彷彿させると絶賛した。『ヴュルツブルクの怪人』は大成功を収めた。ロードショーから何十日もたっているというのに、いまだに場末の映画館で上映されていて、気難しい映画ファンを魅了していた。ここは優れた価値を持つあの映画を分析する場ではないので控えておくが、あれほどの成功を収め、スウィートフェイス兄弟とミス・ゴディヴァ・ブランディに巨万の富をもたらしたのは、作品として優れていたからだということを忘れてはならないだろう。その後ミス・ゴディヴァは入院し、そこでサインを続けたが、親切な看護婦たちは著名な作家が、マクベス夫人のようにありもしない石鹸で手を洗い、男爵の名を呼び「死せる人よ、私を愛して」と語りかけながら歩いている姿をよく見かけたものだった。

　事件の後、国王カール九世の頭には白いものが目立つようになったが、それからしばらくしてクーデターが起こり、君主制から共和制に変わった。社会主義政府は悪魔の毛房の通路の屋敷に貼ってあった立入禁止の貼り紙を剝がすように命じ、マダム・タッソーのもとで働いていたろう細工師の指導を受けて屋敷をろう人形館に改装した。地下の納骨堂に入ると、気味の悪い先祖の肖像画に囲まれて、女流作家が糊をつけたワイシャツで体をぎりぎり締めつけられているザッポ十五世の姿が見られたし、武具室に行くと、陵辱者ベンノ・フォン・オルブスのろう人形が恭しく黒ミサを執り行なっており、鏡の間では、大司教猊下とかつらと綬賞をつけたその友人達の人形がパヴァーヌを踊っていた。けれども、歴史記念碑保存委員会は半年ごとに出す報告書の中で、ろう人形館は国の内外から大勢の人を集め、熱狂的な反響を呼んでいるが、国家経済の根幹をなし、共和国政府が当然のことながら誇りにしている、硼素《ほうそ》を製造するために作られた騒々しいプラント工場のほうは、関心のない人が数人訪れているにすぎないと述べた。報告書を読んで、政府はただちに悪魔の毛房の通路の屋敷を閉鎖するように命じた。やがて新聞に、日が暮れるとあの屋敷の薄汚れた窓から気味の悪い光が漏れ、中からえたいの知れない歌声が聞こえてくるというので、ゴシック地区に住む人たちはその近辺を歩かなくなったというばかばかしいニュースが載るようになった。その記事は、検閲および良風美俗査問委員会の手ですぐ握りつぶされたが、記事を書いた向こう見ずなレポーターの言によると、明け方のまだ薄暗い中を、立入禁止になっている建物の中に潜り込んだところ、そこで全身を本物と人工の灰色のクモの巣で覆われたろう人形が（空想癖のある若いレポーターは、油絵の中の恐ろしい人物たちも絵から抜け出して動き回っていたと述べている）なんともおぞましい行為に及んでいるところを目にしたとのことである。左翼政府は、精神病患者のたわごとのような話がひろまれば、健全で良識ある国民が毒されると判断して、市営火葬場でろう人形を溶かして、様々な色が混ざったろうの塊にしてしまうように命じた。火葬場で炎に包まれているあいだも、溶けかけた人形たちは叫び声をあげ、職員たちが見守る中、男爵ザッポ十五世の人形はとんぼ返りをし、ほかのろう人形に襲いかかると、溶け崩れるまで相手の首筋に嚙みついていたとのことだった。

（木村榮一＝訳）

魔法の書

アンデルソン＝インベル

◆エンリケ・アンデルソン＝インベル

Enrique Anderson Imbert 1910〜2000

アルゼンチンの作家。北アメリカを含む各地の大学で教壇に立ち、名著の誉れ高い『イスパノアメリカ文学史』や『現代の文芸批評』などの著述がある。さらに『覚醒』や『フーガ』という長編も書いているが、むしろ『カオスの試練』、『チェシャ猫』、『西瓜』、『狂気がチェスを指す』、『クラインの瓶』、『身軽なペドロ』のような短編集によって、ボルヘスやコルタサルと肩を並べる魔術的リアリズムの作家と謳われている。『魔法の書』（一九六一）の表題作には、幻想的なものや超常的なものに対する関心と厳密な構成という、この作家の特徴が非常によく読み取れる。

やったぞ！　もう授業はない、試験もない……ついに解放されたぞ、これで一〇月から三月まで、おれは自由だ！

ブエノスアイレス大学哲文学部の洞窟めいた建物から外へ出たとたんに、大きな声で真昼の太陽に呼びかけたくなった。

彼はその気持ちを抑えた。

教師――さらに詳しく言えば、古代史の教師――が、こんな場所で、ビアモンテ四三〇番地の階段で、学生のようにはしゃぐ姿。これは見ものであるにちがいない。

というわけでラビノビッチは、大声を上げるかわりに溜息をひとつつき、長い長い休暇を先頭に立てて通りを歩きだした。

その学年はかつてない忙しさだった。講義。講演。書き終えたばかりだが、フラヴィウス・ヨセフス〔三七頃～一〇〇頃。ユダヤの歴史家、将軍〕に関する著作。これをまだ片づけきらないうちに、死海のほとりの洞窟に隠されていた聖書時代の文書が、一九四七年、偶然に発見されるという事件があり、それから生まれた論題や論争のつむじ風が彼に襲いかかった。ほんとに休む暇もなかった。いつになったら歴史家は、すでに知っていることで満足するのか？　またまた研究、いつもいつも研究、というわけで……。

もはや限度だった。ぐあいが悪いのは、仕事に励めば励むほど、さらにそれを先へ進めたいという欲が出ることだ。心の持ち方の問題だろう。心が、いや、気だけが先走るということだろう。健康に注意する必要がある。そう、いろんなことをやらなきゃ。まず、よく食べること。たっぷり眠ること。書類には絶対に手を触れないこと。休養だ。コルドバの山〔アルゼンチンの同名の州にある山脈。避暑地として有名〕のなかでシーズンを過ごす……これだ。名案だぞ！　まずレティロ駅へ行って、コルドバ行きの列車の都合のいい時間を調べることだ。

レコンキスタ通りに入り、レアンドロ・アレム通りのほうへ下って、商店の並んでいるあたりで足の向きを変えようとしたとき、一軒の古本屋が目についた。

妙だな、今まで目につかなかった。誓ってというわけにはいかないが――いずれにせよ、この道はめったに通らないのだから――見た記憶がない。ともかく彼はその店に入った。

棚が壁を這いずり、天井にぶち当たってねじれていた。ぎっしり本が詰まっていて、今にも倒れそうな感じだった。店の真ん中に椅子がいくつか置かれ、古紙の火山が盛りあがっていた。熔岩が流れだして床に落ち、ふたたび盛りあがって、雑然とした小さな山になっていた。「一ペソ」、「二ペソ」、「三ペソ」……。ラビノビッチは早速、ひっ掻きまわしにかかった。隠れたものを見つける楽しみに惹かれて、彼は山の底にまで手を突っこみ、裸で身を潜めているものたちに触れた。この密かな愛撫のなかには、官能的な、淫靡《いんび》な何ものかがあった。書籍、小冊子、分冊もの。突然、彼のその手が一冊の本を取りあげた。ひどく大きな本だったが、彼が思ったほどの重さはなかった。筋肉に力の入った腕が、まるで留めのはずれたバネのように、上に跳ねあがったのである。なんだ、重みがまったくないじゃないか！　古本は小鳥のように舞いあがったのだった。表紙は黒。汚れてはいたが新品のように光っていた。ラビノビッチは真ん中あたりを開いてみた。罫《けい》のないノートで、びっしり文字で埋まっていた。「おや、おや」とラビノビッチは声をあげた。「おれは失書症になったのかな？」それらの文字がさっぱり読めなかったのだ。確かに、ローマ字だった。しかし、そこに単語があることを示す切れ目も、大文字も、句読点も、まったくなかった。未知の言語で書かれたものだろうか？　それはありえない。ラビノビッチにとって未知の言語は存在しなかった。おまけに、おおむね子音同士がへばりつくように並び、人間の咽喉ではとうてい発音できそうになかった。丸っこくて、座りがよくて、おたがい繋がっていない字体は、九世紀のカロリング王朝のころの小文字から取られたもののように見えた。切れ目のないことからすると、さらに昔まで遡れるようにも思われた。しかし流れるようなペンの運びは現代のものだ、とラビノビッチは考えた。彼自身が書いた可能性もあった。そう、それはほとんど彼の字だった。ほとんど？　とんでもない、それは、まさしく彼の字だった。少なくとも、彼がその手で書けそうな文字だった……その気になれば。彼はぱらぱらと本をめくってみた。そうすることで、手稿本が初めから終わりまで、でたらめな文字の連続であることを確認し、同時にその手触りによって、紙でできているのではないことに気づいた。いずれにせよそれは、ラビノビッチが一度も見たことのない性質の紙だった。いっさいの摩耗に耐える材質のものだと思われた。事実、明らかに人の手が触れているにもかかわらず、紙はまっさらの状態を保っていた。ラビノビッチは あるページに親指の爪で傷をつけようとしたが、むだだった。羽毛のように軽い紙が、大理石のように硬かったのだ。インクは真っ黒なはずなのに、まるで透かしのように見えた。何か化学的な秘密があるのだ、とラビノビッチは考えた。表題を、著者の名前を探した。無益だった。手稿は一ページ目からいきなり始まっていたのだ。彼は、真ん中あたりで開いた大きな本を抱えて、テキストの数行の分析にかかった。せめて一つの単語を分離し、それがいかなる語族に属しているかを推定させる、既知の語幹がありはしないか。いや、そんなものはなかった。われわれのローマ字が蟻の行列のように続いているだけだった。

ixkqrtvsajzultxvobgaretlpgqooscidhmefwgy ……

子供のころのラビノビッチは、本をぱたんと閉じると、活字たちはその場所から離れて入りまじり、本を開けると素早く列を組みなおして、人間の目には、ふたたび整然とした姿を見せるのだという印象を抱いていた。ところが今は、逆の印象を与えられた。この本は、閉じているときには意味を持っているが、開くと文字たちは恐慌状態に陥り、いい加減な組み合わせで並ぶのではないか。もちろん、ラビノビッチはそうした奇跡めいたことを信じなかった。信じられるわけがない！　そこで彼は、もっともらしい説明を求めた。暗号文だろうか。そう、パズルのように文字が無秩序にまざり合っているが、おそらく、このなかにある解式が潜んでいるはずだ。代入の原理に基づいた、すなわち、すべての文字が別の文字と入れ換えられる暗号文。あるいは転置の原理に基づいた、すなわち、あらゆる文字の配列順序を変える暗号文。混合方式の、すなわち、ある文字は入れ換えられ、別の文字は転置される暗号文……。こいつは面倒だぞ！　果たして——とラビノビッチは考えこんだ——このノートを買って、脳みそを絞るだけの価値があるだろうか。かりに暗号文だとしたら——この点もまだはっきりしていない——文字を、文字群を、それらが現われる頻度に応じて分類しなければならないだろう。母音と子音の比率を計算し、あるキーワードと使用されたスケールを見つけなければならないだろうし……。エドガー・アラン・ポーの仕事だ、おれ向きじゃない。しかし、この本はポーにも解読できないかもしれない。作者は幾何学的な図式を用いていないだけでなく、単語と単語のあいだに空白を置くことさえしていないのだ。いったい何語で書かれているのだろう。同時に数か国語を使って書かれているのでは……。ひょっとしてコードがあれこれ変わるのかも……。誤りを犯している可能性だってあるぞ！　いやいや、それは考えられない。何百冊も読むべき本があるのに、こんな妙なものにかまけてていいのか。気違い沙汰というものでは……。今しなければならないのは、休息をとることだ。そう決めていたではないか。よく眠ること。うんと食べること。文書には手を触れないこと。休息。コルドバ行き。神経を休めること。これが最初の計画ではなかったか。こんなノート、くそくらえだ！

彼はノートを投げだした。表の通りへ出ていった。「しかし……」彼は引き返した。遠くからノートを見つめた。ひどくゆっくりと取りあげて、気難しい顔で読み直しはじめた。しかし……もしもこれが、暗号で書かれた重要な作品、かのサミュエル・ピープス（一六三三〜一七〇三。イギリスの官吏。一六六〇〜一六九年に書いた日記で有名）の『日記』のようなものだったら……。もちろん、単なるいたずらということもありうる。『結婚の生態』で暗号文めいたものを用いたバルザックの場合がそうだった。

文字をあれこれ組み合わせた結果が、世界の文学作品に現われる語彙のひとつに落ち着くことがあってはならない。ただそれだけの目的で、ある閑人《ひまじん》が逆向きに、この本を書いていたのかもしれないと思いついて、ラビノビッチは大いに勇気づけられた。ジョナサン・スウィフトは『ガリヴァー旅行記』の一章、「ラプータ、バルンバルビ、ラグナッグ、グラブ゠ダブドリブそして日本への旅」のなかで、ひとつの言語の語彙のすべての組み合わせ機械なるものの着想を、面白半分に語っている。その機械をぐるぐる回転させていると、やがて、あらゆる種類の奇妙な怪物めいたものといっしょに、究極の百科事典にふさわしい完璧な字句が、そこから出てくるというわけである。猿がタイプを打ち、無数のとんちんかんな言葉をたたき出すなかで、ほかならぬシェイクスピアの全作品を書きあげるのに要する時間を、かつてイギリスの数学者が計算したという。ラビノビッチがこの話を読んだのは、果たしてどこだったのか？　彼は考えた。事実、自動印刷機なるものが作られて一行一行を印刷してゆき、この一行ごとにわれわれの言語の文字や記号とは異なる組み合わせが現われるとすれば、その機械は時さえ与えられれば、過去に書かれたものの一切と未来において書かれるものの一切を印刷することになる、と考えられなくもない。いや待てよ。ある悪ふざけの好きな男が面白半分に、あの自動印刷機がやはり刷りだしかねない、絶対に解読不可能な文章だけを書いたのであったら？　さかしまの書物、反書物、トリスタン・ツァラのダダイスムやイシドール・イズーのレトリスム〔ルーマニア出身の詩人が第二次大戦後に唱導した、文字群の音楽的効果を重んじる運動〕よりも過激だが、たわごとをつらねた文学の一種。解放された文字、純粋な素材としての文字゠文字……。

この奇妙な本を買ったものかどうか、ラビノビッチが迷っていたときである。何げなく一枚目の書き出しに目をやると、文字と文字のあいだに切れ目があって、ちゃんと読むことができた。こいつは驚いた！　読むことができたはずである。それは……なんと、スペイン語だった！　でたらめに書いたか、せいぜい未知の言語で書かれた本が、スペイン語で始まっている。これはいったい、どういうことなのか？　うむ……そうだ、遠い国のものであるにもかかわらず、この手稿本にはスペイン語の献辞が付されているということなのだ、おそらく。その文明にとってスペイン語は、われわれにとってギリシア語がそうであるように、神秘的なものなのだ。ラビノビッチは大いに驚いた。文字入りのスープを飲むつもりでスプーンですくったら、格言がまるごと上がってきたとでもいうように、彼は目を丸くした。以下のような文章をラビノビッチは読んだのである。

「読者よ、旅の仲間よ、あなたは、どこまで私について来れるだろうか？　努力して私の言葉を読めば読むほど、歴史というものを、私の歴史を、同時にまたあなたの歴史を、あなたは理解することになるだろう。しかし、大して先まで進むわけではない。いくら読みつづけても、この本を終えるまでにあなたは死んでいるだろう。よく心得ていてもらいたい。あなたの目の前にあるのは、終わりというもののない物語である。それはすなわち、私の生涯の物語である。私は、ヨセフ・カルタフィルスであり、バトゥデウスであり、ファン・デスペラ＝エン＝ディオスであり、アハスエルスであり、シュール・ド・モンタークであり、イズレイアル・ジョブスンであり、ハレアハであり……。これらの名前を見て思うことはないかな？　私はさらに多くの名前を授かった。おそらく、こう言えば、いちばんよくわかるだろう。私は、かの〈さまよえるユダヤ人〉である」

ハコーボ・ラビノビッチは、その目がバッタの跳ねるように行をたどっていくにつれて（歩きながら房からもいだブドウの粒を口にはこび、皮やへた、種などを投げ捨てていく男のように）無用の文字をあとに残していくのではないかと疑った。事実、あの「私は、かの〈さまよえるユダヤ人〉である」という文句を読んでから、もう一度あと戻りして、あの一連の名前を読み直そうとすると、そこには意味をなさない文字の黒い流れがあるだけだった。スペイン語の文字が読み取れたその場所に、今ではあの奇怪なミミズがのたくっていた。

……hgjxkoalcqsifduphmrvynuze ……

おかしい、おかしいぞ、というわけでラビノビッチは、最初の文字を探した。L。まるで電気器具のスイッチを押したようだった。そのLから不意に、いわば知的な光が射して、正しく区切られた言葉がはっきりと浮かび上がったのである。

読者よ、旅の仲間よ……。

ラビノビッチははっと思い当たった。そうか、絶えず読んでいること、休まず読んでいることが必要なのだ、あと戻りしたりせずに、ひたすら読んで、読んでいくのだ、瞼が重くなり、下りてしまうまで読みつづけなければならないのだ！　すべての書物に魔術めいたところがある。本のページがわれわれを思うように操るという、この催眠の術が魔法でなくていったいなんだろうか？　しかし、気紛れに動く文字で埋まったこの本の魔法は、別の世界のものだろう。この発見に驚いたラビノビッチは、その本を両手でしっかり押えた。腐肉にたかるあのクロバエが詰まった箱か何かのように。このクロバエたちが逃げだすのを恐れるかのように。

話しかける低い声にラビノビッチは気づいた。

「何か、面白そうな本が見つかりましたか？」

ラビノビッチは振り返った。本屋だった。「三ペソ均一の台にあったんだ」ばかでかい本を指さし、本屋にお金を渡しながら、ラビノビッチは言った。「こういう本がほかにないかね？」

あるはずがなかった。

ラビノビッチは、縁起の悪い宝物を盗みだしているような、そんな気分でその場を去った。四百ページ程度だな。六時間あれば読み切れるだろう。それなのになぜ、作者は、「大して先まで進むわけではない。いくら読みつづけても、この本を終えるまでにあなたは死んでいるだろう」と言ったのか？

これが本当に――ラビノビッチは通りを歩きながら考えた――〈さまよえるユダヤ人〉の自伝であると仮定してみよう。こんなわずかなスペースで、果たしてそれが語られるものだろうか？散佚《さんいつ》した一連のものの第一巻というのなら話はべつだが。彼は最後のページをめくってみた。この手稿本の続きがあることを示すものは、何ひとつ見当たらなかった。文字はページの下段まで達し、最後の行の末尾までびっしり埋めていた。……aqkwlxdfoezivtpaa.

彼は考えを変えて、駅へ向かうのをやめ、わが家へ引き返した。人混みのなかであることを忘れて、もう一度本を開き、最初の文字Lのいわば針穴に視線という糸を通すと、この糸が文字をつなげて頸飾りを作っていった。糸を見失うな！　今頃になって、小学校でおそわった女の先生の言葉を思いだした。「糸を見失っては駄目よ」と、その先生はよく言った。彼はとかくそれを見失いがちだった。今もまた見失ってしまった。大股で歩くので本の位置がずれるせいだろうか。それとも、誰かが腕にさわったためだろうか。いや事実は、ある一行の最後の言葉から離れた目が、次の行に移りそこねただけのことだった。すべての文字が固くこわばってしまった…… xrt-ipkvujfuloprsmtiacsaiug ……。またもや混乱、大混乱、一切紛乱《トトウム・レ・クオルトウム》……。辛抱第一！　こんな時間にサン・マルティン街を、それも本を読みながら歩くなんて、ほんとに気違い沙汰だ！

彼は本を閉じて、小脇にかかえた。しかし本の中身のことは頭から離れなかった。彼は読んだものを整理してみた。著者――「私はかの〈さまよえるユダヤ人〉である」と語った人物――は、まるで現代の人間のような書き方をしている。その言葉は、横にいる男が口にしたものと変わらない。いや、それどころか、ラビノビッチ自身が口にしたもののようにさえ思える。ある意味では、これでいいのだ。しかし、〈さまよえるユダヤ人〉が――とラビノビッチは考えた――その生涯の異なる時期ごとに、この回想録の筆を執ったのであれば、これもまた面白いことではある。この場合には、ただ一冊の本のなかに、文学の歴史に相次いで現われた文体が記録されているということになる。ひとつの文体ごとに一室が用意された博物館。ひとつの時代から別の時代へと移りながら、ドン・フアン・マヌエル親王〔一二八二〜一三四九？。スペインの作家で『ルカノル伯爵』で知られる〕からホルヘ・ルイス・ボルヘス〔一八九九〜一九八二。アルゼンチンの作家。『伝奇集』、『不死の人』ほか〕に至る語法の変化を研究することができれば、こいつは面白いはずだぞ！　不死の、一人の著者の〈筆のすさび〉にうねる、あの言葉の海の眺めを想像するだけでも！　しかし、現実はそうではない。ラビノビッチの読んだかぎりでは、これといった文体的特徴は見当たらなかった。彼を喜ばせたものを除いては……これはつまり、彼が、ラビノビッチ自身が書くような文章であり……いや、ちょっと待て！　それこそ今まさに起こっていることではないのか？　手稿本の全体が超自然的なものなのだから、ひょっとして、この種の魔法を披露することもありうるのではないか？　つまり、彼にはスペイン語で書かれていると思わせ、イギリス人には英語で書かれていると思わせ、フランス人にはフランス語で……。彼はテストをしてみた。本の一ページ目を開き、気持ちはイギリス人になったつもり（Reader, my companion on this journey）、またフランス人になったつもり（Lecteur, compagnon de voyage）。知っているかぎりの言葉で読むことができた。ならば、ヘブライ語では？　いや、駄目だ。ラテン語のアルファベットで書かれたものは、ただ左から右へと読まれる。その方向を逆にすることは不可能だった、血の流れを逆にはできないのと同じように。〈さまよえるユダヤ人〉はヘブライ語でものを考えたことはなかったのだ。いずれにせよ、〈さまよえるユダヤ人〉が書いた時期を文体によって確認できないとすれば、その理由は、すべての読み手がそれ自身の言語で読んでいるということである。翻訳の場合と同じだ。読み手の数だけテクストが存在するということだろうか？　二人の人間は同一のものを読むことはできないということか？「いや、何もそんなに驚くことはない」とラビノビッチはひとりごちた。「すべての書物がそういうものではないのか？」言語は、それ自体としては存在しない。存在するのは、それを話す者たちである。書物についても同じ。何者かが読みはじめるまでは、それは記号のカオスでしかない。読み手こそが、こんがらがった文字に生命を与えるのだ。

ラビノビッチは住んでいるアパートの階段を上がり、部屋に閉じこもった。あと少しで午後二時になる。彼は肘掛け椅子に腰をおろし、いわばインクの隧道の奥へふたたび入っていった。「読者よ、旅の仲間よ」という出だしから、ほとんど暗記していたが、丹念にたどっていった。少年が自転車に乗ろうとして何度も倒れるが、突然、うまく乗れるようになったことに、ペダルを踏むたびにどんどん前へ進んでいくことに気づく。自転車に乗っているのだということを徐々に忘れ、バランスとスピード感を満喫する。初めから最後まで、それは冒険である。同じようにラビノビッチは、さっきはつまずいた言葉を突っ切っていった。霧のように晴れていく記号のなかを駆け抜けていった。

「イエスが誕生したその日、私はガリラヤの寒村に生まれた。われわれ二人の母親は隣人同士であり、イエスもその兄弟姉妹も、私が初めてえた遊び仲間であった。やがて、一人前の男になった私はイェルサレムへ去った。まもなくイエスがやって来て、説教を行なった。イエスが裁かれ、処罰され、十字架にかけられるのを私は見た。イエスの生涯は壮大な神話となり、私のそれは珍奇な伝説となった。しかしながら、私の生涯も非凡なものである。以下、それを語ることにしよう」

引き続いて手稿本は、イエスと〈さまよえるユダヤ人〉に与えられた矛盾する運命を、皮肉っぽい調子で語っている。ユダヤ民族に深い愛着を抱くユダヤ人であるイエスが、非ユダヤ的な、いや反ユダヤ的でさえある宗教の長として、そこでは語られている。それに対して〈さまよえるユダヤ人〉は、かつてトーラー〔旧約聖書およびタルムードに含まれるユダヤの律法〕を信じたことはないにもかかわらず、ユダヤ教の権化のごとく語られている。

「なぜならば私が、マカベ一族〔前一六七年頃から前三七年までユダヤを治めた一族〕の狂信によって、後にユダヤ教に改宗させられた、ガリラヤの異教徒の一家の生まれで、幼少のころから宗教については懐疑的であったからである。私は密かに、貴族的なサドカイ派〔前一世紀から一世紀まで栄えたパレスチナの宗派。来世や復活を否定〕の人びとやパリサイ派〔前一世紀から一世紀まで栄えたユダヤの宗派。伝統や律法を重んじた〕の人びとを、また彼らの律法や預言者の盲信を、さらに熱暑の砂漠のなかで栄えた多くの宗派を嗤《わら》っていた。異端の宗派のひとつがエッセネ派〔前二世紀から二世紀までパレスチナに栄えた宗派。禁欲と貞潔を重んじた〕である。私の父は、死海のほとりのクムランでその派の人びとを識った。私もまた生地を離れてさまようエッセネ派の人びとを何人か識った。たとえば、洗礼者ヨハネである。彼らは独身を守り、禁欲的である。洗礼と聖体拝領を行なう。彼らは導師の助言を受ける。導師は愛を説き、世界の破滅と神に値する者らの救済を予言した。〈神に選ばれた者〉であるそれら導師の一人が、ローマの支配下の土地で裸にされ、鞭打たれ、責めさいなまれた。人間たちを裁くために、導師は死者のなかから蘇られると期待されていた。これらの一切をわたしは嗤っていた。その宗派の人間たちが世代が改まるたびに、〈神に選ばれた者〉の仮面を試しに数名の生きた人間につけさせ、真の顔に出会うという願望を新たにするのを、私は嗤っていた。ユダヤ教の黙示録を思わせるイエスの誇張した物言いを嗤い、いずれそれが、伝統の仮面をその顔に張りつけることになるだろうと思った」

　一羽の小鳥がバルコニーにやって来て、賑やかにさえずり始めた。ラビノビッチは無視した。その小鳥を敵だと思った。何かが、何者かが彼のじゃまをしようとしているのだ。間違いない！

外の世界は、関心をすべて向けよと要求する。外の世界は、内にこもろうとする者の意志を尊重しない。脅迫し、注意を奪い、触手を伸ばし、内にこもっている者をそこから引きずり出す。ラビノビッチは外に心を向けなかった。自分の目だけに集中した。すると〈さまよえるユダヤ人〉はキリスト教について説明を始めた。

ユダヤ人のイエスは――と彼は語った――新しい宗教を創ろうとは思いもしなかった。イエスが行なったのは、ユダヤ教の特質を強調することである。現世は来世への取るにも足らぬ過程でしかない、メシアはすでに現われ給うた、神は天国における父であって……。イエスが捕えられたとき、その弟子らは当惑し、落胆した。そして四方に散った。しかしイエスの遺した空白のなかで、その復活への希望が生まれていった。もろもろの伝説があの世から帰ってきた死者について語っている。イエスがそうした死者の一人でありえない理由があるだろうか？　イエスの人柄に人びとは魅せられていた。そこで軽率な連中は、ふたたびイエスの姿を見ることができると信じた。イエスに対する信仰の復活は、こうしてイエス自身の復活という形を取るに至った。神話は人の口から口へと伝わった。ディアスポラ〔バビロンの幽閉の後、ユダヤ人が逃れたパレスチナ以外の国々〕のユダヤ人たち――パレスチナの外に出、よそ者と化し、宗教心を失い、ギリシア哲学や住み着いた異教の町々の風習の影響をこうむった者たち――は、イエスの唱えた極端な説を文字どおりに受け入れたり、誤解したりした。イエスは、抑圧されたユダヤ人をではなく、人類すべての魂を救うために訪れたメシアと見なされた。磔刑《たっけい》は神とイエスの意志による、と信じられた。神とイエスとは、アダムの原罪を浄め、サタンの悪より人びとを救うことを望まれたのである。メシアたるイエスは蘇り、天国に赴いて、その父たる神の右手に座を占められた。イエスは神のことばと同一視され、神格化された。最後の審判でイエスは再臨、神の国を打ち建てられると期待された。人びとは神にするのと同じようにイエスに願いごとをし、時が移るにつれて、その母が仲介者となった。聖霊によってイエスを身ごもった聖処女は……。

このカトリック的な俗信を読みながら、ラビノビッチは微笑を浮かべていた。〈さまよえるユダヤ人〉もこれを知って笑ったにちがいなかったからである。学生たちにこの本を読ましてやれたら！　彼も学部の授業で、似たような説をほのめかしていた。これほどはっきりと言わなかっただけのことである。

イエスの死からおよそ五十年をへて――と手稿本は続けていた――最初のテクストが書かれたとき、イエスはすでにイエスでなかった。キリストであった。その教義を大切にし、行ないを正し、独特の服をまとう新しい宗教という観点から、イエスは見られている。イエスについて書くことは今ではある重大な変化を意味していた。つまり、イエスの声を聞いた者が果たして筆を執ろうとするだろうか、後世なるものを産みだす時間なぞ、もはや世界には残されていないと信じているのに？　ただキリスト教徒だけが世界は持続すると見て、後の世の人びとに忘れられることのないように、しだいにひどくなる伝説のほつれを文字という糸で繕《つくろ》おうと、賢明にも決意したのである。（イエスを直接には知らなかった）パウロの書簡や、（イエスを直接には知らず、パレスチナに住んだことがなく、その言語で書いたことがなく、なんら語るべき個人的な事柄を持たぬ人びとにより、断片的な記憶に基づいて、一世紀の末葉と二世紀の初葉に編まれた）福音書の類いは、イエスの物語ではなく、キリスト教の歴史の資料の集成である。異教徒のものであれ、ユダヤ人のものであれ、キリスト教徒のものであれ、イエスについて書かれたものの一切をいくら探っても、イエスに関する真実の一滴も得られないだろう。それに引き替えて、その信仰のビジョンはじつに崇高なものであった！　それはイエス＝キリスト、メシア＝救済者、人間＝神を創造した。「対照的に、私について書いた者たちは、やはり真相というものを呈示しなかったが、私を矮小化し、中傷した」彼は、すなわち〈さまよえるユダヤ人〉は、イエスが十字架を負うてカルバリオの丘へ向かいつつあったとき、そのイエスを嘲笑した（別の話がさらに付け加えて言うには、打擲《ちょうちゃく》した）、というのである。「さあ動け、歩くんだ。もっと速く、もっと速く歩け」するとイエスは振り向いて語った、というのである。「私は去っていくが、あなたは私が戻ってくるまで待つことになるだろう。私は休息するが、あなたはあゆみ続けることになるだろう」そして事実、神は〈さまよえるユダヤ人〉に、最後の審判の日まで世界を放浪するという罰をお与えになった、というのである。この誤った語り伝え（誤りもいいところだ！　善良なイエスは人を呪ったことなど一度もない！）は、数知れぬ変容をこうむりながらも生き永らえた。十字軍の時代、多くの人びとのさまよい歩く姿が〈さまよえるユダヤ人〉の記憶を呼びさました。とくにイタリアでは、じつに多くの物語が生まれた。そしてそれらから最初の手稿本が作られた。この主題はまもなく、ヨーロッパの他の地域の作家らの関心を引くようになった。たとえば、イギリスでは『歴史精髄』を物したロジャー・ド・ウェンドーヴァー〔歴史家。一二三六年死亡〕である。〈さまよえるユダヤ人〉は伝説にありがちな細部を大いに楽しんだ。

〈さまよえるユダヤ人〉は、いわば片をつけるべくイエスが帰ってこられたとき、イエスの心をなだめるためにキリスト教に改宗した（ユダヤ人のイエスが帰ってこられたら、何よりも、キリスト教徒に出会って落胆するだろう）……というのである。

磔刑と復活のあいだが三日間なので、彼は三日以上は一個所にとどまることはできなかった（復活などというものは起こらなかったのに！）、というのである。

彼はまた同じ場所に立ち戻ることはできなかった（このちっぽけな地球で、同じ道を踏まずに何百年も旅することのできる人間が、果たしているだろうか！）、というのである。

かりに幽閉されることがあれば、彼は独房の壁に沿うて歩きつづけたにちがいない（この永久運動体の観念を伝説が究極まで推し進めなかったことは、まことに残念なことだった！　たとえば、きわめて小さな空間で踊る肉体の動きの無限の可能性という考えは、じつに興味深いものがある！）、というのである。

彼は百年ごとに、イエスを侮辱したその年齢に戻った（民間伝承の想像力の、なんという貧しさ！　真相ははるかに詩的である。三十三歳という齢の変わらぬままに、彼は年老いていった……）、というのである。

彼は履き捨てる数の多さを考えて、自分で靴を手に入れることができるように靴屋になろうと決心し……（これはじつに奇妙な話だ！）、というのである。

「今おれが読んでいることは」とラビノビッチは考えた。「かなり変わった話だ。伝承の主人公が、書誌その他まで含めて、自分の伝承について論じているんだ！」手稿本はまるで人間のように話し、その息遣いがラビノビッチの耳をなぶった。〈さまよえるユダヤ人〉のあけすけな笑い声をさっき耳にしたように、彼はいま、ドイツのプロテスタントらによって伝承に付け加えられた変化を物語る、皮肉っぽい、太い声を聞いたと信じた。中世とルネッサンスを通じて、〈さまよえるユダヤ人〉について書かれたものは反ユダヤ主義的ではなかった。むしろこのユダヤ人を、善良で寡黙、まじめな、悔い改めた罪人として描いていた。しかしドイツにおけるプロテスタント改革は伝承を利用して、アンチ・キリストの邪悪な信奉者たるユダヤ人らを迫害した。その反ユダヤ主義的な小冊子のひとつが、一六〇二年にダンツィッヒで陽の目をみた『アハスウェルスと名のるユダヤ人についての簡潔な記述と報告』であった。これは直ちにフランス語、英語、デンマーク語、スウェーデン語、フラマン語……などに翻訳された。そして惨めな、ボロをまとった、灰色の顎ひげと長い髪を風になびかせた、反感をそそる、心ねじけた、愚痴っぽい〈さまよえるユダヤ人〉のイメージを定着させたのだった。

本のページを繰っていると、二枚の紙がくっついていて、ラビノビッチはあやうく目を逸らされるところだった。ああ、気がついてよかった！　注意しなきゃ。指を上手に使うことだ。

今日では——ラビノビッチは読みつづけた——著述家たちは、〈さまよえるユダヤ人〉が放浪の途中でしばしば、その姿を見せていることに驚いて、可能なかぎり正確に、彼が人間たちの前に現われた時と場所を指摘しはじめた。こうして〈さまよえるユダヤ人〉の主題は、W・マローンの『英国人の運勢を占うさまよえるユダヤ人』〔一六〇九年『英国人の運勢を占う月の人間』の名で公刊されたもの〕（一六四〇年）の場合のように、あらゆる土地の風俗習慣を諷刺するのに利用されるようになった。

それだけではない（ラビノビッチは、喜悦とは言わないまでも、満足の調子がそこにあることに気づいた）、〈さまよえるユダヤ人〉は世故たけた、洗練された、物わかりのいい、教養のある、公正な市民の一人に、歴史および哲学の教師になったのである。その遍在性は彼に全知を与えることになった（天使が〈さまよえるユダヤ人〉を連れて空を飛びまわった。それはほかでもない、天文学の修得に役立つようにという心遣いからである、と想像する者たちさえいたのだった！）。これが起こったのは一八世紀、つまり歴史の総合と遠隔地への旅行に関心が持たれた光の世紀のことである。たとえば、一七七七年刊行の『さまよえるユダヤ人の回想録』〔フランス語によるこの小説の作者は不詳〕。彼を教養のある、物わかりのよい人物に仕立てようと人びとは望んだ。そのために啓蒙時代の著述家たちは彼の魂の中身を掻きだして、彼ら自身の世界観でそれを満たした。一九世紀のロマン主義者らも同様であるが、ただ、この者たちはその魂に悲愁を吹きこんだのだった。ここで手稿本はウージェーヌ・シュー〔一八〇四～五七。フランスの小説家〕の『さまよえるユダヤ人』（一八四四～四五年）を、作者不詳の『〈さまよえるユダヤ人〉の名で知られた、イサアク・アハスウェルスの完全かつ真実の物語』〔おそらく存在しない偽書〕（一八四五年、マドリード刊）や、デイヴィッド・ホフマン〔ボルティモア出身の退職判事〕の『さまよえるユダヤ人、カルタフィルスの原典より選ばれた記録』（一八五八年）と比較していた。

その後に唯美主義者が現われて、〈さまよえるユダヤ人〉の主題によって文学を、純粋な文学を作りあげた（ルベン・ダリーオ〔一八六七～一九一六。ニカラグアの詩人〕その他）。

表で大きな音がした。ラビノビッチは亀のように読者の甲羅のなかで身をちぢめた。この音は外の世界のたくらみだ、バルコニーへ誘おうとしているのだ、と彼は考えた。さっきは、小鳥。こんどは、車の衝突事故。怒り狂った人声、クラクションの音……。ああ、外の世界よ！　次は何をたくらんでいる？　この建物の火事か？　それとも？

「これは、私の自伝は――と〈さまよえるユダヤ人〉は続けた――多くの虚偽の山をつき崩すことを意図している。もはや世間が真実を知るべき時である」その真実とは、イエスの磔刑と〈さまよえるユダヤ人〉の不死とを結びつけたのは誤りだった、ということである。それらはふたつの隣接的な、おそらく随伴的な、しかしいずれにしても独立した出来事であった。イエスは自然の系列に属し、〈さまよえるユダヤ人〉は超自然的な系列に属していた。

こうして、この長ながしい前口上のあとで〈さまよえるユダヤ人〉は、神から不死の生命を与えられた次第を語りはじめた。

ラビノビッチは読みつづけながらクッションのぐあいを直し、姿勢を変えた。彼は〈さまよえるユダヤ人〉にますます好感を抱くようになっていた。その顔、その表情、その歩き方を想像しさえした。彼自身の、ラビノビッチのそれにそっくりな顔や表情や歩き方を想像しさえした。〈さまよえるユダヤ人〉はイエスの神性を否定しているが、その一方で、彼自身には神としての特質がいろいろと備わっている、と断言していた。不死がその唯一のものではない。神の性質を持っているからこそ、魔術的な書物を永遠に書きつづけることが彼に許されたのだ。イエスとの関係は友情にみちたものであったが、イエスを尊敬したことはない。少年のころからイエスは無邪気な、素朴な、非常に想像力に富んだ人間のように思われた。しかしイエスが教えを説きだしたとき、彼はその楽観的な考え方をからかわずにはいられなかった。イエスは、地上における神の国の使者、正義と幸福の新しい秩序の使節であると自分を考えていた。すでに間近に迫っているが、神が訪れてサタンとその輩下の悪魔を追放する、あの偉大な日にふさわしい者であるために、人びとは道徳的に心の備えをしなければならない。その心の備えとは、愛すること、絶えず愛することである。「ガリラヤの――手稿本は語っていた――われわれの村のシナゴーグでイエスが聞いた伝承への恐るべき盲信、はなはだしい熱狂を耳にしたとき、私はおかしかった」なぜならば、その当時の〈さまよえるユダヤ人〉は、人類に対する神の関心をまだ信じていなかったのである。イエスが十字架を肩にして通りすぎるのを見て、彼は哀れに思った。哀れみ。これがすべてだった。それは、その犠牲の無益であることに対する哀れみだった。イエスは決して「神によって認められた人間」ではなかった。神は、と〈さまよえるユダヤ人〉はつぶやいた、いかなる人間をもお認めにはならないと。手稿本は次のように語っていた。

「そのとき神はその火花のひとつによって私の不死の生の灯をともした。私にとってそれは恵みではなかった。ああ、決して恵みなどではありえなかった。神はこの私を不死の身としたが、しかしその条件は、私にとって名誉となるどころか、それがためにかえって人びとの呪詛を浴びるはめになった。神はこの私を不死の、しかし苦痛に対して不感の身となし、私はキリスト教徒らの迫害や拷問を避けて逃げ隠れしなければならなかった。なぜ、神はこの私を選んだのか？　イエスの幼な友達であり、無益な苦しみに耐えるイエスを見て哀れんだ男である私、まさにこの私を？　私にはわからない。おそらく、ただ不可知論者だけが共に語りたいと思うほどの知性を備えていると、神には思われたのであろう。たしかに神は私を傷つけえなかったが、しかし私に近づくことによって、兄弟たちの目に憎むべき存在として映るように私を変えたのだ。神は一人の人間が、この私が、全人類の所業の証人となることを望んだのか？　少なくとも、何者かが人間の悲しむべき条件と、地上における神の国の不可能性を理解しうるように？　このようにして神は、人間のすることへの不干渉を正当化しようとしたのか？　つまり、この私に人間どものすることを記録させようとしたのか？　ユダヤ人たるこの私にユダヤ教の消滅を実見させようと望んだのか？　さらに、時をへてユダヤ教と呼ばれることになるものがすでに別個のものであり、今日のイスラエルは一個の神話以外に過去のイスラエルとの絆を持たないことを、この私に確認させようと望んだのか？　私にはよくわからない。かりに私が期待するものがあっても、それはイエス——復活しえないイエス——の復活ではなくて、神がこの私を選んで不死の生命を与えた理由の啓示である」

このとき一瞬、ラビノビッチは注意がちょっとそれた。ページをめくろうとして、手稿本の終わりまであと何ページもないことに気づいたのだ。おやおや！　こんなに早く！　手稿本は終わろうとしているが、〈さまよえるユダヤ人〉はまだその放浪の話には入っていない！　ちょっと気が散っただけだが、それでもテクストから目が離れそうになった。高いところにぶら下がっていて、つかんだ手の力をゆるめると、そのまま落ちていきそうになる、あれと同じ眩暈の感覚。彼は目で活字にしがみついた。もう少しで手稿本はふたたび判読不能なものになるところだった。ついさっき起こった危険におびえて、彼は懸命に精神の集中をはかった。それには非常な努力を要した。読むのをやめはしなかったものの彼は、この手稿本が出だしのところで、彼がそれを読み切ることはないだろう、その前に死ぬだろう、と告げていたことを思いだしたのである。手稿本はもはや終わろうとしていた。死へのかすかな恐怖を感じながら彼は大胆に、一語一語を拾っていった。数分間読みつづけて最後のページに達した。〈さまよえるユダヤ人〉の物語はこのまま中断ということになるのだろうか？　その末尾は次のようなものだった。

「さて、読者よ、心に留めてもらいたい。この書物は、私と同様に永遠のものである。私と同様に、繰り返しつづける。読者はこの行を読み終えるやいなや、この本の一ページ目に立ち戻ってそれを開き、目を凝らして読まねばならぬ。読者がここで中断すれば、すでに読んだことも無意味になるだろう」

ラビノビッチは力を振りしぼって、その目を手稿本の最後の単語から最初の単語へと飛び移らせた——空中ぶらんこの曲芸師のように。すると、さっきは「読者よ、旅の仲間よ」と呼びかけていたその行が別のことを語っていることを知った。〈さまよえるユダヤ人〉は彼自身の物語を続けて、永遠の力と若さを保っている彼を除いて、あらゆる人間が老いさらばえていくさまを述べていた。身なりを構わず、腰をかがめて歩き、髪を白く染めて、世間の目をごまかそうとした。しかし人びとは彼の肌の色つやのよさや目の輝きなどを、口をきわめて褒めた。ために彼は町から町へと移り住まなければならなかった。七〇年にティトゥス〔七九〜八一。後のローマ皇帝〕麾下《きか》のローマの軍団はイェルサレムを包囲し、破壊した。「キリスト教徒を含む他のユダヤ人とともに、私は追放された」と手稿本は続けていた。「そのとき私は信じた、イェルサレムの第二神殿の破壊はユダヤの歴史における一個のエピソードにすぎないと。歳月をへるうちに、それはまたキリスト教にも影響したと悟ることになる。つまり、その生まれた場であるイェルサレムに宗教として定着せずに、ローマに移って、そこで野心的な、過激な、堕落した政治に変化した」〈さまよえるユダヤ人〉はパレスチナを出て、まずバビロニアに、ついでエジプトに移り住んだ。どこへ行っても、奇跡的なことだが、土着の人びとと同じように共通語を理解し、話すことができた。

強い関心の大波がラビノビッチの心に打ち寄せ、高揚させた。彼は先を読みつづけた。しかし、長くというわけにはいかなかった。何者かがドアをたたいたのである。

ラビノビッチはいら立ちが顔に出そうになるのをこらえた。返事をしなかった。テクストから手が離れて落下するのを恐れるかのように、いっそう力をこめて単語にしがみついた。またベルの音。さらにもう一度。開けないぞ、絶対に開けないぞ。彼はばかでかい本を読むことにいっそう熱中した。開けてたまるか。ところが、何やら物音が聞こえた。ある物がドアの下から差しこまれているのだった。紙の立てる音。郵便物だ、受付のドニャ・マリアが郵便物を届けてくれたのだ。手紙。誰からだろう？　彼はがまんができなくなり、テクストから目を上げてドアのほうを見た。テクストに目を戻したときには、文字は待ってはいなかった。そこにはいわば影絵が、文字の形をなぞるものだけが残されていた。彼は口のなかで悪態をついた。また最初の文字から始めなければならない、なんてこった！　もう取り返しがつかない。彼は立ち上がって手紙を取りに行った。実際には手紙ではなかった。ダイレクトメール、パンフレット、葉書……。こんなもののために、わざわざ席を立ってきたのか！

しかし考えてみれば、仕事を中断してよかったのだ。どのみち大してはかどりはしなかった。彼は疲れている。食事もしていないし、気力が尽きている。ふたたびあれに読みふける前に、読者としての長旅に十分そなえたほうがいい。あれを読むことは、図書館の蔵する無数の書物を読むようなものであろう。そうだ、準備をしなければ。まず、食べること。何日でも続けて読書に没頭できるように、日程を調整すること。それから十分に睡眠をとること。その翌日、すっきりした頭であの手稿本を開く。そして湿地に残された鳥の足跡をたどるように、〈さまよえるユダヤ人〉のあとを追うのだ。

ラビノビッチは大きな本をデスクの上に残して外出した。どの店にもクリスマスの広告が出ているのを見て、皮肉な笑みを浮かべた。幼な子イエスと東方の三博士のいる大きな馬槽《うまぶね》の飾られたショーウインドウの前に立ったとき、その微笑は唇に貼りついてしまった。微笑を振りまいていたのが別の人間、あの〈さまよえるユダヤ人〉であったかのように。

ラビノビッチは夕食を済ませ、大事業のための条件をととのえる仕事にかかった。メモした長いリストにしたがって買物をした。パン、ミルク、チョコパイ、コーヒー、サンドイッチ、砂糖、フライド・チキン、果物。薬局で、頭痛にそなえるアスピリン、洗眼用の硼酸《ほうさん》、眠気を払うためのベンゼドリンなどを買った。また雑貨屋で、コーヒーやスープを入れておく魔法瓶を買った。

包みを抱えて部屋に戻った。読むのを中断せずに手に取れるように、いろんなものを配置した。リハーサルをやってみた。成功だった。絶えず読みながら部屋のなかを動きまわり、必要なことをすべてすることができた。少しも困難なことではない。たとえば目の不自由な人間は、一人でなんでもやっているではないか。読書にのみ目を用いるのは一種の失明状態だが、しかし完全なそれではない。困難なのは気を散らさないことだ。彼はもう一度、とくに難しい点のリハーサルをやった。完璧だった。今では一語も見失わずに、ドアを開けたり、ドニャ・マリアの手から郵便物を受け取ったりできそうだった。夢遊病者の自在さで、どんなに複雑なことでもやれそうだった。

ベッドに入り、明かりを消して、たまたまその身に降りかかった奇妙な運命のことを思った。あの書物を読むことよりも、それについて考えることのほうが楽しかった。

あれを一気に読むとして、果たしてどれくらいの時間、耐えることができるのだろう？　かりに一週間ぶっつづけに読んだとして〈さまよえるユダヤ人〉は、いったいどこをさまよっているのだろう？　もう一点。手稿本は完成したものなのか？　かりに彼が、ラビノビッチが、何回でもその手稿本を読むことができるとして、終わる時が来るのだろうか？　来たとき、どうなるのだろうか？　おそらく、手稿本はふたたび不統一な言語の形式を取るのだろう。あるいは、レコードのように反復するのだろう。突然、頭にひらめいたものがあった。別の可能性もある。なぜ、これを思いつかなかったのか？　手稿本が自らを書きつづっているではないか？　つまり、〈さまよえるユダヤ人〉は永遠の存在として、超自然的なかたちで手稿本のなかに身を潜め、現実にどこにいても、遠方からその話を手稿本に記録していくのだと、考えられないだろうか？　遠距離書記。この場合、素晴らしい状況が生まれるだろう！　読書について異常な耐久力と速度を持っている者は、〈さまよえるユダヤ人〉に出会うことができるだろう。手稿本はそのすべての物語が読み終えられるやいなや、白紙に戻るだろう。読み手は、いまや文字の消えたページの上に、不可視の世界から生まれた、真新しい、まだインクの湿った活字が現われるさまを見るだろう。われわれ人間が書くものの一切も、神はこういうかたちで読むのにちがいない。

ラビノビッチはこんなことを思いながら眠りに就いた。

彼は翌朝、たっぷり朝食をとった。最後に家のなかをひとめぐりしてから、肘掛け椅子にどっかと座った。この魔法の椅子は飛び立って、長い旅へと向かうだろう。タイムマシーン。彼は目をうるませながら部屋に別れを告げた。手稿本を開いて、ヒルのように意味の血管に吸い着いた、一行目から。読み直しは辛いものだった。文章に見覚えがあった。飛ばしてしまいたい誘惑に駆られた。その気持ちを抑えなければならなかった。読んでいるものの内容には関心がないにもかかわらず、校正者が丁寧にゲラを読んでいくように、彼も読んでいかなければならなかった。すでに読んだはずなのに、やはり、あちこちで新鮮な驚きを味わった。最初に読んだときは気づかなかったことを、ある字句に改めて教えられた。数時間たったとき突然、彼は気づいたのだった、岸から湖へと歩いていくように、記述の新しい個所に乗りこんでしまっていることに。

〈さまよえるユダヤ人〉はその放浪の物語を続けていた。ヘレニズムをよそおい古代ローマ文化をよろうた異端、キリスト教という異端に対するユダヤの律法の闘いについて語るとき、皮肉な笑みを口辺に浮かべている彼が察せられた。ユダヤ人が敬意を抱いていると思われる十字形はただ一つ、その足で渡ってゆく辻の十字形だった。彼にとってはその一歩一歩が十字路を踏みしめていくものだった。しかし一方で、彼は選ばれた人びとを尊敬しているような素振りを見せなかった。おそらく、放浪を続けているあいだに、自分をユダヤ人とは思わなくなったのだ。一一五年のことだが、トラヤヌス〔九八〜一一七。マルクス・ウルピウス・ネルバ・トラヤヌス。ローマ皇帝〕の侵略軍に対するバビロニアのヘブライ人の絶望的な蜂起を物語るときも、冷静な態度をくずさなかった。小アジア、エジプト、キプロス、アレクサンドリア、等々で破壊されたシナゴーグについても、腹の立つほど冷淡な話し方をした。一三二年にパレスチナで起こったシモン・バル・コクバの反乱と三年後の悲惨な敗北を見て、どうやら彼は、ユダヤ教は完全に消滅させられたと確信したらしい。そのときから彼は四散したユダヤ人について、まるで、宗派の聖遺物や民族の神話、滅びた文明などの頑固で、めそめそした、メシア気取りの保管人であるかのように語った。当初は口伝えによって、後には文字によって伝えられたユダヤ人の智恵の形成についての注解——タルムードに加えられたミシュナやゲマラ——によれば、〈さまよえるユダヤ人〉は、三世紀から五世紀にかけてシナゴーグの内部で起こったことに通じていた。しかし明らかに、ユダヤの学者（タンナイム）やバビロニアの学者(アモライム)たちを嘲笑っていた。ユダヤ教の味気なさ——単なる律法と戒律の集合——だけでなく、その仰々しい神秘主義をも嘲笑っていたのだ。

〈さまよえるユダヤ人〉がキリスト教徒とユダヤ教徒をひとしなみに嘲笑していること、とくにユダヤ教徒をいずれ劣らぬ阿呆扱いしていることが、ラビノビッチには少々気になった。物語がここまで達すると、キリスト教もすでにローマ帝国の公認の宗教となっていた。〈さまよえるユダヤ人〉はそれを気にしていたのだろうか？　いや、少しも気にしていなかった。彼は——と言っている——いわば「化学実験を行なって」いたのである。背教者ユリアヌス〔三六一〜三六三。ローマの皇帝〕

の口からイェルサレム再興の計画を聞いたときも、じつに皮肉な顔をしていた。テオドシウス〔四〇八～四五〇。テオドシウス二世。東ローマ帝国皇帝〕に仕える役人の一人によって、キリスト教徒がパレスチナの家夫長制の廃止をもくろんでいるという資料を見せられたときも、軽く肩をすくめただけだった。そうなのだ、〈さまよえるユダヤ人〉は非ユダヤ化してしまっていたのだ。ユダヤの地から引き離されることで、ユダヤ教の権力は小さく分かれて世界中に散っていった。〈さまよえるユダヤ人〉もその一人で、ユダヤ共同体の一員であることを忘れてしまった。バビロニア、ペルシア、シリアをへる旅。そしてメッカへの到着。（マホメットの知遇を得た）この〈さまよえるユダヤ人〉が神話採集者の冷静な丹念さで、聖書とコーランを合体させようとする件《くだ》りを読んで、ラビノビッチは不愉快になった。イタリア、フランス、ドイツ、スペイン……における巡歴。まるで大きな事件を故意に避けているかのようだった。第一回十字軍をほとんど黙殺しているのは、そういうことではないか？

　ラビノビッチの目は今や爛々と輝いていた。燃えるろうそくのように輝いていた。地下墳墓をさまようように、文字の列をたどっていった。ああ疲れた！　彼は目を離さないようにしながら食事をすませた。気を逸らさないようにしながら部屋の外へ出た。〈さまよえるユダヤ人〉がマイモニデス〔一一三五～一二〇四。スペイン生まれのユダヤの哲学者〕との激論を書き留めている個所まで達したときには、ラビノビッチはさらにベンゼドリンをもう一錠飲まなければならなかった。しかし疲労ははなはだしく、しだいに気力が衰えていった。あと何枚耐えられるだろう？　時計を見ることもできなくなった。ただ、時を告げる音を聞くだけだった。それを数えることができなかった。昼夜の別もはっきりしなくなった。今日は何日ということさえわからなかった。手稿本に呑みこまれていくような気がした。挫けそうになる気持ちや睡魔と必死に闘わねばならなかった。心臓を動かしつづけるためにも、頑張る必要がある！　ドキドキ、ドキドキ……気を抜いたら、心臓が停まって、その場で死んでしまうぞ！　というわけで、手稿本を読むことはラビノビッチにとって、一語ごとに鼓動を打つ心臓を維持していくようなものだった。ああ眠い！　あのユダヤ人がすでに一三世紀の希薄な空気を呼吸しはじめた今、眠気はいっそうはなはだしいものになった。古代史の教師である彼、ラビノビッチにとって、ユダヤ人である彼、ラビノビッチにとって希薄な、ということだが、その希薄な空気のなかで、彼は眠気に悩まされた。しかし読みつづけた……何時間も、何時間も……いったい何時間たったのか？　彼は読みつづけた、なおも読みつづけた……コーヒー、そしてベンゼドリン……。

　彼は毒に当たったような、病気になったような気分に陥った。

　もう限界だった。彼は絶望した。〈さまよえるユダヤ人〉は、ゾハール〔旧約のモーゼ五書の神秘的解釈からなるカバラの教典〕についてモセス・デ＝レオン〔一三〇五年頃死亡。スペイン系ユダヤ人の哲学者でゾハールを編んだ〕と交わした楽しい会話を思い出しているところだった。話題はカバラ〔創造物はすべて神の〈発出〉であり、霊魂は永遠に生きるという、ユダヤ神秘思想〕、文字の結合と置換、〈聖なる発出〉が段階的に昇っていく象徴のさまざまな系列、宇宙に関する著述、等々が取り上げられていた。ここに、ここにこそ、〈さまよえるユダヤ人〉がその手稿本で用いた魔術的なアルファベットを解く鍵があるはずだと、ラビノビッチは確信した。彼は気力を振りしぼった。せめてもう五ページ、いや、もう一〇ページ！　しかしもはや駄目、駄目だった。秘密はすぐ目の前にあるという、大事なときに力尽きるなんて！　もう一ページ！　目がふさがった。いけない！　彼はかろうじて目を開けた。が、なんてことだ！　すでに光は手稿本から消えていた。祭りの花火のあとの、縁が焦げたり紙が焼けたりしている花飾りのように、文字飾りが幻のように揺れていた。彼は思わず、ちくしょうと口走った。額をポンとたたいた。泣き声が口から洩れた。もう一度、最初からやり直さなければならないのか？　酔ったような足取りで二、三歩あるき、疲れた体をベッドに投げだした。瞼が痛みで、しかし同時に悦びで震えていた。どれくらい読みつづけていたのか？　二日か？　それとも三日か？　たいした時間ではない。さらに読みつづけることができるならば、喜んで魂を悪魔に売り渡しただろう、ファウスト〔一四八八〜一五四一。ヨハン・ファウスト。ドイツの魔術師〕のように。生よりも書物のほうが大事な、さかしまのファウスト。彼は誤りに気づいた。マラソン的な読みを一人でやろうとしたのだった。もう一度挑戦してみよう。ただし、周りに友人たちを置いておく。彼らが食事の世話をし、目の手当てをし、処方どおりに薬を与えてくれるのだ。医者にも付いていてもらう。記録に挑戦するときにやる手だ。自分ができなかったら、ワールドチャンピオン・マッチでもやるべきじゃないか？　一人の読み手が一四九二年まで到達する。次の読み手が一五八八年まで……。

彼はビロードの穴の底に測鉛のように落下していった。

意識を失う直前に、彼すなわちラビノビッチこそ〈さまよえるユダヤ人〉であり、自分で書いたものを読んでいたのだと確信した。目でもって書き、同時に読んでいるのだと確信した。要するに、彼自身が主人公なのだと確信した。結局、殺人事件の犯人は読み手自身に他ならない推理小説――誰も考えつかないほど完璧なもの――の主人公のようなものだと……。

（鼓　直＝訳）

断頭遊戯

レサマ＝リマ

◆ホセ・レサマ＝リマ

José Lezama Lima 1912〜1976

キューバの詩人、作家。若い頃からゴンゴラの詩を愛読し、スペイン・バロック文学の影響を強く受けた。一方、マラルメ、ランボー、ロートレアモンなど、フランスの詩人の作品にも親しみ、さらにシュルレアリスムにも傾倒して前衛的な詩誌「オリヘネス」を主宰した。代表的な詩集には『ナルシスの死』、『秘めやかな冒険』、『定着』、『授与者』などがあるが、いずれもバロック的文体で綴られた難解な作品である。また、自伝的小説『楽園』によって小説家としても高い評価を得ている。その他、『ハバナにおける論集』、『想像の時代』などの評論集や、短編集『断頭遊戯』（一九八一）がある。

幻術師ワン・ルンは、皇帝を憎んでいた。そしてその裏返しで后《きさき》を愛していた。シベリア産の磁鉄鋼と青い狐を手に入れたいと望み、王座に就くことを夢見ていた。皆に広く信じられている血の力によって王になれれば、幻術に使っている杖や鳩などの安っぽい飾りものを、甘松香の細い棒や野鳩の巣に取り替えることもできるし、大小さまざまな輪を使って芸を披露する稼業からも足を洗えるだろうと考えていた。ワン・ルンは薬草の行商人の姿に身をやつし、北方の村々を渡り歩いた。港から港へと黄河を往き来したこともあった。彼が宿で眠るときは〈川岸の水車小屋の塵〉と呼ばれた孤児の傴僂《せむし》娘がその荷の見張りをした。荷籠の上段には、香木や空を飛ぶ花の母、つまり火薬が入っていた。人に見せずに秘密にしてある下の段には、枝つき燭台、可愛がっている鳩の足に結ぶ紐、タオ・テ・キンなどが隠されていた。都を訪れるときは、山岳地帯を根城とする盗賊たちと奇妙な友好関係を持つ、身持ちの悪い廷臣やその子弟が数多くいるので、縄を二重にかけて荷を守った。

ワン・ルンは今、都の宮廷に来ている。一日目はゆっくり体を休め、次の日も夜になってから宮殿の大広間に入った。皇帝と顕官たちが待ち受けていた。広間に入るとき、彼はもったいぶった作り笑いを浮かべていた。いかに幻術の達人とはいえ、彼を見る宮廷人の目の奥には、蔑みの光がきらめいていた。彼は老練な幻術師であり、その挙措は重々しくゆったりとしていた。しかし、いざ広間に入ってみると、やはりいくぶんかは動揺し、気後れしそうになった。初め絹製のコウノトリと思えたものは、よく見ると真珠を幾重にも巻いて絵模様をあしらった礼服であった。さらに細かく見ると、その模様は細く絞った腰の部分よりも、大きく膨らませた袖の部分に入念な細工がしてあった。観客の中には、遠い酷寒の地から幻術を見に来た豪族もいた。彼らは、中国人が何人か集まるときまって始まるものだが、外部の者を寄せつけないひそひそ話をしていた。顕官たちの集団から少し離れたところに皇帝夫妻がいた。皇帝はまるでこれから刑の執行を検分するといったようなようすで、身じろぎひとつせずに座っていた。一方、后のほうは、広間の片隅に置かれている、〈沈黙の見者〉の時代の大振りな青竜刀にとまっている蝶を観察するように、しきりに体を動かしていた。

移り気な見物客を日頃相手にしている大道芸人として無理からぬことであったが、彼はまず最初に自分が工夫した新種の術を披露するという田舎くさい誤りを犯した。その術は、音楽と火薬を利用し、洗練された手さばき——たとえば伴奏者が鍵盤の端から端まで順に叩いていく間に、一枚の貨幣をすべての指にそわせて移動させるというようなもの——を駆使することで成り立っていた。長年にわたる修行の習慣として、午前中は金輪を隠したり、一羽の鳩、二羽の雉《きじ》、あるいは長く一列に並んだ鷲鳥を一瞬にして気絶させるために必要な、筋肉の動きと間合の取り方を練習した。午後は弦楽器と横笛の五人の楽士で編成された楽団を、自ら指揮し、あれこれ指示を与えた。彼は音が中断するところで効果的に技を決めるために、小節のひとつひとつの長さを調べて、薔薇色の小さな深淵を探った。夜になると、寝室に引きこもり、様々な色を発する火薬の調合にいそしんだ。その火薬は色とりどりの梨を盛った大籠に仕込まれて、空高く舞い上がり、巻きひげや手袋、星くずなどの形をとって、地上に雨のように降り注ぐはずのものだった。

新しい技法を編み出したにもかかわらず、彼が幻術を行なうにあたって最も重要だと考えていたことは、昔から奇術の要諦とされてきたこととさして大きな違いはなかった。彼は常々、観客というものは石像ではないのだから、腕を組み直したり、足を伸ばしたり、瞬きをしたり、首を振ったりして、体を動かしたくなるものであり、幻術師はこの頃合を見極めた上で、体のあちこちから貨幣を取り出したりする技を見せるべきである、と言っていた。そして、そのように細心の注意を払った上で、なおかつ幻術師は目に見えぬ笛を吹いているように悠然と見えなければならないと、冷ややかに付け加えた。幻術師自身が見えない存在になるべきだ、とも言った。没落した元高官と話していた折、「あなたはなぜ、死者を生き返らせるために術を用いようとはしないのですか」という鋭い質問をつきつけられて、窮地に陥ったことがあった。だがワン・ルンは落ち着き払って「それはわしが死者の体内から、一羽の鳩、二羽の雉、長く一列に並んだ鵞鳥を取り出せるからじゃ」と答えた。

新しく編み出した技をひと通り演じ終える頃には、しかつめらしい顔で宮殿に集まっている人々が、実は、それほど洗練された技を見たがっているのではないことにワン・ルンは気づいた。そこで彼は、拍手喝采する観衆の中で、退屈そうにしている侍女を使って、首を切り落とす刀の術を披露することにした。后に仕える侍女たちの中で、最も痩せた女が選び出されようとしていたとき、皇帝は演目の最後を飾るその術には別の者を使うようにと合図を送った。幻術師にとって低俗きわまるその種の術を、皇帝は后の首を使って行なうようにと冷たく儀礼的に命じたのだった。観客は震え上がった。宮廷内で陰謀が画策されて、身の毛もよだつような冷酷な企みが廷臣たちの隠微な楽しみと結びつき、誰かが抹殺されるのではないかと予感したからである。小柄で身軽な后のソー・リンは、皇帝の指図を素直に受け取り、ワン・ルンのほうに進み出た。彼は断頭台の穴と刀の位置、影の差す角度、刃の落下点などを計算したのち、まるで鼠の頭を扱うような手つきで后の首を台に据え付けた。刀が落ち、やがて引き上げられた。この間に、切り落とされた首は血を一滴もたらさずに宙に浮かび、胴体に戻り、生命を甦らせた。ワン・ルンの俗受けをねらった最後の演技が鮮やかに決まると、小柄で身軽なソー・リンは起き上がり、皇帝の横の席に戻って腰を下ろした。

いかに卑賤な技とはいえ、宮廷という厳粛な場で一介の幻術師があまりにも見事に技量を発揮するのを見た皇帝は、心穏やかならぬものを感じ、ワン・ルンを投獄することにした。この裁定は、妖術の類《たぐい》よりも皇帝の権威が卓越することを誇示しようとしたものであり、その底には魂胆の見え透いた罠が仕組まれていた。その罠とは、ソー・リンが密かに幻術師を訪れ、北方の寒冷地への逃亡を準備するであろうというものであった。幻術師に喝采する観客を目の当たりにして、皇帝は心の奥底で、廷臣に対してではなく、民衆に対する俗受けをねらったひとつの衝動に駆られたのであった。幻術師が投獄されれば、いかに皇帝とはいえ、黒い光線などの妖術の類に太刀打ちできないことを知っている民衆は、皇帝が自棄を起こし、強引な手段に訴えたのだと考えるだろうし、その後で、ソー・リンが幻術師と逃亡すれば、郷愁を秘めた孤独感などという情緒に弱い民衆は、侮辱を受けた自分に同情を寄せてくるだろうと考えたのである。もくろみは的中し、ソー・リンは饅頭や巴旦杏《はたんきょう》の実を携えて牢獄を訪れるようになり、北方に逃れるための橇《そり》と十二頭の足の速い犬を手にいれた。二人はついに脱獄を試みたが、追手はごくわずかで、橇は鈴を鳴らしながら悠々と走り去った。

橇はある村に近づいていた。夜になると村の赤煉瓦は炎に照らされて、黄色い光を放った。裕福な家の軒先に掲げられた明かりが、秋風に揺れて、まるで小鳥がその嘴で燃え上がる巣をつついているように見えた。風が強くなってきて、燈火が家の壁にぶつかると、飛び立とうとする小鳥たちが、煉獄の壁に刻まれた浮き彫り模様に、胸を打ちつけているようにも見えた。暗闇に点々と浮かぶ炎を遠くから眺めていたワン・ルンの脳裏には、さまざまな欲求が次々に湧き上がってきて、胸を貫かれるのを感じた。狼よけのために要所要所で焚かれているかがり火が――赤煉瓦が小さな歩哨のように炎の効果を高めていた――彼の足元から這い上がってきて、背中や腕を通り抜け、体を絶えず突き刺してくるように感じた彼は伸びをして、おもむろに橇を止め、地面に飛び降りた。うつらうつらと眠っていたソー・リンは、彼が自分の体にマントを着せかけ、手を振り上げて犬たちに鞭を入れようとしているのを感じた。彼女も起きあがり、置き去りにされまいとして、大きな留め金を締めるような恰好で彼の首筋にすがりつこうとした。しかし、すでに決意していたワン・ルンは、断固たる態度で彼女を橇の中に押し込めた。抵抗するのを押さえ込み、手を振り上げて今まで優しく慈しんできた頬を打ち据えた。犬の群れに鞭が入り、橇は鈴を鳴らしながら走り去った。ワン・ルンは不愉快な気分を払いのけ、厳かな足どりで村に入っていった。

犬たちはこの先も自分たちの背に鞭が飛んでくるものと思い込んでいて、三日間、駆けつづけたが、ソー・リンはなすすべもなく、犬たちの走るままに任せていた。水場があまりにも遠くて、犬たちが渇きに苦しんだとき、あるいは水場を見つけたとき、橇の疾駆は中断した。水場では、犬たちは鼻面を水の中に突っ込んで魚を捕え、生きたままむさぼるように食べた。骨と肉の砕かれる音が、苦しそうに暴れる魚の喘ぎに混じって聞こえてきた。ソー・リンは昏々と眠った。時折、何かに驚いて目を覚ましたが、やがてまた眠りに落ちた。その間、ただひとつだけ明かりを点《とも》した犬橇は、まるで果てしない広がりに活力を注ぎ込まれるようにひたすら走った。鈴の音がはたと止んだとき、ソー・リンは、激しい疲労で犬たちの足が折れ、寒さで骨の髄まで凍りついてしまったのだろうと思った。

それまで犬橇の手綱を握ってきた二本の手が、一本の太い逞しい手に替わった。もう片方の手は、海の水が珊瑚をみがくようにゆっくりと、彼女の体を愛撫した。幾夜かがそのようにして過ぎた。やがてソー・リンは、はっきりと目を覚まし、自分が宮廷から逃避行へ、さらに逃避行から野営地へと、身を移してきたことを知った。彼女を愛撫する男は、盗賊と猟師を兼ねたような生活をしていたが、日がたつにつれ彼女に寄せる優しさはますます大きくなっていった。彼女に惜しみない愛情を注ぐ一方、男は勢力範囲を広げ、国王の座を狙う者と目されるところにまでのし上がった。人々は彼を〈帝王〉と呼び、旗印に描かれた崩れ落ちた階段の横に、再び築かれた階段の図柄を見て、彼のほうが皇帝のウェン・チューより血筋において優れているのではないかと考えた。彼こそが天子であり、ウェン・チューなどは地獄から這い出してきた犬のようなものだとも人々は噂した。〈帝王〉と呼ばれる男についての様々な情報は、ウェン・チューの耳にも届いていた。だがこの皇帝は、彼を盗賊の頭目のひとりだという程度にしか見なかった。そのような輩《やから》のやることといえば、裕福そうな農家を襲って田畑を荒らすのがせいぜいで、その結果もたらされる被害も、困窮した農民が別の農家の門口に立って、桃の種を分けてはもらえまいかと乞うことぐらいなものだと、高をくくっていた。廷臣たちは用心深く知恵をめぐらし、〈帝王〉の本当の狙いは王座であることを隠していた。帝国の北方でのみ暗躍している間は、ウェン・チューは彼を黙殺して、村々で好き勝手に振る舞わせておいた。それはあたかも、つづれ織の模様の中の笛を吹く楽人の横で草を食べている巨獣を相手にするような、大様な態度であった。強奪に明け暮れ、王位を奪おうと画策しているあの男にかしずいているかつての妻は、見所のある女であり、恋人を装い、お茶などを飲んでいても、常に反逆の隙を窺っているにちがいないと考えていた。次々と野営地をめぐりながらも、彼女は天幕の下に眠る兵士たちの寝息に耳を立てているだろうと思っていた。酒瓶を運んでいった籠の中に、切り落とした首を密かに忍ばせるぐらいのことは、いともたやすいはずであり、刀の切り口は見事なほどに鮮やかで、滴る血は桜桃を混ぜた蠟のように見えることだろうと想像していた。

さて、このあたりで話をワン・ルンに戻そう。北方のとある村に姿を隠した彼は、心を煩わせるものもなく、気楽に日々を送っていた。そのあたりの村でも宮廷と同様、最後の演目には、あの簡単ではあるが観客受けのする断頭の技を演じるようにと、いつも求められた。その当時、彼は螺旋の術と呼んだ自分の演目の中で最も困難な技を好んで演じていた。ある一定の型のできあがった技を基本にして、手を変え品を変えして変化を加え、手堅く演じてみせる様式は、今は時代後れであると考えていたのである。袖の中から鷲鳥やペリカンを取り出すかわりに、彼は左手を腰に当てて、舞台の前方に進んでいった。すると、その間に袖が腕の先から付け根まで全体に少しずつ大きく膨らんでいき、やがて寺院の釣鐘ほどの大きさになった。舞台上の彼の動きは極めてゆるやかで、観客は一瞬ごとに固唾《かたず》をのんで見つめた。やがて彼は右手を上げて空の一郭を指さすと、そこにはカモメの群れが飛んでいた。彼がそのままの姿勢でいると、首にリボンを結んだ一羽が群れを離れて滑るように宙を舞い降り、ワン・ルンの大きく膨らんだ袖の中に飛び込むのであった。カモメが袖口に飛び込むとき、ワン・ルンの姿は、ディアギレフの指示を忠実に守ったダンサーのごとく、芸を完成するために積み重ねてきたそれまでの緊張と努力を、観衆の賑やかな拍手の音の大きさと比べて確かめているように見えた。田舎の村にあっても、宮廷で芸を見せた頃と少しも劣らぬ幻術の力量を発揮したワン・ルンではあったが、もしも今行なっている技ではなく、以前のままの、鷲鳥をつついて袖から取り出してみせる技をこの村で披露していたとしたら、観客はやはり今と同じように拍手喝采しただろうと考えることがあり、そうすると憂鬱な気分になった。そのように考えると、はかない空しさを覚えた。しかし、彼はやはり、幻術師として誇らしげに人差し指で天を差す、あのバレエのような仕草が気に入っていた。また、群れを離れて空から舞い降り、彼の袖の中に飛び込んでくるカモメが可愛くもあった。

このようにして月日が流れていったが、都を訪れた折に幻術師の逃亡の話を聞き込んだひとりの地方長官が、演技を見物することを思い立ったことから流れが変わった。ワン・ルンは尋問を受けたあと、身柄の処分決定を受けるために、宮廷へ護送された。やがて皇帝の面前に引き出されたが、帝はさして関心のないようすで、軍の獄舎に監禁せよと命じたのみであった。それは、愛馬を盗んだ泥棒の死刑判決書に署名する時と少しも変わらぬ、酷薄な裁定の下しかたであった。

地下牢に閉じ込められたワン・ルンは、それまでに身につけた技を捨て去らざるをえなくなった。観客がまったくいないので、自ら出来映えを確かめながら、技を行なわなければならないと考えたからである。そのような場所にいても、幻術を忘れられないのは、凄まじい執念によるのか、あるいは異常なまでに研ぎ澄まされた神経を鈍らせまいとして、必要に迫られてのことだったのか、それとも寒そうにしている人に帽子を取り出してやったことのある彼だから、無邪気な遊び心を起こしてのことだろうか？　そのいずれによるものかは答えられないが、ともかく彼は小楽団の伴奏とも、動物たちが戯れる庭ともおよそ縁遠い場所で、壁の中から新たな技を引き出そうとしていた。彼は机の端に木の皿を置き、それを薬指で押さえながら回転させ、独房の真中に持ち上げる技を開発した。皿がこのようにして回っていると、そこに人差し指で弾き出された箸が猛烈な速さで飛んで来て、真ん中に突き刺さるのであった。看守が見回りに来ると、彼はいかにも不機嫌そうに手を動かした。すると箸は皿から抜けて、二本とも机の上に戻った。この時、ワン・ルンはふと悪戯《いたずら》心を起こし、皿と箸をうんとゆっくり机に戻して見せたこともあった。皿の上にのった箸は、嵐のために遠乗りを中止し、湿った地面に降りようとしている騎手のように見えた。牢屋の鍵が厳重に掛かっているのを確かめたばかりの看守が、中庭を歩いているワン・ルンの薄ぼんやりとした影を目撃することもあった。そのように幻視の術を使って肝を冷やさせた罪の償いに、ワン・ルンは某所に住んでいる彼の娘が近く死ぬことになるだろうと予言してやった。しばらくして、娘の死が本当であったことがわかると、ワン・ルンは自分の術が極めて鮮やかな効果を収めたことを身をもって実感することになった。看守にとって、彼は神をも凌ぐ存在となり、全面的に信頼を寄せる予言者となったのである。これを機に、看守が運んでくる飲物は、速馬を乗り継いで運ばれてくるというレモンの果汁を垂らした透明な水に変わった。

ソー・リンは皇后の身分から王座を狙う男の愛人になった自分の境遇を、いささか粗雑ではあるが、深い霧に包まれた叙情味豊かな物語の中の一人物になぞらえて考えるようになっていた。皇帝のもとを逃げ出した身とはいえ、王座を狙う男を裏切ったとなれば、再び昔の地位に戻れるはずだと彼女は考えていた。皇帝の前に再び姿を見せたとき、彼女は自分の身に衰えと涸渇が迫っていて、武器にするものも失われていることに気づいていなかった。自分が正統派からも異端派からも遠い位置にあり、ペルシャ猫に見つめられている時計のように、空しくくるくると回っているだけだとは気づかなかった。初めのうち皇帝はソー・リンに、〈帝王〉などという輩は盗賊にすぎず、そのことは彼女自身がよく知っているはずだから、まったく恐れる必要はないと言っていた。だが、しばらくすると形勢が変わってきた。〈帝王〉は顧問団に優秀な学者を雇い入れて、〈聖なる書〉を綿密に研究させ、その中から特に都合のよい文章を拾い集めて、自分の血の中には皇帝よりもたくさんの金の滴《しずく》が流れていることを明らかにしたのである。ソー・リンは涙を流した。そうすることによって、沈黙したまま、誓いを立てた秘密を守ろうとしている人物、という外見を装おうとした。だがそれは無駄だった。皇帝は幻術師を地下牢に閉じ込めたときよりも、さらに冷淡な態度でソー・リンの投獄を命じた。そして見せしめのために、剝製の牛の目玉ほどの大きさの、木の玉をつないだ首輪をつけさせた。そのため、面会を求めて行った者は、愚かな田舎娘か、酒精《アルコール》で頭の狂った女のような皇后の変わり果てた姿を目の前に見ることになった。

〈帝王〉は都の防備を探るため、小規模な攻撃を仕掛けてみた。攻撃を何度か繰り返してみると、時には退却し自軍の損失を数えなければならないこともあったが、おおむねは勝ち戦《いくさ》で、都市のいくつかの地区が彼の手中に落ちた。彼はそれらの攻撃のひとつひとつを、勝利への布石であると考えていた。今はまだ限られた地域で優位に立っているにしかすぎないが、幸先のよい前兆であることは確かであり、これを積み重ね、攻撃を残りの地区にも波及させることができれば、全面的な勝利がもたらされるだろうと信じていた。攻撃軍は市場の近くまで攻め込んでいた。獄舎のある貧民街を攻め落としたとき、彼は期せずしてワン・ルンを救い出すことになった。囚人たちを解放しようと牢獄に乗り込んできた〈帝王〉は、戦いの興奮がまだ醒めていないようすで、荒々しい動作で動きまわった。それを見ていると、あれほどに敵軍と激しく戦うのも、自分自身が囚われの身になることを恐れているからではないかと思われるふしもあった。それとは対照的にワン・ルンは、時折皮肉っぽさをのぞかせることもあったが、おおむねは悠然とした態度を保っていた。ワン・ルンは袖の中から三メートルもあろうかと思われる木の枝を取り出し、そこに赤い芽をふかせて見せた。兵士たちは、はじめのうちきょとんとしてその術を見ていたが、やがて驚嘆の声を上げた。ワン・ルンは木の枝を空高く放り上げ、〈帝王〉の手をしっかりと握った。しかし時がたって、皇帝の軍団が着実に兵力を結集し始めると、反乱軍は占拠した地区を放棄し、退却しなければならない状況に追い込まれていった。こうして、ワン・ルンは帝国の北部地方に連れて行かれることになった。

〈帝王〉の野営地に移ったワン・ルンは、こまやかな配慮と敬意ある処遇を受けた。彼は特別な人物と見なされ、むやみに術を見せてくれとせがまれることはなかった。たとえば、牧童が逞しい若馬を連れてきて、旧式な方法で蹄鉄の打たれた足を見せるようなときも、そのやりかたは実に慎重で、蹄鉄や釘がよく見えるように不自然な姿勢をとらせる際も、馬を扱う手つきは優しさに満ちていて、馬が暴れるのではないかと心配させられるようなことはなかった。作業が終わり、ワン・ルンがその場を去ると、牧童も四本の足で大地を踏みしめる馬を連れて帰って行った。このように彼はその術を役立てながら、住民と仲よく暮らしていた。また野営地から少し離れた所に住まいを移すと、幻術の修行にも毎日充分な時間を当てることができるようになった。草臭い反芻動物の息を避けて、遠くからかがり火の瞬きを眺めながら、周囲の人びとと透明な交わりを保ちつつ、流れるような日々の暮らしに身を置いていると、彼は自分が光の微粒子になって宙を漂っているような気分になった。彼は目の前に広がる、広大な澄みきった風景を楽しんだ。その景色は、ひとりの若者に、蠍《さそり》のような表情を浮かべた誘惑の手が迫り、虜にしようとしている場面を描いた古代の絵に似ていた。絵の中の若者は誘惑に負けまいとしているが、向こうに見える天幕の奥には陽気な料理番の女がいて、時折窓から顔をのぞかせて甲高い笑い声をたてるので、ついそちらを見てしまうのであった。女は若者に関心があるらしく、思わせぶりな行為を飽きることなく続けた。

やがて〈帝王〉は軍勢を立て直し、再び都に攻撃を加えた。都の守備軍が防御態勢を整えるのに手間取ったこともあって、快調な進撃が続いた。今回の戦闘では、以前のように両軍が対峙して、攻防を繰り広げるような局面は見られなくなった。作戦はオルガンのパイプの調整作業のようなものに変わったのである。〈嵐の音〉と書かれた小さな鍵盤が押されると、木々の切り倒される音が返ってきた。〈笛の音〉と書かれた鍵盤が押され、うつろな音が響いたとき、人々はオルガンの空気圧が低下してきたことを知った。このようにして〈帝王〉が都の一部を陥落させた頃、守備軍はようやく拠点の防御を固め、籠城態勢に入った。守りの堅さを知った攻撃軍は、あっさりと撤退した。ところが、攻撃軍が占領していた地域には、ソー・リンが捕えられていた牢獄があり、彼女は思いがけなくも再び自由の身になったのである。〈帝王〉は直ちに彼女を引見し、ゆっくりならば歩けることがわかると、馬に乗せて、以前逃げ出した野営地へ彼女を連れ戻した。

〈帝王〉はある残酷な計画を練っていた。幻術師とソー・リンを不意に出会わせてやろうと考えていたのである。予期せぬ再会に驚いた者たちが、どのように敗北感を隠そうとするか見てみたいと彼は思っていた。野営地に戻ると、休息を兼ねた祭典が催された。楽器の音にあわせて、武具や投げ縄を使った演技が披露され、人々の手拍子がわき起こった。それが終わると、群衆は静かに幻術師の登場を待った。舞台の両わきの天幕の中から、ワン・ルンと皇帝の后が登場した。

二人はにこやかに微笑みながら挨拶し、冷たいけれど丁重な態度で言葉を交わした。それは、逃避行、原野に置き去りにされた憎しみ、追憶、欲望、犬橇、マントの下に味わった寒さと温もりなどの、二人の間の過去の様々ないきさつを覆い隠した再会であった。二人はそれぞれ席に着いた。ソー・リンの席のほうが〈帝王〉の近くに置かれていた。群衆は息を凝らしてこの場を見守っていたが、彼らの喉からは時折小さなため息が洩れた。〈帝王〉が銅鑼を鳴らすと、野営地の端を流れる川の向こう岸を馬が駆け抜けていった。そのように遠く離れた場所を走らせたのは、けたたましい蹄の音が聞こえないようにとの配慮のためであった。

〈帝王〉は細かく神経を使って計画しておいた次の命令を下した。彼はこの祭典を断頭の術で開幕させたいと考えていたのである。ワン・ルンが同意すると、ソー・リンは優雅な足どりで台に向かい、刀の下に横たわった。厳かに演技が始まり、一瞬首が宙を舞ったかと思うと、見事に元に戻り、ソー・リンは挨拶をして〈帝王〉のそばの椅子に再び腰を下ろした。ところで日ごろ消息通を自認している者たちが観客に混じっていたが、その中には軽率な人間もいて、ワン・ルンが密かに〈帝王〉の命令を受けていて、実際に首を切り落とし、失敗に驚いて気絶して見せるのではないかと期待を持っていた。だが、ワン・ルンはこれまでに術を行なうことを妨げられたり、自分からすすんでやめたことはあったが、常におのれの腕を磨き、術を完璧なものにすることを目指してきたので、他人の陰謀には指一本たりと関わることを嫌った。彼の術は常に礼節の枠内にとどめられていたのである。礼節とは彼にとって、〈神への畏怖〉と同義であった。

宮廷で与えられた拍手は、ビロードの引き幕と同様に、常に演技の終わりを意味していた。その後には静けさがあるばかりだった。観客が一斉に拍子を合わせて手をたたく〈帝王〉の野営地での拍手は、新たな熱狂の始まりを意味していた。耳を聾するばかりの大歓声と拍手を贈られた幻術師は、牢獄で身につけた術から、火薬を使い、目に見えぬ楽団の音楽にあわせて指を巧みに動かす昔の技まで、一連の演技を次々に披露していった。観客は熱狂の渦の中で酔いしれていた。闇の中に点々と穴をうがつようにかがり火を焚いた野営地は、水をいっぱいに詰めてはちきれんばかりに膨れ上がった、巨大な革袋のように見えていた。しかし、最後列で見物していた観客だけは、酔いきれぬままに、近づいてくる馬の足音のようなものを聞いた。だが、彼らも振り返って辺りを見回しただけで、それ以上は気にもとめず、一番先に家に帰り、眠りについた。

夜更け頃、ワン・ルンは異常な気配を感じて、天幕を出た。冷たい静けさの中に、夜露に濡れたコオロギの耳障りな鳴き声がしていて、彼の気がかりをいっそう重苦しくした。ソー・リンの姿が見えた。彼女もやはり天幕を抜け出てきたところだった。ソー・リンは彼に手招きをし、異常な気配の原因を教えてくれた。彼女の話によると、皇帝が〈帝王〉を討伐するために大軍を繰り出してきたというのである。一方、〈帝王〉の陣営は、おりよく敵軍の接近を発見した斥候《せっこう》の知らせを受けると、急遽野営を引き払い、退却したのであった。幻術師と皇后の対面という劇的な光景を見た上に、幻術師が次々に繰り出す技に陶然となった村人達は、その夜ぐっすりと眠っていたので、軍隊は誰にも気づかれずに北方へ撤退することができた。その際〈帝王〉は、ソー・リンと幻術師を置き去りにして行けば、皇帝の怒りがいくぶんかでもおさまるのではないかと考えたが、これは大きな誤算であった。もぬけのからとなった野営地を見た皇帝は、敵軍が罠跡をしかけたような意図を感じとり、よりいっそう敵意を掻き立てられて、追撃を開始した。追跡の手は激しい勢いで迫り、〈帝王〉は盗賊が横行する極北の地に追い込まれていった。ところがここまで来てみると、皇帝はあの男を王座を狙う大罪人としていつまでも追い回しているよりは、領土内に徘徊する盗賊のひとりと見なすほうが適切ではないかと思い当たり、追跡をやめた。空気が湿り気を帯び、馬具にも傷みが目立つようになり、その上不吉なミミズクまで見つかったので、軍勢は引き返し始めた。

ワン・ルンはソー・リンの天幕の中にいて、毛皮の上に横たわっていた。ワン・ルンは彼らしからぬ性急さで、彼女を愛撫した。やがて喉のあたりに手が伸びていくと、手の動きは繊細さを取り戻していた。ソー・リンは断頭台の刃が落ちてくるのを見ていた時と同じ冷静な態度で、笑みを浮かべていた。それは自分の体が一瞬闇に包まれ、観客の目から隠されることを知っている者の、悠然たる笑みであった。今、幻術師の指はある奔放な探求心に支配され、絶え間なく動き続け、彼女の体を締め付けていった。その間もソー・リンは笑い続けていた。彼女は以前見たことのある、鏡の術をほどこされているのだろうと考えていた。やがて彼女の体が、刀で切り開かれたように、〈内部を外に開いて見せた〉とき、彼女は静かに息を止めた。

ワン・ルンの探求心はやがて自らの体に向けられた。彼はまず、自分の体温を下げ、それから規則的に繰り返される呼吸の回数を減らし、ついに忘我の境地に到達した。その時、彼は心の中で何事かを決意し、光に満ちた迷宮の世界に踏み込んでいったのである。幻術師とソー・リンの遺体は、今しがた息を引き取った肉体とはとても思えぬ光彩を放ち、死後の世界でも、それぞれ独自の流儀で、幾世紀もの歳月を経ていくのではないかと見えるほどであった。一方の遺体は、留まることを知らぬ探求心を渦のように漲《みなぎ》らせた男の表情を浮かべ、もう一方は、古風な信頼関係に全身を委ねた微笑を浮かべていた。二人の体から熱が失われていくにつれ、それぞれの表情はよりはっきりとしたものになっていった。

皇帝の軍勢は、撤退の途中、例の舞台のそばを通りかかった。ここまで来たとき、皇帝は休止を命じ、自分はもと観客席であった場所のほうへ歩いていった。天幕の中にはいった彼は、二人の遺体を見つけた。その途端、彼は異様な狂気にとらわれて、歌をうたいだした。両腕を高く上げ、無表情な顔で、童謡から軍歌まで様々な歌をうたった。やがて天幕を出た彼は、同じように歌い続けて、井戸のほうへ歩いていった。どこの野営地でもそうだが、井戸は危険な落とし穴である。彼はその穴に落ちてしまった。死神によって絞り出されるかのような悲鳴を上げながら、彼は深い暗闇に落ちていった。思考から切り離されたその悲鳴は、暗闇のすみずみに響きわたった。

〈帝王〉は軍勢を引き戻し、皇帝軍の背後を襲おうとしていた。味方の数は増えつつあった。追跡していた足跡が消えたとき、〈帝王〉は相手側がこちらを迎える態勢を整えたものと考えた。もちろん宮廷風の迎え方をするはずはない。両軍が向かい合ったとき、彼は明るい前兆のようなものを感じ取った。双方はにらみ合っていたが、皇帝側は動きだそうとする気配をまったく示さなかった。そこで〈帝王〉の軍は前進を始めると、両軍は鬨《とき》の声もあげずに、ひとつに融け合ってしまった。皇帝軍がまったく動かなかったのは、皇帝本人が戻ってこず、休止命令が続いていたためであった。こうして〈帝王〉の軍は敵を併合し、新たな色の甲冑と武具を備えた数師団を傘下に加えることになった。〈帝王〉は舞台の検分を済ませると、天幕に行き、理解しがたい恰好で横たわっている二人の亡骸を、冷ややかな目で眺めた。それから彼はさらに進んで行き、野営地の天然の境界となっている川岸まできた。そこで彼は一羽のフラミンゴが死体の内臓をついばんでいるのを見つけた。その死体はぼろぼろになった絹の服を着ていたが、そこについている勲章を見れば、至高の地位にいた人であることがわかった。死体は両腕を振り上げ、歌をうたった時とそのまま同じ形で口を半開きにしていた。井戸に落ちて死んだ皇帝は、地下水に押し流されて川岸まで運ばれ、そこで鳥や虫の餌になりかけていたところだった。〈帝王〉は皇帝の死体を軽々と引きずって行き、兵士たちに見せた。幻術師、ソー・リン、皇帝の三人の遺体が同じ犬橇に乗せられると、急いで都に向かうように命令が下された。

〈帝王〉の姿を一目見ようとする群衆で、都はごった返していた。見張りの兵が今はひとつになった軍勢と、遺体を乗せた橇を見つけた。〈帝王〉は城壁が見えると、板を斜めに立てかけ、そこに木の枝と葉を敷き、三人の遺体を並べるように命じた。三人の姿は、まるで植物を背景にした浮き彫りのように見えた。物見高い連中は城壁から出てきて、板の上に何があるのかを確かめたが、やがて彼らの口から城壁内にいた人々にも事実が伝えられた。彼らが見たものは、同じ回転方向に頭を向けて渦巻形に並べられた遺体であった。左の乳首の下にフラミンゴの嘴で穴をあけられた皇帝は、腕を振り上げ、歌をうたい続けているように見えた。都の人々は、この歌うような表情は、〈帝王〉がソー・リンの裏切りを咎めて、その首を切ったためだと考えた。なかには、敵軍が逃げ去って皇帝は大喜びしていたのだが、その時突然、不思議にも星占いが的中して、フラミンゴに嘴で内臓を突き刺されたためだと考える者もいた。幻術師は、王の交替、逃亡、ソー・リンの首などを興味深げに眺めていた男という印象を与えた。だが、幻術の極致に到達し、息を止めたり、帳尻が合わなくて困り果てた出納係が発するような質問にも答えることができた男だったので、その興味は格別深いものとは思われなかった。

斜めに立てかけた板の上で、遺体は三日間公開された。その後、〈帝王〉は香りのよい樹脂を塗った長い杖を手に取り、遺体の下に敷かれている木の枝に火をつけた。火が消えると野次馬たちが城壁から出てきて、そのあたりを歩き回っていたが、しばらくすると困惑しきった表情で、譫言《うわごと》のようなものをぶつぶつ呟きながら戻ってきた。彼らは複雑に張り巡らされた監視網に組み込まれ、美しく飾られた遺体が焼かれる現場を目撃するまでは、のんびりと心ゆくまで楽しむことのできたおしゃべりと散歩を禁止されてしまったのである。

〈帝王〉は五十年間王座にとどまった。樹脂を塗った杖でともされた火は、始まりでも終わりでもなかった。板の上に並べられた遺体を見た野次馬たちは、都の中で、ものを見ること以外に好奇心を満たすすべを奪われていた。そこで彼らは仲間内で憂さ晴らしの方法を探し、樹木がゆっくりと成長していくのを眺めて楽しむようになった。一方、城壁の外に出ようとしなかった人々は、心の中に密かな不満を抱き続けていた。彼らは、何かの先触れとなる狼煙《のろし》や、ひとつの声をもたらす小鳥のさえずりを待ち受けていた。

新たな幻術師が宮廷を訪れると、王は自ら買って出て、自分の首を使って断頭の技を見せるよう命じた。演技が終わり、王が席に戻っていくとき、廷臣たちは凍りついたような驚きの表情をわざと作って見せたが、すぐにまた平静な顔に戻るのであった。あまりに何度も演技を見せられ、しかも、胴体を離れる一瞬の王の頭がいかにも慣れたようすを見せ始めた頃から、いかに礼儀正しい廷臣たちとはいえ、驚いて瞬きをする間合が少しずつずれ始めていた。切り離された頭を追う廷臣たちの目は、逆に大きく開いていて、陶器のかけらで虫をつぶすときのような目つきになっていた。

やがて〈帝王〉が亡くなったが、追悼に来る人びとの数があまりに少ないので、廷臣たちはいかにすべきかを〈帝国長老会議〉に諮《はか》った。その結果、出された結論は、葬儀を城壁の正門で執り行なうことが必要であるというものであった。その場所ならば、城壁の外に出ていった者たちが通った道と、内側に留まってそそり立つ城壁をただ見上げていた慎重な者たちが通る道が、交差しているからである。王位の象徴である毛皮と金銀に包まれた彼の遺体は、三日間公開されていた。遺体の上には、夜露が降り、昼の日差しが降り注いだ。三日目に雨が降りだしたとき、あたりは大理石のような静寂に包まれていた。人びとは逃げ帰ってしまったのだ……〈カワセミ〉は銀の環をくぐり抜けようと、執拗な努力をした。急降下の得意な気高い鷹は、旋回をやめて、前方へ飛び続け、やがて草原の精になった。もう一羽の小さな玉虫色の鷹は、絶え間ない変転の中で、怒り狂って掻き傷を残した。

（井上義一＝訳）

奪われた屋敷

コルタサル

◆フリオ・コルタサル

Julio Cortázar 1914〜1984

アルゼンチン出身の作家。六〇年代にパリに自主亡命し、ユネスコの翻訳官を務めながら創作に励んだ。通常の読みとリストに指示された章の順序に従う読みとが可能だが、デラシネ的な生を送る男女の姿を描いた『石蹴り遊び』。ラテンアメリカの困難な政治・社会状況を多岐多様なテクストのコラージュで浮かびあがらせた『マヌエルの書』。この二つの長編が代表作とされているが、『遊戯の終り』、『秘密の武器』、『すべての火は火』、『八面体』などに収められた幻想的な短編の作者としても知られている。平凡な人間の日常が不可解な力によって脆くも覆るという「奪われた屋敷」は、コルタサルの第一作品集『動物寓意譚』（一九五一）のなかの一編。

　わたしたちはその屋敷が気に入っていた。広くて古い――近ごろでは古い屋敷は、その建材を有利に処分するために、どんどん取り壊されつつある――というだけではない。そこには曾祖父母、父方の祖父、両親、そして幼いころの想い出などが秘められているのだった。イレーネとわたしは、二人きりでその屋敷で暮らすことに慣れていたが、八人程度なら互いに邪魔にならずにそこで生活できるはずだから、妙だと言えば妙な話だった。わたしたちは七時に起きて朝の掃除にかかった。十一時近くになると、わたしは残りの部屋はイレーネ一人にまかせて、台所へ入った。毎日きちんと正午に昼食を済ませると、あとはもう、汚れた皿を二、三枚洗うほかには何もすることがなかった。奥行のある静かな屋敷のことや、二人きりでその屋敷を清潔に保っていることなどを考えながらとる食事は愉快なものだった。時折だが、わたしたち二人が婚期を失したのはこの屋敷のせいではないか、と考えることもあった。イレーネは大した理由もないのに二人の求婚者を斥けてしまった。わたしの場合は、婚約寸前まで行ったところで、相手のマリア・エステルに死なれてしまった。わたしたちは四十代に達し、このころから口には出さなかったが、わたしたちの、兄と妹同士の慎ましやかで静かな結婚によって、曾祖父母からこの屋敷で始まった家系は必然のごとく断たれるのだ、と考えるようになっていた。わたしたちは、いつか、ここで死を迎えるだろう。やくざで愛想のないいとこたちがこの家を相続し、煉瓦や地所でひともうけするためにとり壊してしまうだろう。いや、手遅れにならないうちに、わたしたち自身の正義の手で、ここを引き倒してしまうかも……。

イレーネは生まれつき、誰の邪魔にもならない女だった。朝の仕事が終わると、あとの時間は、寝室のソファーの上で編物をして過ごした。なぜ、あんなに編物に熱中していたのだろう。女が編物をするのは、ほかのことをしなくても済む口実になるからだと思うが、しかしイレーネの場合は違っていた。彼女はいつも必要なものを編んでいた。冬のジャケット、わたしのための靴下、彼女自身のためのベッド用のショールやチョッキ……。時折、せっかく編み上げたチョッキを、気に入らないところがあるからと言って、あっという間にほどいてしまうことがあった。籠のなかの縮れた毛糸の山が、数時間もかけてこしらえた形をいやいや崩していくのを見ているのは、じつに楽しいことだった。わたしは土曜日ごとに都心へ出て毛糸を買った。イレーネはわたしの趣味をすっかり信用していて、毛糸のとりどりの色を楽しみ、お陰でわたしは一度も、綛《かせ》を返しにいく必要に迫られたことがなかった。そして、わたしはそうした外出を利用して本屋をひと巡りし、フランス文学関係で新しく入った本があるかどうか、それとなく訊いた。一九三九年以後、読むに値する本はアルゼンチンには届かなくなっていたのである。

しかし、わたしがここで語りたいのは、屋敷のことだ。屋敷のことであり、イレーネのことだ。わたしのことなどどうでもよい。編物という仕事がなかったら、イレーネはいったい何をするだろうか。その点がわたしには気懸りだ。一冊の本を再読することは可能である。しかし、一枚のプルオヴァーを仕上げてしまったとき、それをもう一度編みなおしたとしたら、他人は驚くにちがいない。わたしはある日、樟脳入りのたんすの下の抽出しが白や緑や淡い紫のハンカチであふれていることに気づいた。小間物屋の店先のように、それらはナフタリンをはさんで重ねられていた。このハンカチをどうするつもりなのか、それをイレーネに訊く勇気はわたしにはなかった。わたしたちには金を稼ぐ必要はない。毎月のように田舎から金が届けられ、それは貯《た》まる一方である。しかし、イレーネの関心はもっぱら編物に向けられている。彼女の手先の器用なこと。わたしは、銀色の針ねずみのようなその手の動きを、行きつ戻りつする編棒を、毛糸の玉が絶えずころがっている床の上の二つの小さな籠を、何時間も眺めていたものだ。

ここで屋敷の部屋の配置について述べておこう。食堂、ゴブラン織の掛かった広間、書庫、そして三つの広い寝室が、ロドリゲス・ペーニャ街に面したいちばん奥にあった。頑丈な樫の扉のある廊下だけが、その奥と表のほうとを隔てているだけである。表のほうには浴室、台所、わたしたちの寝室、リヴィングがあり、この中央のリヴィングには寝室からも廊下からも出入りできる。屋敷そのものへの出入りはマジョルカ焼の置かれた玄関から行なわれ、内扉がリヴィングに通じている。つまり、玄関から入って、内扉を押し、そのままリヴィングへ通れるわけだ。横にわたしたちの寝室のドアがあり、正面に、もっと奥まった場所へ通じる廊下がある。この廊下を進んでいくと、樫の扉があるが、さらに屋敷の他の部分がそこから始まっている。つまり、扉のすぐ前で左へ曲がり、台所や浴室に通じるかなり狭い廊下を辿ることができる。例の扉が開いていると、非常に大きな屋敷だということがわかるが、そうでないと、最近建てられつつある、身動きするのがやっとといったアパートのような印象を与える。イレーネとわたしは、平生、屋敷のこちら側で暮らしていて、樫の扉の向こうへはほとんど足を踏み入れたことがない。その例外は掃除のときである。家具に砂の積もること、信じがたいほどだ。ブエノスアイレスは清潔な都会であるが、しかしそれは、他でもない、住民たちの心掛けのせいである。空気中に砂が多すぎて、ちょっと風が吹くと、コンソールの大理石の上や、マクラメ織の絨緞《じゅうたん》の菱形模様のあいだに砂のざらざらした感触が感じられる。羽根ぼうきできれいに払うのが大仕事だ。舞い上がって宙を漂い、しばらくすると、ふたたび家具やピアノの上に積もる。

単純で余分な状況を伴わない出来事だから、いつもはっきりと思い出せることがある。あれは夜の八時、イレーネは自分の寝室で編物をしていたが、わたしは不意に、マテ茶をいれようという気になった。廊下を進んで、なかば開いた樫の扉の前まで来て、そこで台所へ通じる角を曲がろうとしたとき、食堂か書庫で妙な音がしたのを聞いた。その音は鈍くてはっきりしなかった。椅子が絨緞の上に横倒しになった音か、圧し殺した人の話し声か、といった感じだった。同じ音を同時に、あるいは一瞬後に、あちらの部屋から扉に通じる廊下の奥のほうでも聞いた。手遅れにならぬうちに、わたしは扉に向かって突進し、体をぶつけるようにして扉をぴしゃりと閉めた。幸いなことに、鍵はわたしたちの側にあったが、さらに念を入れて丈夫な掛け金を下ろした。わたしは台所へ行き、茶器を温め、マテ茶のお盆を提げて戻ってきてから、イレーネに話しかけた。

「廊下の扉を閉めることにしたよ。奥のほうは連中に奪われてしまった」

彼女は編物を下におき、疲れてはいるが威厳のある眼でわたしを見た。

「ほんとなの？」

わたしはうなずいた。

「それじゃ」と彼女は編棒を片づけながら言った。「こちら側だけで暮らすことになるのね」

わたしは念入りにマテ茶をいれていたが、彼女もまもなく、ふたたび編物を始めた。記憶では、彼女が編んでいたのはグレイのチョッキだったと思う。それはわたしの気に入った。

最初の数日間、わたしたちは辛い思いをした。二人とも奪われた屋敷のほうに、大事にしていた多くの物を残してきたからである。たとえば、わたしのフランス文学関係の本は、すべて書庫に蔵《しま》われていた。イレーネは文書箱や、冬の寒さから足を守ってくれる一足のスリッパなどを惜しがった。わたしもまた愛用の黒檀のパイプを失ったことを嘆いた。イレーネは年代物の一壜のオレンジ酒のことを考えていたと思う。しばしば（もっとも、これは最初の数日だけのことだった）、わたしたちは戸棚の抽出しを閉めては、顔を見合わせて言った。

「ここにもない」

屋敷の向こう側で失ったあらゆる品に付け加えられるべき、それは一つであった。

しかし、わたしたちにも大いに助かることがあった。掃除が非常に簡単になった。ひどく遅く、たとえば九時半に起きても、十一時が来ないうちに何もすることがなくなっていた。イレーネはわたしと一緒に台所に入り、昼食を作る手伝いをするようになった。わたしたちはよく考えた上で、次のようなことを決めた。わたしが昼食の用意をしているあいだに、イレーネは夜食用の冷たいものを料理しておく、ということである。わたしたちはこの取り決めを喜んだ。日が暮れてから寝室を出て、料理に取りかかるというのは面倒なことだと、つねづね思っていたからである。今ではわたしたちはイレーネの寝室に、テーブルと冷たい料理を盛ったボウルを持ち込むだけでよかった。

編物にかける時間がたっぷり取れるので、イレーネは大喜びだった。わたしは本のせいで多少途方に暮れたが、妹に辛い思いをさせないために、父の遺した切手のコレクションに目を通すことにし、それで十分暇を潰すことができた。ほとんど常に、より居心地のよいイレーネの寝室に集まってたが、わたしたちは大いに楽しみながら各自の仕事に没頭した。

「この編み方、見て。わたしが思いついたのよ。クローバーの感じじゃない？」

しばらくすると、今度はわたしのほうが小さな紙片をイレーネの目の前に突きつけて、ベルギーのオイペンやマルメディから手に入れた切手の素晴らしさを説明するのだった。わたしたちは健康で、徐々にではあるが物を考えることをしなくなった。人間は、考えごとなどしなくとも生きていけるのだ。

（実は、イレーネが大声で寝言を言うと、わたしはぱっと目が覚めてしまう。わたしは、咽喉の奥からと言うよりは夢そのものが発する、あの彫像かおうむめいた声に、どうしても慣れることができなかった。もっともイレーネが言うには、わたしが夢を見ると激しくもがいて、布団などはね飛ばしてしまうそうだが。わたしたちの寝室はリヴィングで隔てられていたが、しかし夜になると、屋敷のなかのどんな音でもよく聞こえた。わたしたちはお互いの息遣いや咳払いを聞いた。ナイトテーブルの鍵へかける手の動きを予感した。頻繁にあることだったが不眠症に悩まされていることも察し合った。
それはともかく、屋敷のなかは実に静かだった。昼間聞こえるものは、家事の物音や、金属製の編棒の触れ合う音や、切手のアルバムをめくる音くらいのものであった。すでに書いたと思うが、樫の扉は頑丈そのものである。奪われた屋敷の一部に隣り合っている台所や浴室で、わたしたちは遠慮のない大きな声で話をするようになっていた。イレーネなどは子守り唄さえ歌った。台所ではほかの音が入り込んでも気にならないように、やたらと陶器やガラスの食器をガチャガチャさせた。台所をひっそりさせておくことはほとんどなかった。しかし、わたしたちが寝室やリヴィングに戻ってしまうと、屋敷じゅうが薄暗い光と静けさのなかに取り残されてしまった。わたしたちは互いの邪魔にならないように、わざとゆっくり歩きさえした。わたしの考えだが、そのためにかえって、夜になるとイレーネは大きな寝言を言い、わたしはすぐに目が覚めたのにちがいない）
結果はともかく、ほとんど同じことの繰り返しだった。夜になるとわたしは咽喉の渇きを覚え、台所へ行って水を飲んでくるから、とイレーネに言った。寝室（イレーネは編物をしていた）のドアのところで、わたしは台所の物音を聞いた。廊下の曲がり角で音が鈍くなるから、台所だったような気がしたが、しかし浴室だったかも知れない。わたしが急に立ち止まったのがイレーネの注意を引いたようだ。彼女は何も言わずにわたしの横に立った。わたしたちは物音に耳を澄ませた。物音が扉のこちら側でしていることに、はっきり気づいた。台所か、浴室か、わたしたちのすぐ近くだが、廊下の曲がり角であることは間違いなかった。

わたしたちは互いの顔を見ようとはしなかった。わたしはイレーネの腕をつかみ、後ろを振り返らずに内扉のところまで走った。物音はますます激しくなったが、それでもやはり鈍くて、わたしたちの背後にあった。わたしは内扉をぴしゃりと閉め、玄関で止まった。今ではもう何の物音もしなかった。「こちら側も奪われちゃったのね」とイレーネが呟いた。その手から編物がぶら下がっている。何本かの毛糸が内扉まで延び、その下に消えている。毛糸の玉が向こう側にあることを知ると、彼女は眼もくれないで編物を放り出した。

「何か持ち出す暇があったかね?」無駄と知りながらわたしは尋ねた。

「いいえ、何にも」

まさに着のみ着のままだった。わたしの寝室のたんすに蔵ってある一万五千ペソの金のことを思い出したが、もはや手遅れだった。

腕に時計をしていたので、夜の十一時だということがわかった。わたしはイレーネの腰を抱いて(たしか、彼女は泣いていた)、そのまま表へ出た。いざ離れるだんになって残念な気がして、わたしは入口をしっかり閉め、鍵を下水の溝に投げ込んだ。こんな時刻、すでに奪われた屋敷ではあるが、そこらの風来坊が妙な気を起こして忍び込み、盗みなど働くことがないように。

(鼓　直=訳)

波と暮らして

パス

◆オクタビオ・パス

Octavio Paz 1914〜1998

メキシコの詩人、評論家。セサル・バリェッホ、パブロ・ネルーダらとともに、ラテンアメリカの現代詩人の中の代表的存在である。内戦下のスペインに行き、「反ファシスト作家会議」に参加したり、外交官として日本やインドに駐在したこともある。おもな詩集には、サンボリスムとシュルレアリスムの影響下に書かれた『世界の岸辺で』、『言葉のかげの自由』や、複雑な形式上の実験を試みた『白』、『東斜面』、『帰還』などがある。詩作のかたわら批評の分野でも優れた著作が多く、『孤独の迷宮』、『弓と竪琴』、『交流』、『フアナ・デ＝ラ＝クルス尼、もしくは信仰の罠』、『くもり空』などがその代表である。一九八二年にはセルバンテス賞を受賞した。

その海を去ろうとしたとき、まわりを掻き分けるようにして、ひとつの波が近くに打ち寄せてきた。ほっそりとして、軽そうな波だった。他の波が海面に揺れる衣装の裾をつかみ、引き留めようとするのを振り切って、ぼくの腕の中に飛び込んだかと思うと、今度は跳ねるようにしてぼくと歩き始めた。仲間の波たちのまえで恥をかかせるのは悪いと思い、何も言わなかった。それに、たくさんの波の怒りを含んだ目で見られて、ぼくの体はすっかりこわばってしまっていた。町のはずれまで来たとき、ぼくは無理なのではないかと説明した。都会の生活は、海から一度も出たことのない波が無邪気に想像するようなものとは違うのである。だが、波は真剣な目でぼくを見つめた。「だめだ、決心は堅そうだ。もう戻れないのだろう」ぼくは宥《なだ》めたり、冷たく突き放したり、皮肉を言ってみたりした。すると波は、泣いたり、わめいたり、かと思うと、ぼくを愛撫したり、脅迫したりした。結局、ぼくのほうが折れて出ることになった。

翌日からぼくの苦労が始まった。車掌や乗客や警察に見咎められずに、汽車に乗るにはどうしたらよいのだろうか？　確かに乗車規則は海水の運搬に関して一言も言及していない。しかしそのように言及を差し控えている事実そのものが、ぼくたちの行為を罰する口実になるのではないだろうか。あれこれと考えた末、ともかくぼくは発車の一時間前に駅に行ってみた。座席を確保し、誰も見ていない隙を狙って、飲料水のタンクを空にして、こぼさないように注意しながら彼女をその中に注ぎ入れた。

騒動が始まったのは、近くに座っていた夫婦の子供たちが喉が渇いたと言って、うるさく騒ぎだしたときからであった。ぼくは子供たちのまえに行き、レモネードを買ってきてあげようと持ちかけた。子供たちが承諾しかけていたところへ、もうひとり喉を渇かせた婦人が現れた。この婦人にもレモネードをすすめようかと思ったが、連れの男の目付きを見ると、とてもそんなことは言い出せなかった。その婦人は紙コップを取り、タンクに近づき、蛇口をひねった。水がコップの半分ほどまで注がれたとき、ぼくは急いでその手を押さえた。婦人は驚いた目でぼくを見た。しどろもどろの言い訳をしているうちに、子供のひとりがまた蛇口を開けた。あわててそれを閉めているうちに、婦人がコップに口をつけた。

「何よこれ、塩水じゃない」

それを聞いて子供たちが騒ぎ始めた。あちらこちらで乗客が立ち上がり、婦人の夫が車掌を呼んだ。

「この男が飲料水に塩を入れたんです」

車掌は公安官を呼んだ。

「そうするとつまり、あんたが水に薬物を入れたんだね」

公安官は警察官を呼んだ。

「そうするとつまり、お前が水に毒を入れたというわけだな」

警察官は刑事部長を呼んだ。

「そうするとつまり、お前は毒薬で殺人をしようとした容疑者なのだな」

部長は三人の刑事を呼んだ。刑事たちは、じろじろ見つめたり、ひそひそと話し合っている乗客の間を縫って、誰も乗っていない車輌までぼくを連行していった。最初の停車駅で列車から降ろされ、背中をこづかれながら留置場まで連れて行かれた。長時間にわたる取調べのときをのぞいては、誰からも話しかけられない日が続いた。本当のことを話しても、誰ひとり信じてくれなかった。看守のひとりも首を横に振りながら、「まったくとんでもないことをしでかしたもんだ。子供たちを殺すつもりだったんじゃないのか？」と言った。ある午後、ぼくは訴訟代理人のまえに連れて行かれた。

「これは難事件だ」と、彼は同じことを繰り返し言った。「ともかく、刑事裁判官にまかせるとしよう」

こうして一年が過ぎ、判決が下った。被害者がいなかったので、刑は軽くてすんだ。まもなく釈放される日が来た。

ぼくは刑務所長に呼ばれた。

「もう晴れて自由の身だ。君は運がよかった。死者が出なかったのが幸いだった。だが、二度とああいうことをしてはいけないよ。こんどは軽くでは済まないからね……」

そう言って、皆と同じ厳しい眼でぼくを見た。

その日の午後、ぼくは汽車に乗り、がたがたの車輌に何時間も揺られて、メキシコ市に戻った。タクシーをひろって、家に帰った。アパートに着き、入口のドアのまえに立つと、中から笑い声と歌声が聞こえてきた。ぼくは胸に痛みを感じた。驚きがぼくたちの胸を打つとき、その衝撃は波に打たれたような感じがすることがあるが、そのときのぼくもちょうど同じ痛みを感じたのだった。波が長年住みなれた家にでもいるように、笑い声をあげ、歌をうたっていた。

「どうやって、ここに来たんだい？」

「簡単よ。汽車に乗ってたんだもの。ある人に調べられたけど、ただの塩水だとわかったから、機関車のタンクに放り込まれたの。でも大変な旅だったわ。いきなり水蒸気の白い煙にされたかと思うと、今度は細かな雨になって機械の上に降ったりさせられたのよ。そのせいでこんなに痩せてしまったわ。水滴がずいぶん漏れたんですもの」

彼女が現れて以来、ぼくの生活は一変した。薄暗い廊下とほこりの積もった家具しかなかった家に、突然さわやかな風が吹き込み、明るい日差しが降り注ぎ、緑と青の反射光があふれるようになった。色とりどりの光に満ち、楽しい声がこだまする、幸せで賑かな町のようになった。ひとつの波の中に、どれほど多くのものが秘められていることだろう！　波の胴、胸、泡立った頭などの部分には、海岸や岩礁、防波堤までが作られていた。ろくに掃除もせず、ほこりと塵がたまるままになっていた薄暗い部屋の隅々が、波の柔らかな手で磨かれていった。家中のあらゆる物が微笑みを浮かべ、どの場所にも白い歯がのぞいて見えるようになった。太陽はぼくの家が気に入ったのか、古めかしい部屋を訪れ、この国やこの都市、この地区、それに近所の家々を照らす時間が過ぎても、帰ろうとはしなかった。時には、夜遅く太陽がこっそりぼくの家を出ようとして、星たちにそれを見つけられて、あきれさせたこともあった。

愛は遊戯であり、永遠の創造だった。すべてのものが浜辺、砂、真新しいシーツを敷いたベッドになった。抱きしめると、彼女はみずみずしいポプラの木の枝のように、信じられないほど細くなって上に伸びていき、しばらくするとそのほっそりとした体が急に白い羽毛の噴水、笑いさざめく羽根飾りとなって飛び散り、ぼくの頭や背中に降り注いで、ぼくの全身を真っ白に包み込んだ。時にはまた、目の前で体を横に伸ばして、水平線のように果てしなく広がっていき、ついにはぼくまでもが静かな水平線になることもあった。彼女は音楽のように、大きな唇のように、濃密に、しかもしなやかにぼくを包み込んでくれた。彼女の全身が、寄せては返す愛撫、さざめき、口づけだった。ぼくは彼女の水の中に溺れそうになるまで身をひたした。やがて目を閉じようとすると、ぼくの体は高く宙に押し上げられ、目の眩むような高さにふわふわと漂っていた。しばらくすると、ぼくは石ころのように落下したが、一瞬後にはふわりと羽根のようにやさしく受け止められて、乾いた床に寝かされていた。水の中でゆらゆら揺れながら眠るのは、たとえようもなく心地よかったが、しばらくすると波が楽しそうにぼくの体をぴしゃぴしゃと叩き、笑い声をあげながら遠ざかって行き、ぼくの眠りは破られた。

けれども、いつまでたっても彼女の中心にはたどり着けなかった。喘ぎ声と死を結び付けている、あの一点にどうしても触れることができなかった。女性には、傷つきやすく、死を招く秘めやかな部分がある。電気のスイッチのように、それに触れると全身に電流が走り、痙攣を起こし、体をのけぞらせ、ついには失神する個所が備わっているのに、彼女にはそれがなかった。彼女は女性と同じように波を打ちながら感応したが、その波動は求心的ではなく、離心的に外へ外へと広がっていき、やがては他の天体に届くものだった。彼女を愛することは、遥か彼方の物体と触れ合うこと、想像したこともない遠い星と共振することに似ていた。しかし、彼女の中心には……いや、彼女には中心がなく、そこにあるのは渦巻の目に似た空虚だけで、それがぼくを呑み込み、窒息させたのだ。

ぼくたちはならんで横になり、内緒話をささやき合って、笑いころげた。彼女は体を丸くして、ぼくの胸の上に飛び乗り、さざめく植物のように覆いかぶさった。貝殻の形をしたぼくの耳もとで歌をうたったこともある。水の動きの穏やかなときは、まるで小動物のようにぼくの足もとにうずくまり、慎ましく体を透明にしていた。そんなときの彼女は、全体が透けて見えたので、考えていることまで読み取れそうだった。夜になると、皮膚が燐光に包まれることがあったが、そんな彼女を抱きしめていると、炎の入れ墨をした夜の一部を抱いているような気がした。けれども、暗い色になって、ふさぎ込むこともあった。思いがけないときに、うめき声をあげたり、ため息をついたり、身をよじらせたりした。唸り声をあげて、近所の人たちを起こしたこともあった。彼女の唸り声を聞くと、潮風が家の扉を引っかき、屋上で凄まじい怒号をあげた。曇りの日は特に機嫌が悪く、苛立っていた。家具を壊し、悪態をつき、ぼくを罵り、灰色や緑色の泡を吹きかけた。唾を吐き、泣きわめき、呪詛の言葉を口走り、不吉な予言めいたことを言った。月や星、それに別の世界から届く光に支配されて、彼女の気分と相貌は変化した。ぼくにはそれが異様に思えたが、朝の満干と同様に、彼女の宿命だったのである。

やがて彼女は寂しいと不平を言い始めた。ぼくは巻貝や二枚貝、それに小さな帆船を家中にならべた。けれどもその船は、彼女が荒れ狂った日にひとつ残らず沈められてしまった（それらの船といっしょに、中に積んであったいろいろな像も沈んでしまったが、それらは毎夜ぼくの頭から生み出された産物で、猛々しくも寛大な波の渦がそれらを呑み込んでくれたというわけである）。その頃に失った小さな宝物の数はどれぐらいだったのだろう。しかし、船を沈めたり、貝殻の静かな歌声を聞いても、彼女の不満はおさまらなかった。ぼくはとうとう家の中に魚の住処を作ってやることにした。魚たちが彼女の体の中を泳ぎまわり、胸を撫で、脚の間で眠ったり、稲妻のようにきらめいて美しく頭を飾るのを見ていると、正直に言って嫉妬を感じた。

魚たちの中には、虎そっくりの、獰猛そうで薄気味悪いのが混じっていた。眼はぎらぎらと光り、肉食魚特有の切り裂いたような口を持っていた。彼女はそんな魚たちと楽しそうに遊び、恥ずかしげもなく嬌態を見せたが、ぼくには彼女の気が知れず、見て見ぬふりをしていた。彼女はそれらの気持ちの悪い連中と、何時間も閉じこもっているようになった。ある日、とうとう我慢ができなくなって、ぼくはドアを壊して中に入り、魚たちに襲いかかった。しかし、すばしこい魚たちは、まるで幻影のようにぼくの手の間をすり抜けていった。彼女はそれを見て笑っていたが、しばらくするとぼくに飛びかかり、突き倒した。ぼくは溺死しそうになっているのを感じた。全身が紫色になり、息が止まりかけた瞬間、彼女はぼくを砂浜にやさしく横たえ、意味のよくわからない言葉をささやきながら、口づけをしはじめた。疲れきったぼくは、自分の無力を知り、屈辱を痛感していた。しかしその一方で、溺死の甘美な味わいを語りかける彼女のあまい声にうっとりとなって、ぼくは目を閉じていた。その後、意識を取り戻したときから、ぼくは彼女を恐れ、憎むようになった。

それまでのぼくは人づき合いをなおざりにしていた。そこで友人たちの家を進んで訪れるようにし、親しくしていた仲間と旧交をあたためた。ある日、以前つき合っていたガールフレンドとばったり顔を合わせた。絶対に口外しないと約束したので、ぼくは彼女に波との生活のことを打ち明けた。女性にとって、自分の力でひとりの男性を救ってやれるかも知れないという思いほど、強く心を動かすものはない。彼女はありとあらゆる手を尽くしてくれた。しかし、肉体的にも精神的にも限界のある生身の女性が、たえまなく変化し続ける――絶えず外見を変えながら本質は常に変わらないのだが――波を相手にして、どれほどのことができただろう。

冬が来た。空はどんよりと曇り、街には霧がたれこめ、氷雨が降った。夜になると、波はきまってわめき散らした。日中は、部屋の片隅で愚痴をこぼす老婆のように、不気味な静けさでうずくまり、単調な唸りを繰り返した。彼女の体はすっかり冷たくなり、いっしょに寝ていると、一晩中震えが止まらず、しだいに血や骨、それに思考までが凍りついていくような気がした。彼女は落ち着きをなくし、不可解でとらえどころのない存在になった。ぼくの外出はますます頻繁になり、家を留守にする時間はしだいに長くなった。彼女は部屋の隅でうめき続けていた。鋼鉄のような鋭い歯と、あらゆるものを腐食させるその舌で、壁をかじり、ぼろぼろにした。夜はまんじりともせず、ぼくをなじり続けた。悪夢にうなされ、太陽と燃えるような砂浜に憧れて、譫言《ざんげん》を言うこともあった。極北の海で、幾月も続く夜の闇に閉ざされた空の下を、氷山になって漂う夢を見ていたこともある。彼女はぼくを口汚く罵った。さんざん悪態をついたかと思うと、急に大声で笑いだした。哄笑と幻影が家中に満ちあふれた。彼女は深海から怪魚を呼び寄せたりもした。それらの怪物は、盲目のもの、敏捷なもの、鈍重なものとさまざまであった。彼女の体は帯電し、触れるものをすべて焼き焦がした。また体から酸を出し、まわりのものをことごとく腐食させた。以前は柔らかだったその腕も、今ではごつごつしたロープのようになり、ぼくの首を締めつけた。黒ずんだ緑色の体は、鞭となって容赦なくぼくを打ちすえた。とうとうたまりかねて逃げ出すと、気味の悪い魚たちが残忍な笑みを浮かべた。

松の大木と断崖の見える山奥に逃れ、冷たく澄んだ空気を胸いっぱいに吸い込んだとき、ぼくはようやく解放感を味わった。ひと月後に家に帰った。ぼくは心を決めていた。猛烈に寒い日だった。火のついていない大理石の暖炉の上に、一体の氷の像を見つけた。辟易しきっているぼくには、その像の美しさは何の感動も与えなかった。ぼくは彼女を帆布の袋に放り込み、眠ったままの像を背負って外に出た。郊外のレストランへ行き、顔見知りのウェイターに氷を売り渡した。ウェイターは、さっそくアイスピックで彼女を砕き、ボトルを冷やすアイスペールに氷片を丁寧な手つきで詰め込んだ。

（井上義一＝訳）

大空の陰謀

ビオイ＝カサレス

◆アドルフォ・ビオイ＝カサレス

Adolfo Bioy Casares 1914〜1999

アルゼンチンの作家。無人島に逃げたはずの男が人影を映し出す機械の謎を探る『モレルの発明』。流刑地の孤島に赴任させられた男が奇妙な実験を目撃する『脱獄計画』。これらの長編小説や訳出した作品を収めた短編集『大空の陰謀』（一九四八）などでは、幻想的、SF的要素が強く、ラ・プラタ幻想文学の大家といった感が強いが、『豚の戦記』や『日向で眠れ』といった、愛をテーマに人間の本性を探った作品でも筆の冴えを見せる。ボルヘスと親交があり、連作短編集『イシドロ・パロディの六つの謎』を、また、妻のシルビナ・オカンポとは『愛する者は憎む』を共作。

イレネオ・モリス大尉と同毒療法医《ホメオパシー》のカルロス・アルベルト・セルビアン博士は十二月二十日、ブエノスアイレスから失踪したが、どの新聞もただその事実を述べることにとどまった。騙された人々、加担した人間がいる、目下、委員会が調査中である、と。また、逃亡者たちが利用した飛行機は航続距離が短いため、それほど遠くへ逃げてはいないと断定しうる、と。そのころ、わたしは郵便小包を一つ受け取っていた。中身は、四つ折り判の三巻の本（共産主義者ルイ・オーギュスト・ブランキの全集）、さほど価値のない指輪（石はアクアマリンで、底に馬の頭をした女神の像が見える）、そして、C・A・Sの署名があり、「モリス大尉の冒険」と題された何枚かのタイプ打ちの原稿。以下、その原稿を転載する。

「モリス大尉の冒険」

この話はケルト伝説のいずれかから始めることができるのかもしれない。つまり、泉の底の国に向かう英雄の旅、若枝で造られた逃亡不可能な牢獄、指にはめた者の姿を消す指輪、魔法の雲、手にする鏡の奥で泣いている娘を救出すべく運命づけられた騎士、アーサー王の墓を求める終わりのない絶望的な探索、といったことを語る伝説から。

これはマークの墓、これはグウィルスの、これはグウガウン・グレディフレイズの墓、だが、アーサーの墓は未知のまま。

また、驚きはしたが冷静な気分で聞いたニュース、軍法会議はモリス大尉を背任容疑で告発したというニュースから始めることができるかもしれない。あるいは天文学の否定から、それとも、霊を呼びだしたり退散させたりするときに用いる、いわゆる〈手の動き《パス》〉の理論から。だが、それほど刺激的ではない始まりを選ぶことにしよう。魔術的な雰囲気は色褪せるとしても、話の筋道を立てるにはそんな始まり方のほうがいいのだ。といって、超自然的なものを拒否するのではない。ましてや、冒頭に記した暗示や引用を破棄するつもりもない。

私の名はカルロス・アルベルト・セルビアン。ローチ生まれのアルメニア人。八世紀前からわが祖国は存在していない。だが、アルメニア人は自らの系譜樹に寄りかかるものであり、子孫という子孫はトルコ人を憎悪することになるのだ。「ひとたびアルメニア人であれば、未来永劫アルメニア人」私たちは秘密結社、氏族のようなものであり、様々な大陸に散っていても、説明しがたい血、親から子へと伝わる目と鼻、この世を理解し享受するその方法、自分の仲間だと見分けがつくようなある種の無秩序、陰謀や能力、女性の熱情的な美しさ、そうしたものが私たちを結びつけてくれているのだ。

私は独身でもある。そして、ドン・キホーテと同じで、一人の姪と暮らしている（暮らしていた)。働き者で、若く、愛想がいい。もう一つ、〈落ち着きがある〉と、つけ加えてもいい。ただ、ほんとうのところ、この言葉は最近の彼女にはあてはまらなかった。姪は秘書の役割を楽しんでいた。私には本職の秘書がいないので、彼女自身が電話の応対をし、患者が口にする(たいていは無秩序な)話をなりゆきにまかせて私が書きとめた、全体的な症状だとか診察記録といったものを、的確、明確に整理し清書して、大きな保管庫にきちんとしまってくれていた。彼女にはもう一つ、罪のない楽しみがあった、つまり、金曜の午後はいつも、私といっしょに映画に行くという。あれも金曜の午後のことだった。

ドアが開き、一人の若い軍人が診察室に勢いこんで入ってきた。

私の秘書は私の右側、机の後ろに立っていた。患者たちが口にする症状を書きつける大きな紙を一枚、平然と私の前に広げてくれた。若い軍人はためらうことなく名乗ると——クラメル中尉という名だった——私の秘書をじろっと見てから、てきぱきした声で訊いた。

「話してもよろしいですか？」

お話しください、と私は答えた。彼は続けた。

「イレネオ・モリス大尉があなたにお会いしたいとのことです。目下、軍病院に入院中です」

相手の軍人らしい口調に感染したのか、私はこう答えた。

「了解」

「いつ、おこしいただけますか？」とクラメルは尋ねた。

「今日にも。こんな時間に面会させていただけるのであれば……」

「ご自由に面会いただけますよう、とりはからいます」とクラメルはきっぱり言うと、体操のような騒々しい仕種とともに、敬礼をし、すぐさま帰っていった。

私は姪を見つめた。顔の表情が変わっていた。私は腹立たしくなり、どうしたんだ、と訊いた。彼女は訊きかえした。

「伯父さまが関心を寄せる唯一の人物は誰か、それがおわかり？」

彼女が指差すほうを私は素直に見つめた。鏡には私が映っていた。姪は部屋から走りでていった。

しばらくまえから姪はそれまでの落ち着きを失くしていた。それに、私をエゴイストとなじる癖がついていた。そんなふうになった責任の一部は私の蔵書票《エクス・リブリース》にある。そこには三つの言語——ギリシャ語、ラテン語、スペイン語——で、〈汝自身を知れ〉という言葉が書かれており（この金言にどれほど影響されたことか）、鏡に映った自分の姿を虫眼鏡で眺めている私が描かれている。姪は、私が気紛れに集めた何千冊もの本に、その蔵書票を何千枚も貼ってきたのだ。だが、エゴイズムというこの悪評には別の原因もある。私は几帳面な男だった。そして、几帳面な人間は、得体の知れない仕事に没頭して女性の気紛れを軽視するような人間は、気狂いか、馬鹿か、エゴイストに見えるものなのだ。

二人の患者を（ぼんやりしながら）診察したあと、軍病院に向かった。

ポソス通りにある古い建物に着いたときには六時になっていた。一人ぽつねんと待ち、単純な短い質問をされたあと、モリスが一人で使っている病室に案内された。ドアのところには銃剣を持った衛兵が立っていた。中に入ると、モリスのベッドのすぐそばで二人の男がドミノをしていたが、私には挨拶しなかった。

モリスとは昔からの顔馴染みだが、友だちではなかった。私は彼の父が大好きだった。素敵な老人で、丸く白い頭は短く刈り、青い目はとても厳しく鋭かった。ウェールズ人らしい溢れんばかりの愛国心の持ち主で、熱っぽくケルト伝説を語りだすと、歯止めがきかなかった。何年ものあいだ（それは私の人生でもっとも幸せな月日だったが）彼は私の先生だった。毎日午後に、私は彼から少しずつ教わった。彼が語り、私はウェールズの中世騎士物語の中の冒険に耳を傾ける。そしてそのあと、シロップ入りのマテ茶を飲んで気を落ち着けたものだった。そのあいだイレネオは、あちこちの中庭を歩きまわっていた。鳥や鼠を捕まえてはナイフと針と糸を使って、種類の異なる死体をつなぎあわせていた。イレネオは医者になるんだ、と老モリスは口にしたものだった。私は発明家になるつもりだった。それは、イレネオの実験が嫌でたまらなかったせいだった。また、気が遠くなるほど長い惑星間旅行を可能にするバネ仕掛けのロケットだとか、稼働すれば二度と止まらない水力推進モーターといったものを、設計したことがあったせいでもあった。イレネオと私は互いに反感を抱き、避けあっていた。だが、こうして会ってみると、私たちは幸福な気分に、懐かしさと親近感がいっきょにわきあがったような気分になった。熱っぽい口調で友情を、そして過去をほのめかすような話を少ししたが、すぐに言葉につまってしまった。

ウェールズの国は、ケルトの執拗な血の流れは、彼の父で終わっていた。イレネオは純然たるアルゼンチン人であり、外国人すべてを一様に無視し、軽蔑していた。風貌までがアルゼンチン人の典型といえ（彼を南米人と思った人たちもいるくらいであり）、背はむしろ低く、痩せて、骨格は華奢、髪は黒く――見事に手入れされて光り輝き――、眼光は鋭かった。

私を見て、興奮したようだった（私はそれまで、彼が興奮したところを見たことがなかった。彼の父が死んだ夜ですら）。彼ははっきりとした声で言った、ドミノをしている二人に聞こえるように。

「その手を握らせてくれ。この試練のときに、君は証明したんだ、無二の友であることを」

その言葉は私の訪問に対する謝辞にしては大袈裟すぎるように思われた。モリスは続けた。

「いろんなことを話しあわなきゃならない。しかし、わかってもらえると思うが、こんな状態では――彼はもったいをつけて、二人の男を見つめた――話す気になれない。二、三日したら、自宅に帰る。そのときになれば、気分よく君を迎えられるだろう」

それは別れの言葉だと私は思った。ところが、「急ぎの用がなければ」もうしばらくいてくれ、とモリスは付け加えた。

「忘れはしないよ」と彼は続けた、「本をありがとう」。

私は戸惑いながら口を濁した。どの本の礼を言っているのかわからなかった。私もいままでにいくつもミスを犯したことがある。だが、イレネオに本を送るというミスは犯したことがない。

彼は飛行機事故について話した。ブエノスアイレスのエル・パロマールやエジプトの王家の谷には事故を誘発する気流があるということを否定した。

彼の口から〈王家の谷〉などという言葉が出るとは信じられなかった。どこでそんな知識を仕入れたのか、と私は訊いた。

「モロー神父の理論だよ」とモリスは答えた、「ぼくたちの訓練が足りないせいだという人もいる。言わせてもらえば、訓練なんてものはぼくたちの国民性に反するものだ。この国で生まれた《クリオージョ》飛行家の憧れは、一般の人々も同じだが、飛行機そのものなんだ。納得できなければ、ミラのあの偉業を思い出してくれ。愛機ゴロンドリーナ、針金でつないだ缶詰みたいなやつで……」

私は、彼の容態と、これまでに受けた治療のことを訊いた。今度は私がかなり大きな声で話した、ドミノをしている二人に聞こえるように。

「注射はさせちゃいけない。どんな注射もだめだ。血に毒を入れてはいけない。浄血剤6を、そのあと、アルニカ１０００を飲むんだ。君はアルニカが効く典型的なケースだ。忘れないでくれ、微量だよ」

私はささやかな勝利を得たような気分で帰った。三週間がたった。家では変わったことはほとんどなかった。いま、こうして振り返ってみると、姪がそれまでよりも注意深くなり、冷ややかになっていたということがわかるのだが。私たちはその後、二週続けて金曜日には、いつものように映画に行ったが、三週目の金曜に彼女の部屋に入ってみると、姿が見えなかった。すでに外出していた。その日の午後、映画に行くということを忘れて！

そのあと、モリスからメッセージが届いた。家に戻っている、いつでもいいから午後に会いにきてくれという。

彼は私を書斎に通した。はっきり言って、モリスは元気になっていた。健康のバランスをとろうとして不屈に立ち向かう本性というものがあるが、それは、逆症療法《アロパシー》によって作られた猛毒をもってしても押しつぶせないものなのだ。

その部屋に入ったとき、時間を逆行した気分になった。こざっぱりとし、穏和な（十年まえに死んだ）老モリスがのんびりとマテ茶器をいじっている姿がないのが不思議なくらいだった。何一つ変わっていなかった。書斎の本も同じだった。ロイド・ジョージとウィリアム・モリスの胸像も同じで、その二つは、かつては、私の楽しい怠惰な青春時代を眺めていたが、いまは、私を見つめていた。そして壁には、凄まじい絵が、若い頃の私の心を捉えて眠らせなかった絵が掛かっていた。グリフィス・アプ・リスの死、つまり、〈南部の男たちの輝きと力と優しさ〉として知られた絵が。

私はさっそく彼に話をさせようとした。手紙に書いたことに細々としたことを少し付け加えればいいんだ、と彼は言う。私はどう答えたらいいのかわからなかった。イレネオから手紙など受け取っていなかったからだ。私は意を決して、体にさわらなければ初めから話してくれないか、と頼んだ。

するとイレネオ・モリスは、自分が体験した不思議な話をしてくれた。

この六月二十三日まで、彼は軍用機のテストパイロットだった。最初、コルドバの軍需工場でその任務にあたったが、結局、パロマール基地に転属させてもらった。

テストパイロットとしては、ぼくは信望あつかった、と彼は自分の口から言った。中南米のどのパイロットよりも、多くのテスト飛行を経験していた。彼の持久力は並外れたものだった。

そうした試験飛行を何度となくしていたことから彼は、自然と、あたりまえのように、単独で飛行機に乗るようになった。

彼はポケットからメモ帳を取りだし、白紙に連続したジグザグの線を引き、細かに数字（距離、高度、角度）を記すと、その紙を破って私によこした。私は急いで礼を言った。君が手にしているのは「ぼくの古典的テスト飛行針路」なんだ、と彼は言った。

六月十五日ごろ、彼は単座戦闘機、新型のブレゲッ３０９に近々、試乗することになるという連絡を受けた。それは二、三年前のフランスの特許をもとに製造された飛行機で、テスト飛行は極秘裡に行なわれることになっていた。モリスは自宅に帰ると、「今日、したみたいに」メモ帳をとりだして、「君がポケットに入れているのと同じ」針路を描いた。そのあと、さらに複雑なものに変えて楽しんだ。そして「ぼくたちが親しく話をしている、まさにこの書斎で」その追加分の針路を想像し、頭にたたき込んだのだった。

六月二十三日、素敵な、だが恐ろしい冒険を試みることになる日の夜明けの空は灰色で、雨模様だった。モリスが飛行場に着いたとき、テスト機は格納庫の中だった。出庫するまで待たねばならなかった。寒さで風邪をひかないように歩きまわったが、足がすっかり濡れてしまった。ようやく、ブレゲッが現れた。下部に翼のついた単座機で、「断言するがあの世のものだなんてところはこれっぽちもなかった」。彼はざっと機体を調べた。モリスは私の目を見つめ、小声で話した、「座席は狭く、坐り心地が悪いのははっきりしていた」。燃料計は満タンであることを示し、ブレゲッの翼には何のマークもついていなかった。ぼくは手で敬礼したが、すぐに、その仕種が見せかけみたいな気がした、と彼は言った。五百メートルほど走ってから離陸した。自分で考えた「新しいテスト飛行針路」にそった飛行を開始した。

彼は国中でいちばん持久力のあるテストパイロットだった。純粋に肉体的な持久力だがね、と彼は言った。彼は、私に事実を話そうとしていた。信じられないことだが、突然、彼の視界は曇ってしまった。ここでモリスは口数が多くなり、明らかに興奮していたが、私は私で、目のまえにいる、髪をきれいに撫でつけた〈自信たっぷりの男〉のことを忘れて、彼の話にのめり込んでしまった。新しいテスト飛行を開始するとまもなく、彼は視界が曇っていることに気づき、「情けない。気を失いそうだ」という声を聞いた。そして、大きな黒い塊（たぶん、雲）に突っ込み、束の間、幸せな夢を見た。光輝く楽園の夢みたいな……。滑走路に落ちる寸前、かろうじて機首を起こすことができた。

彼はわれにかえった。天井が高く、飾り気のない白っぽい壁の部屋で、白いベッドに寝ていた。体が痛んだ。虻がうなっていた。一瞬、野原で昼寝していたんだと思った。だが、そのあとわかっていったのだった、怪我をしている、入院している、軍の病院にいる、と。そんなことには驚かなかったが、しかし事故を思いだすのにはもうしばらく時間がかかった。思いだしたとたんに、愕然となった。どうして意識を失ったのか理解できなかった。だが、彼は一度も気を失わなかったのだ……。この点については、もっと先で話そうと思う。

彼に付き添っていたのは一人の女だった。その女を見た。看護婦だった。

口の悪い、独断的な彼が女性一般について語った。辛辣だった。ある種の女がいる、男の胸に潜んだ獣を満足させるためだけに存在する女がいる、とさえ言った。そして、そんな女に出くわしたとしたら、それは運が悪いのだ、というのも男は、その女が自分にとってかけがえのないものと思い、女をこわごわ不器用に扱い、不安や変わることのない欲求不満に満ちた未来を自ら用意することになるからだ、というようなことを言い添えた。「まともな」男性にとって、そうした女でなければ、どんな女でも、大した違いも危険もないのだ、と彼は断言した。その看護婦は、きみの好みのタイプだったのか、と私は訊いた。違うと彼は答えた、「もの静かな、母親みたいな女だった、でもけっこう美人だったね」

彼は話を続けた。士官が数人、入ってきた（彼は彼らの階級を列挙した）。一人の兵隊がテーブルと椅子を運んできた。いったん出てゆき、今度はタイプライターを持って戻ってきた。タイプのまえに腰をおろすと、なにも言わずに打ちはじめた。兵隊が手をとめたとき、一人の将校がモリスに訊いた、

「姓名は？」

この質問に彼は驚かなかった。「単なる形式」と思ったのだ。彼は自分の名前を言ったが、そのとき初めて、なぜか恐ろしい陰謀に巻きこまれているような気がした。どの将校も笑った。自分の名前がおかしなものだと、彼はそれまで思ってみたこともなかった。彼は苛立った。他の将校が言った。

「もっともらしい名前をでっちあげることもできただろうに」タイプの兵隊に命じた、「しかたがない、言うとおり打っておけ」。

「国籍は?」

「アルゼンチン」と彼はためらわずに答えた。

「軍に所属しているのかね?」

彼は皮肉っぽく言った。

「自分は事故に遇った。しかし、事故に遇ったのはあなたがたのようだ」

将校たちはにやりと笑った(まるでそこにモリスがいないかのように、仲間うちで)。

彼は続けた。

「自分は軍に所属している。階級は大尉。第九大隊、第七連隊」

「モンテビデオに基地のある?」と将校の一人がからかうように訊いた。

「パロマールだ」とモリスは答えた。

彼は自分の住所を言った。ボリバル通り九七一。将校たちは部屋から出ていった。翌日、その将校たちは他の将校たちといっしょにやってきた。自分の国籍を疑っているか、疑っているふりをしているかだとわかったとき、彼はベッドから飛び出して、連中と闘おうという気になった。傷のせいで、また、看護婦が優しく引き止めてくれたおかげで、思いとどまった。将校たちは翌日の午後、そして、翌々日の朝、やってきた。もの凄い暑さだった。全身が痛んだ。そっとしておいてもらえるなら、どんなことだって喋りかねなかった、と彼は言った。

彼らは、どういうつもりなのか? ぼくが何者であるのか、どうして知らないのか? なぜ、ぼくを非難したのか? ぼくがアルゼンチン人ではないなんて、どうしてとぼけるのか? 彼は戸惑い、腹を立てていた。ある夜、看護婦が彼の手をとって、あなたは上手に自分を守っていないわ、と言った。ぼくには自分を守らねばならない理由はない、と彼は答えた。怒りがこみあげたり、おさまったり、冷静にこの事態に直面すべきだと思ったり、その強烈な反動から「こんな馬鹿げた遊びをこれ以上続ける」ことはできないと思ったりして、一晩を寝ずに過ごした。朝になると彼は看護婦にそれまでの自分の態度を詫びようとした。彼女は親切でそう言ってくれたことが彼にもわかっていた。「それにブスじゃないしね、わかるだろう」しかし、彼は詫びの言い方を知らなかったので、何か助言してほしい、と苛々した口調で言った。重責にある人を証人に呼んだら、と看護婦は勧めた。

将校たちがやってきたとき、自分はクラメル中尉、ビエラ中尉、ファベリオ大尉、マルガリデ、ナバーロ両中佐の友人だ、と彼は言った。

五時ごろ、将校たちとともに、彼の終生の友であるクラメル中尉が現れた。「ショックのあとでは、人間、同じじゃいられない」クラメルが入ってくるのを見たとたん、ぼくの目には涙が浮かんだ、とモリスは恥ずかしそうに言った。クラメルを見たとき、彼はベッドで上体を起こし、両腕をひろげた。そして叫んだのだった、「やあ、クラメル」。

クラメルは立ちどまり、じっと彼を見つめた。一人の将校が訊いた。

「クラメル中尉、あなたはこの男をご存じですか？」

かまをかけるような口調だった。ぼくは待った――クラメル中尉が、突然、くだけた口調になり、こんな態度も冗談の一部さ、と言ってくれるのを待った――とモリスは言う。……クラメルは、まるで自分の言うことが信じてもらえないのではと恐れるように、語気を強めて答えた。

「一度も見たことはありません。誓って言いますが、見たことは一度もありません」

将校たちはその言葉をすぐに信じた。彼らのあいだに数秒間張り詰めていた緊張感は消えた。彼らは帰っていった。将校たちの笑い声が、クラメルのあっけらかんとした笑い声が聞こえてきた。それに、「俺は驚かんよ。ほんとに驚かんよ。あいつはまったく図々しい奴だ」と繰り返す一人の将校の声が。

ビエラが来ても、マルガリデが来ても、基本的には同じ光景が繰り返されたが、もっと荒っぽいシーンもあった。一冊の本――私が彼に送ったという本のうちの一冊――がシーツのあいだに、モリスの手の届くところにあった。そして、ビエラが自分たちは知り合いではないととぼけたとき、彼はその顔に本を投げつけたのだ。モリスは、私には完全には信じられないほど詳細に話した。はっきり言って私は、モリスが怒ったことはわかるが、果たしてそんなに素早く、怒りを行動に移したのだろうか、と思う。メンドーサのファベリオを呼ぶ必要はないと将校たちは考えた。そのときモリスの頭で閃くものがあった。友人たちが脅迫されて裏切り者になったのは若いからだとしても、その程度の脅迫はヒュート将軍には何の効果もないはずだ、と思ったのだった。彼の家の古くからの友人で、いつも、彼にとっては父親のような、というよりむしろ、極めて厳格な義父のような、あの将軍には。

アルゼンチン軍にそんなおかしな名前の将軍はいないし、これまでもいなかった、と将校たちはそっけなく答えた。

モリスは怖くはなかった。恐怖というものを知っていれば、おそらく、もっとうまく自分を守ったにちがいない。幸い、彼は女性に関心があった。「わかるだろ、女が危険というものをどれほど誇張し、あれこれ気を揉む人種か」看護婦はふたたび彼の手を握ったが、そうすることで、彼の身に迫る危険を納得させようとしたのだった。モリスは、今度は彼女の目をまともに見つめながら、いったい自分がどんな陰謀に巻き込まれているのか、尋ねた。彼女は他人から聞いた話を繰り返した。パロマール基地で二十三日に、ブレゲッのテスト飛行をしたという彼の話は嘘である。その日、パロマール基地では誰もテスト飛行をしていない。ブレゲッは最近、アルゼンチン空軍に採用された機種だが、モリスの言った機種番号は、アルゼンチン空軍のいかなる飛行機のものとも一致しない。「ぼくはスパイと思われてるのか？」信じられないといった顔で、彼はそう訊いた。また腹が立ってきた。看護婦はおずおずと答えた、「あなたは、どこか近くの国から来たと思われています」。ぼくはアルゼンチン人だ、スパイなんかじゃない、と、モリスはアルゼンチン人らしく誓った。彼女は驚いたようだったが、同じ口調で続けた、「制服はアルゼンチン軍と同じだけど、縫製が違うってことがわかったんです」。そして、「見逃すはずがないのに」と彼女は言い添えたが、モリスには彼女も自分を信じていないことがわかった。怒りで喉がつまるような気がした。それを隠すために彼女の口にキスし、抱きしめた。

数日して、「あなたがでたらめの住所を言ったことが判明したわ」と看護婦が教えてくれた。モリスは抗議したがむだだった。彼女はすっかり知っていた。ボリバル通りの家に住んでいるのはカルロス・グリマルディ氏だという。モリスは何かを思いだしたような、あるいは忘れたような感覚を味わった。その人物の名前は何か過去の体験と結びついているような気がしたが、はっきりさせることができなかった。

あなたの事件は対立するグループを作りだしたわ、つまり、あなたを外国人だというグループとアルゼンチン人だというグループの二つをよ、と看護婦は言った。もっとはっきり言えば、あなたを追放しようという人たちと銃殺にしようという人たち。

「あくまでアルゼンチン人だと言い張れば」と彼女は言った、「あなたの死刑を主張する人たちを助けることになるのよ」。

「他の国を訪れた者たちが感じる寄るべなさといったもの」を自分の国で味わうのは、これが初めてだ、とモリスは彼女に言った。だが、彼はあいかわらず怖いものなしの心境だった。

彼女があまりに泣くので、とうとう彼は、きみの言うとおりにする、と約束した。「君には馬鹿げているように思えるかもしれないが、ぼくは彼女の喜ぶ顔が見たかったんだ」自分はアルゼンチン人ではないと「認めて」ほしい、と彼女は言った。「凄いショックだった、まるで冷たい水をぶっかけられたみたいだった。ぼくは彼女の気にいるようにすると約束した、だが、そんな約束を果たす気は毛頭なかった」彼は反論したのだった。

「ぼくが、これこれの国から来た、と言う。すると翌日には、ぼくの話はでたらめであるという返事が、その国から返ってくることになる」

「それは大丈夫」と看護婦ははっきり言った、「スパイを送りこんでいるなんて、どの国だって認めるはずないもの。でも、あなたがそう言ってくれれば、そして、わたしがちょっと根回しすれば、たぶん、追放に賛成するグループが勝つことになるわ。まだ手遅れでなければの話だけど」。

翌日、一人の士官が供述をとりに来た。モリスと二人きりだった。士官は言った。

「この一件はもう片づいている。一週間以内に死刑判決に署名がなされるだろう」

モリスは私に説明した。

「ぼくには失うものなど何もなかった……」

「どうなるのか、それを知るために」彼は士官に言った。

「ウルグアイ人であることを認めます」

その午後、看護婦が打ち明けた。あなたを試してみたの、と彼女はモリスに言った。あなたが約束を果たさないのではないかと心配だった、あの士官は友だちで、あなたから供述をとってと、わたしから頼んでおいたの。モリスは言葉少なに言った、「他の女なら、鞭でひっぱたいてるところだ」。

彼の供述は間にあわなかった。事態は悪化していた。看護婦の話によれば、望みの綱は、名前は言えないが、彼女が知っている一人の男だけだった。その男は、彼に有利なようにとりなしてもいいが、そのまえに会いたい、と言っているという。

「彼女は率直に話してくれた」とモリスは言った、「彼女は、ぼくがその男と会うのをやめさせようとした。ぼくが悪い印象を与えるのではと心配したんだ。でも、その男はぼくに会いたがっていた。そして、ぼくたちに残された最後の頼みの綱だった。我を張らないように、と彼女に釘をさされた」。

「その人は病院には来ません」と看護婦は言った。

「それじゃあ、どうしようもない」とモリスはほっとしたように答えた。

看護婦は話を続けた。

「わたしたちが信頼している衛兵たちが見張りに立つ最初の晩に、あなたから彼に会いにいくのよ。もう元気なんだから、あなた一人で行って」

彼女は薬指から指輪を抜くと、彼に渡した。

「ぼくはそれを小指にはめた。石がついてたが、ガラス玉なのかダイヤモンドなのかはわからない。底に馬の頭が彫ってあった。その石が掌のほうを向くようにして、はめなければならなかった。指輪さえしていれば衛兵たちは、まるでぼくの姿が見えないかのように、勝手に出入りさせてくれるというのだ」

看護婦は彼に指図をした。十二時半に出て、午前三時十五分までには戻ってこなければならない。看護婦はその男の住所を小さな紙に書いて、彼に渡した。

「その紙は今も持ってるのか？」と、私は彼に訊いた。

「ああ、あると思う」と彼は答え、財布を調べた。そっけなく渡してよこした。

青い小さな紙きれだった。住所――マルケス通り六八九〇――は、しっかりとした、女性らしい字で書かれていた（聖心《サクレ・クール》会流の字、とモリスは意外な学識をひけらかした）。

「看護婦の名は？」と私は単なる好奇心から訊いた。

モリスは不愉快そうな表情をした。が、やがて言った。

「彼女の名はイディバル。名前か苗字かは知らない」

彼は話をつづけた。

外出予定の夜になった。イディバルは姿を見せなかった。彼はどうしていいのかわからなかった。が、ともかく十二時半に外に出ることに決めた。

部屋のドアのまえにいる衛兵に指輪を見せるのはむだのように思えた。男は銃剣をかまえた。モリスは指輪を見せた。自由に外に出られた。とあるドアに張りついた。遠くに、廊下の奥に、伍長の姿を見かけたからだった。そのあとはイディバルの指図どおり裏階段を降り、通りに面したドアまでたどり着いた。指輪を見せて、外に出た。

タクシーを拾い、紙に書かれた住所を言った。三十分以上も乗った。フアン・B・フスト通りとガオナ通りを過ぎ、鉄道の操作場をぐるりと回ってから、郊外に向かう並木路に入った。五ブロックか六ブロック走り、教会の前で停まった。教会は多くの列柱と円蓋でできており、夜だというのに、その地区の低い家並のなかで白く浮きあがっていた。

間違ったと思い、紙に書かれた数字を見つめた。確かにその教会の番地だった。

「君は外で待つことになっていたのか、それとも中でか？」と私は訊いた。

細かなことは知らされていなかった。ともかく彼は中に入った。誰もいなかった。どんな教会だった、と私は訊いた。どこにでもある教会さ、と彼は答えた。細い水が三本、流れ落ち、魚が泳いでいる噴水のそばに、しばらく立っていた、と彼は続けた。

「救世軍みたいな恰好の服を着た司祭」が現れて、どなたかお探しですか、と訊いた。いいえ、と彼は答えた。司祭は引き返したが、すぐにまた戻ってきた。そんなふうに三、四回行ったり来たりした。司祭の好奇心に感心して、こちらから訊こうと思ったとき、逆に、「友愛の指輪」をお持ちですか、とモリスは訊かれた。

「何の指輪ですか？……」モリスは訊いた。そして、私への説明を続けた、「イディバルから渡された指輪のことだと、わかると思うかい？」。

男はモリスの手をじろじろ眺めてから言った。

「その指輪を見せてください」

モリスはいったんは拒否したが、やむなく、指輪を見せた。

男は彼を聖具保管室につれていった。そして、経緯を説明してください、と言った。男はうなずきながらモリスの話を聞いた。「まあまあそつのない、が、でっちあげの説明みたいなものをしたよ。騙すつもりはなかった。その男は結局、本当の説明を、ぼくの告白を聞くことになったはずだ」とモリスは打ち明けている。

モリスがもうそれ以上話をしないとわかると、男は苛立ち、話し合いを切りあげようとした。あなたのお役に立てるようとりはからってみましょう、と男は最後に言った。

そこを出ると、モリスはリバダビアに向かった。彼は、城や古い町の入口を思わせるような二つの塔の前にいた。その塔は暗闇に果てしなくつづく空洞への入口となっていた。超自然的な、不気味な、別のブエノスアイレスにいるような気がした。二、三ブロック歩いた。疲れた。リバダビアに着いた。タクシーを拾い、自宅のある、ボリバル通り九七一まで行ってくれとたのんだ。インデペンデシア通りとボリバル通りの交差点でタクシーを降り、家の玄関まで歩いた。まだ午前二時になっていなかった。時間はあった。

鍵を錠に差し込もうとしたが、入らなかった。呼び鈴を押した。ドアは開かなかった。十分たった。女中は彼がいないのを――彼の不運――をいいことに、外泊したのだと思うと、腹が立った。力いっぱい呼び鈴を押した。ずいぶん遠くから響いてくるような物音が聞こえた。そして、物を叩くような音――一つは乾いた、もう一つは消えいりそうな音――が、リズミカルに、次第に大きくなってきた。くらがりに大きな人影が現れた。モリスは帽子をとり、玄関の照明があまりきつくないところまで後ずさりした。眠そうな、不機嫌な男が誰なのか、すぐにわかった。自分のほうが夢を見ているのではないかと思った。「そうだ、足の悪いグリマルディ、カルロス・グリマルディ」と、名前を思いだしていた。信じられないことだが、彼はいま父親が十五年あまり前に買ったときその家で暮らしていた住人を目の前にしていた。

「なんの用だね？」とグリマルディがつっけんどんに訊いた。

モリスは、その男がずる賢く、頑固に家に居座ろうとしたときのことを思いだした。父親が腹を立て、「当局に頼んで追いだしてもらう」といくら言ってもむだで、結局、出ていってもらうために、なにやかやと物をやったのだった。

「カルメン・ソアーレスさんはおられますか」と、モリスは「時間かせぎに」訊いた。

グリマルディは悪態をつき、ドアをバタンと閉め、明かりを消した。暗闇でモリスは、左右それぞれ響きの違う足音が遠ざかるのを聞いた。そのあと、ガラスと鋼を震わせながら電車が通りすぎ、ふたたび静かになった。「あの男にはぼくが誰かわからなかった」モリスは得意げにそう思った。

が、すぐに恥ずかしさや驚き、怒りを感じた。ドアを蹴破り、あの闖入者をつまみだしてやりたかった。まるで酔っぱらいみたいに、「警察に通報してやるぞ」とモリスは大声で叫んだ。友人たちがああして束になって自分を取り囲み、攻撃をしかけてきたのはなぜなんだ、と考えた。そこで彼は、私に相談することに決めたのだった。

私が家にいれば、経緯を説明する暇はあるはずだった。タクシーに乗り、オーエン通りに行くように頼んだ。運転手はその通りを知らなかった。運転手になる試験があるのはなんのためだと、モリスは厭味たっぷりに訊いた。彼はさんざん毒づいた。警察はわれわれの家が闖入者だらけになっても、口をださないし、外人どもはわれわれの国を変えてしまった、運転の仕方を勉強しない。他のタクシーに乗ったら、と運転手は言った。ベレス・サルフィールド通りが線路と交差するところまで行ってくれ、とモリスは答えた。

遮断機の前で車は停まった。延々とつづく灰色の列車が通過していた。トル通りを抜け、ソラ駅を迂回してくれ、とモリスは言った。アウストラリア通りとルスリアガ通りの角で降りた。料金を払ってくれ、待ってはいられない、あんたの言う通りなんかあるものか、と運転手は言った。彼はそれに答えず、しっかりとした足取りで、ルスリアガ通りを南へ歩いた。運転手は大きな声で彼を罵りながら、車であとを追ってきた。警官が現れたら、運転手とぼくは豚箱で寝るはめになるぞ、とモリスは思った。

「それに」と私は彼に言った、「君が病院から逃げたことがわかる。君を助けた人たちや看護婦は、たぶん窮地に立たされることになる」。

「そんな心配はしてなかった」とモリスは答え、話を続けた。

一ブロック歩いたが、オーエン通りではなかった。さらに一ブロック歩いた、そして、さらに一ブロック。運転手は文句を言いつづけていた。その声はさっきより小さく、口調はいっそう皮肉っぽいものになっていた。モリスはもと来た道を引き返した。アルバラード通りに曲がるとペレイラ公園があり、ロチャダーレ通りに出た。ロチャダーレを進んだ。一ブロックの半ばあたりの、右側に、家並が途切れてオーエン通りが始まっているはずだった。モリスは今にもめまいがしそうな気分になった。家並は途切れてはいなかった。アウストラリア通りまで来てしまった。そのルスリアガ通りにあるインテルナシオナル社のタンクが、夜の雲を背に高くそびえていた。その真ん前にオーエン通りがあるはずだったが、なかった。

時間を見た。二十分しかなかった。

急いで歩いた。が、すぐに足を止めた。ぼってりとした滑りやすいぬかるみに足がつかり、うら悲しい、いずれも似たような家並を前にして、道に迷ったことがわかった。ペレイラ公園に戻ろうとしたが、見つからなかった。道に迷っていることを運転手に悟られるのが嫌だった。一人の男を見かけて、オーエン通りはどこか、と訊いた。男はそのあたりの住民ではなかった。モリスは苛々しながら歩きつづけた。別の男が現れた。モリスがその男のほうに近づくと、運転手は急いで車から降り、駆けよった。オーエン通りがどこにあるか知ってるか、とモリスと運転手は大声で訊いた。男は二人に襲われるのではと思い、一瞬、怯えたようだった。そんな名前の通りは聞いたこともない、と答えた。ほかにもなにか言いたそうだったが、モリスは脅すような目で男をにらみつけた。

午前三時十五分だった。カセーロス通りとエントレ・リオス通りの交差点まで乗せていけ、とモリスは運転手に言った。

病院の衛兵は替わっていた。そのまま入る気になれず、玄関の前を二、三度行ったり来たりした。賭けてみることにし、指輪を見せた。衛兵は引き止めなかった。

看護婦は、その日の午後遅く姿を見せた。彼女はこう言った。

「あなたは、教会の人にいい印象を与えなかったわ。あなたが嘘をついていることは許さないわけにはいかなかったけど。彼はいつも、友愛組織のメンバーたちに嘘の効用について熱弁をふるってるわ。で、あなたが彼という人間を信用しなかったことに腹を立てたのよ」

その男が本当に、モリスのために何かしてくれるかどうかは怪しかった。

状況は悪化していた。彼を外国人として扱わせるという望みは消え失せて、彼の生命はまさに風前の灯といったところだった。

彼はそれまでの経緯をこと細かに書いて、私に送ってよこした。あとで彼は自己弁護した。あの女が心配するので苛々していたからだ、と言った。たぶん、彼自身が心配になりはじめていたのだ。

イディバルはもう一度その男を訪ね、「不愉快なスパイのためではなく」、彼女のために、「強力な影響力をもつ人たちをその一件に積極的に介入させる」という約束をとりつけた。モリスに事件をそっくりそのまま再現させること、つまり、モリスに飛行機を与えて、事故の日に彼がしたと言うとおりのテスト飛行を、もう一度実施させるというのが計画だった。

強力な影響力がものをいった。だが、テスト機は二人乗りになりそうだった。そうなると計画の第二部、つまり、モリスのウルグアイへの逃亡が難しくなる。同乗者なんかどうにでもなるとモリスは言った。飛行機は事故のときと同じ一人乗りにすべきだと、影響力をもつ人間たちは主張した。

期待と不安でモリスを一週間悶々とさせたあと、イディバルは顔を輝かせてやって来て、すべて手筈はついたわ、と言った。テスト飛行は今度の金曜ということになった（五日後だった）。一人で飛ぶことになっていた。

彼女は不安そうに彼を見つめて、こう言った。

「ウルグアイのコロニアで待ってるわ。離陸したらすぐ、ウルグアイに向かうのよ。約束してくれる？」

彼は約束した。ベッドで寝返りをうち、眠るふりをした。「まるでぼくの手をとって、結婚式に引っぱっていくみたいだった。それが頭にきたんだ」と彼は説明した。別れの挨拶をしていることが彼にはわからなかった。

怪我が治っていたので、翌朝、彼は兵舎に移された。

「あの数日は文句なしだった」と彼は言った、「二メートル四方の部屋でマテ茶を飲んだり、衛兵たちとたっぷりカードでトルーコをしたりして過ごしたんだ」。

「君はトルーコはしないはずだろ」と私は言った。

ふと口から出た言葉だった。じっさいのところ、彼がトルーコ遊びをするのか、しないのか、私は知らなかったのだ。

「つまり、カードでいろんなゲームをしたんだ」と彼は平然と答えた。

私は驚いた。それまで私は、偶然あるいは状況がモリスを一人の典型的な人間に仕立てあげたと思っていた。彼が誰もがするような遊びをして楽しむ人間だとは思ったことがなかった。彼は話を続けた。

「君はぼくのことを、みじめな男だと思うかもしれない。でもぼくは、あの女のことばかり考えて時間を過ごした。すっかりのぼせあがって、彼女のことはかえって忘れたと思ったほどだった……」

私はその言葉を受けて、こう突っこんだ。

「つまり、彼女の顔を想像しようとしたが、できなかった？」

「どうしてわかった？」彼は答えを待たずに話を続けた。

ある雨の朝、彼は古めかしい四頭立ての四輪馬車に乗せられた。エル・パロマールでは、軍人や役人からなる、しかつめらしい一団が待っていた。「まるで通夜みたいだった」とモリスは言う、「通夜か、それとも死刑の執行か」。二、三人の整備士が格納庫を開け、ドュウォタン戦闘機を、「ほんとに、四頭立ての馬車のいいライヴァル」を、外に出した。

彼はエンジンをスタートさせた。十分も飛べないガソリンしか入っていないのがわかった。ウルグアイに到着するのは不可能だった。一瞬、悲しい気分になった。奴隷として生きるくらいなら死んだほうがましじゃないか、と憂鬱そうに呟いた。計画は失敗だった。飛び立つことはむだだった。あの連中を呼んで、「諸君、すでに一巻の終わりだ」と言ってやりたかった。彼は気乗りしなかったが、成り行きにまかせることにした。自分が考えた新しいテスト飛行針路をもう一度飛ぶことに決めた。

五百メートルほど走り、離陸した。飛行の前半は規則どおりに終わったが、新しい針路に入ると、またもや気分が悪くなり、意識を失いかけた。意識を失うことを恥じる嘆きの声が聞こえた。滑走路に落ちる寸前、機首を立て直すことができた。

気がつくと、天井が高く、飾り気のない白っぽい壁の部屋で、白いベッドに寝ていた。全身が痛んだ。自分が怪我をしている、入院している、軍病院にいることがわかった。みんな夢だったのではないかと自問した。

私は彼の考えを補足した、「目覚める瞬間に見た夢だよ」。

墜落は八月三十一日のことだったと知った。彼は時間感覚を失くした。三、四日がたった。イディバルがコロニアにいるのが嬉しかった。また事故を起こしたのが恥ずかしかったし、彼女がここにいれば、どうしてウルグアイまで飛んでいかなかったのか、と責められそうだったからだ。

「事故のことを知れば、帰ってくる。二、三日、待つだけだ」と彼は思った。

別の看護婦が彼の世話をしていた。二人は手を握りあって、何日も午後を過ごした。

イディバルは戻ってこなかった。モリスは不安になりはじめた。ある夜、どうにも苛々した。「気でもふれたのかと君は思うかもしれない」と彼は私に言った、「彼女に会いたくてたまらなかった。彼女は戻ってきたが、今度の看護婦とのことを知って、ぼくに会おうとしない、そう思ったんだ、ぼくは」。

イディバルを呼んでくれ、とインターンに頼んだ。その男は戻ってこなかった。ずいぶん時間がたって（とは言っても、その晩のことだ。ただ、モリスには夜がそんなに長いものとは信じられないみたいだったが）戻ってくると、課長の話では、この病院にはそんな名前の人間は働いていないそうだ、と言った。仕事が終わってから調べてみてくれ、とモリスは頼んだ。インターンは明け方戻ってきて、人事課長はもう帰ってしまった、とモリスに告げた。

モリスはイディバルを夢に見た。日中は彼女を思い描いた。彼女に会えなくなる夢を見はじめた。最後には、彼女を想像することも夢に見ることもできなくなった。

イディバルという名の人物は「この病院で働いていないし、いままでも働いたことはない」という話だった。

何か読んだら、と新しい看護婦は彼に勧めた。新聞を何紙か持ってきてくれた。「スポーツ新聞も競馬の記事も」興味をひかなかった。「ぼくは苛々し、君が送ってくれた本を持ってきてくれと頼んだ」誰からも本は届いていない、と言われた。

（私はもう少しで、へまをするところだった。つまり、私はなんにも送っちゃいない、と言いそ

うになったのだ）

逃亡計画が、イディバルが加担していることが発覚したのだ、だから彼女は姿を見せないのだ、と彼は思った。彼は手を眺めた。指輪がなかった。返してくれ、と頼んだ。もう遅い、管理部は閉まった、と言われた。彼は辛く長々しい夜を過ごした。指輪は二度と返ってこないだろうと思いながら……。

「そうなったら」と、私はあとを引き取って言った、「つまり、指輪が返してもらえなかったら、イディバルを思いだすものが一つもなくなる」。

「いや、そんなことは考えなかった」と彼は率直に言った、「でも、気がふれたみたいになって一夜を過ごした。翌日、指輪は返してもらった」。

「いま、持ってるのか？」と、私は疑うように訊いた。私自身、そんなふうに疑ったことにびっくりした。

「ああ」と彼は答えた、「安全な場所に置いてある」。

彼は机の横手の引き出しを開けて、指輪を取り出した。指輪の石はじつに透明感があったが、それほど輝いてはいなかった。底には彫りの深い、彩色された浮き彫りがあった。人間の女性の胸部に馬の頭。古代のある神の偶像ではないかと思った。この種のことについては玄人ではないが、その指輪の価値は認めないわけにはいかない。

ある朝、数人の将校たちが兵隊を一人連れて部屋に入ってきた。その兵隊はテーブルを運んできた。兵隊はそれを置き、いったん出ていった。タイプライターを持って戻ってくると、テーブルの上に置き、椅子を寄せてタイプの前に腰をおろした。そして、タイプを打ちはじめた。一人の将校が読みあげた、「姓名、イレネオ・モリス。国籍、アルゼンチン。所属連隊、第三。所属飛行隊、第九。所属基地、エル・パロマール」

そうした手続きは省略するのが、名前を訊かないのが、当然のことだと思った。なにしろ二度目の供述なのだから。「それでも——と彼は私に言った——明らかに、ちょっとした進展があった」つまり、彼がアルゼンチン人であり、その所属する連隊、飛行隊、基地は認められたのだ。だが、物わかりのよさは長く続かなかった。彼らは質問したのだ、六月二十三日（最初のテスト飛行の日）から今日までどこにいたのか、ブレゲッ304をどこに置いてきたのか（「型式は304ではない」とモリスは打ち明けた、「309だった」。この馬鹿げたミスに彼はびっくりした）。どこから、あんな旧式のドゥウォタンを見つけてきたのか……。二十三日の墜落はエル・パロマールで起きたのだから、ブレゲッはその近くにあるはずだ、それに、ドゥウォタンは二十三日のテスト飛行を再現するためにそちらが貸してくれたのだから、どこから持ってきたのかは承知しているはずだ、と彼は答えたが、彼らは彼の言葉を信じないふりをした。

しかし、彼を見も知らぬ人間だ、スパイだと、とぼけることはもはやしなかった。六月二十三日以降、他国にいたのではないかと詰問した。秘密兵器を他国に売ったと非難した（それがわかって、彼はまた腹が立った）。わけのわからぬ陰謀は続いていた。が、告発する側は作戦を変更していたのだ。

身振りの大きい真面目なビエラ中尉が現れた。モリスは彼を責めた。ビエラはひどく驚いているふりをした。最後に彼は、君とぼくは敵として闘わなきゃならんな、と言った。「事態は好転していると思った」と彼は言った、「裏切り者たちはまたもや、友だち面をするようになっていた」。

ヒュート将軍が彼を訪ねてきた。クラメル自身がやって来た。モリスはぼんやりしていたため、反応する暇がなかった。クラメルは叫んだ、「なあ、俺は非難されるいわれなんかないからな」。二人は感極まって、抱きあった。いつかは――とモリスは思った――事情がはっきりする。セルビアンに会ってくれ、と彼はクラメルに頼んだ。

私はあえて訊いた。

「一つ、教えてくれないか、モリス。私が君にどんな本を送ったか、覚えているか？」

「書名は覚えていない」と彼は重々しい口調で言った、「君のメモに書いてある」。

私は彼にメモを渡した記憶はなかった。

彼を助けて寝室まで歩いた。彼はナイトテーブルの引き出しから便箋を一枚取りだした（私には見覚えのない便箋だった）。そして私に渡した。

文字は私のものを真似ていたが、それにしてもひどい真似かただった。私が書く大文字のTとEは活字に似ているのだが、その手紙のTとEは英語風だった。私はそれを読んだ。

十六日付の貴方のお手紙をいただきました。いくぶん遅れて届きましたが、きっと、住所の誤記によるものと思われます。私は〈オーエン〉通りではなく、ナスカ地区のミランダ通りに住んでいます。貴方のお手紙はたいへん興味深く拝見させていただきました。いまのところ、ご訪問することはできかねます。体の具合が思わしくないのです。ですが、よく気のつく女性の手で看病されておりますので、すぐにも回復することと思われます。回復の折りは是非ともお会いしたいと考えております。

共感のしるしとして、ブランキの著作集をお送り致します。第三巻、二八一ページに始まる詩をお読みいただきますよう、お勧め致します。

私はモリスに別れを告げた。来週、また来る、と約束した。彼の一件に興味をそそられたが、当惑してもいた。モリスの誠実さは疑わなかったが、私は彼にそんな手紙を書きはしなかった。彼に本を送ったことは一度もない。私はブランキの著作集を知らなかったのだ。

私は〈私の手紙〉に関して二、三、意見を述べなければならない。（一）その手紙の書き手はモリスに、君という親しい呼び方をしてはいない。幸いなことに、モリスは文学的なことには詳しくない。君から貴方へと呼び方が〈変化〉していることに気づかなかったので、私に腹を立てなかったのだ。私はずっと、彼を君と呼んできた。（二）「貴方のお手紙をいただきました」という文句は、私は書かない。（三）〈オーエン〉と括弧に入れて書いていることにびっくりするが、このことは読者も心に留めておいていただきたい。

私がブランキの著作に不案内なのは、たぶん、読書計画のせいだ。ずいぶん若いころから私は、むやみやたらと出版される本に引きずられないためには、そしてたとえ表面的にせよ、百科事典的な教養を身につけるためには、読書計画が不可欠だと理解してきた。この計画は私の人生の道標となっている。哲学に専念した時期、フランス文学の時期、自然科学の時期、古代ケルト文学の時期、（モリスの父親の影響を受けて）とりわけキムリック〔ウェールズ〕人の国の文学に夢中になった時期などがあった。医学はこの計画の途中にはさまったのだが、その妨げになったことはない。

クラメル中尉が私の診療所に来る数日前に、私は隠秘学《オカルト》を終わっていた。パピュスやリシェ、ローモン、スタニスラス・ド・ガイタ、ラブグル、ロシュレの司教、ロッジ、ホグデン、アルベルトゥス・マグヌスの著作の研究を終わっていたのだ。私はとくに呪文、出現、退散に関心を抱いていた。この退散ということに関しては、いつもダニエル・スラッジ・ホーム卿のことを思いだす。卿はロンドンの心霊研究協会に要請されて、准男爵だけからなる会衆を前に、亡霊の退散を促す動きをしたところ、その場で死んでしまった。跡も死体も残さずに消えてしまう、そうした新たなエリヤたちを、悪いが私は信用していない。

その手紙の〈謎〉に促されて、ブランキ（私が知らなかった作家）の著作集を読むことになった。百科事典にその名があり、政治に関する文章を書いていることがわかった。私は嬉しかった。政治学と社会学は隠秘学に隣接するものだからだ。私の読書計画はこんな具合に変転して、精神をひとところで長く眠らせないのである。

ある日の明け方、いるかいないのかわからない老人が一人で店をみているコリエンテス通りの本屋で、私は、ひとまとめにくくられ埃の積もったブランキ全集を見つけた。褐色の革張りで、タイトルと表紙の輪郭は金という装丁だった。私はそれを十五ペソで買った。

私が手に入れた版の二八一ページには一篇の詩も載っていなかった。全作品を読んだわけではないが、問題の一節は〈天の永遠〉という散文詩だと思う。私の版では第二巻の三〇七ページから始まっている。

その詩あるいはエッセイの中に、モリスの冒険の説明となるものを見つけた。

私はナスカに行った。その地区の商人たちと話をした。ミランダ通りの最後の二ブロックには、私と同じ名前の人間は一人も住んでいない。

マルケス通りに行った。六八九〇番地はない。教会は一つもない。その午後あったのは、詩的な光——牧草の青をいっそう鮮やかなものにし、樹々をリラ色に、透明にする光——だけだった。おまけに、その通りは鉄道の操車場の近くにはない。ノリア橋の近くにあるのだ。

鉄道の操車場に行った。ファン・B・フスト通りとガオナ通りを抜けてその操車場を迂回するのは困難だった。操車場の向こう側にはどう行けばいいか人に訊いた。「リバダビア通りをまっすぐ——と教えられた——クスコ通りまで行きなさい。そこで線路をわたるといい」予想したとおり、そこにマルケス通りなどという通りはなかった。モリスがマルケスと呼ぶのはビノン通りにちがいない。じっさいに、六八九〇番地には——その通りのどこにも——教会はない。すぐ近くのクスコ通りにはサン・カジェターノ教会があるが、それは問題にならない。サン・カジェターノは話にでた教会ではないからだ。ビノン通りに教会がないからといって、モリスが言っている通りはその通りのことだという、わたしの仮説が無効になるわけではない……。だが、この話はあと回しにしよう。

私の友人が広々とした人気のない場所にあると思った塔も見つけた。それは、フラゲイロ通りとバラガン通りの交差点にあるベレス・サルスフィールド・アスレティック・クラブのポーチだった。

わざわざオーエン通りに行ってみる必要はなかった。私はその通りに住んでいるのだから。道に迷ったときモリスは、労働者の住むモンセニョール・エスピノーサ地区の、うらぶれた、似たりよったりの家並を前にして、ペルドリエル通りの白っぽい泥に足を取られていたのではないかと思う。

私はもう一度モリスを訪ねた。忘れられないあの夜間外出の際、ハミルカルだかハンニバルだかという通りを歩かなかったか、と私は訊いた。そんな名前の通りは知らない、と彼は断言した。訪ねた教会には十字架のそばに何かシンボルがなかったか、と私は訊いた。彼は黙りこみ、しばらく私を見据えていた。私が真面目に話していないと思ったのだ。やがて彼は私に訊いた。

「みんながそんなものを気にとめなきゃいけないのか？」

それは君の言うとおりだ、と私は答えた。

「だが、大事なことなんだ……」と私は力をこめて言った、「記憶をたどってみてくれ。十字架に何かくっついてなかったかどうか、思いだしてくれ」。

「たぶん」と彼はつぶやいた、「たぶん、ひとつ……」。

「ひとつの台形？」と私はほのめかした。

「ああ、台形だ」と彼は自信なさそうに言った。

「台形だけ？　一本の線が交差していたんじゃないか？」

「ああ、そうだ」と彼は叫んだ、「どうして知っているんだ？　マルケス通りに行ったのか？　言われたときは、思いだせなかったが……突然、全体が目に浮かんだ。十字架と台形。それに、台形に直線が交差し、その直線の先が折れ曲がっていた」。

彼は興奮してしゃべっていた。

「で、聖人たちの像のひとつに気をとめるとか、そういうことはなかったのか？」

「おい」と彼は苛立ちを抑えながら、大きな声で言った、「目録を作れとは君は言わなかったぞ」。

怒るな、と私は応じた。彼が少し落ち着いたのを見て、指輪を見せてくれ、もう一度、看護婦の名前を教えてくれ、と言った。

私は満足して家に帰った。姪の部屋で音がするのが聞こえた。片づけをしているのだと思った。帰っていることを姪に悟られないように用心した。誰にも邪魔されたくなかった。ブランキの本をとり、それを抱えて通りに出た。

ペレイラ公園のベンチに腰をおろした。もう一度、次の一節を読んだ。


同一の世界が無数に、わずかに違う世界が無数に、異なる世界が無数に、存在するかもしれない。トロ要塞のこの独房でいま書いていることは実はこれまでにも書いたことがある。この先も、一つのテーブル、一枚の紙、一つの独房——どれもよく似たものだが——そうしたものの上に永遠に書いていくことになるだろう。無数の世界の中で、私の置かれた状況は同じものであろうが、投獄の理由は次第にその品位を失い、やがて汚らわしいものにまでなるかもしれない。そしておそらく、私の言葉は、他の様々な世界では、的確な形容詞が持つ、明白な優越性を具えているのかもしれない。

モリスは六月二十三日、この世界とほぼ同じ世界にあるブエノスアイレスで、ブレゲッ機もろとも墜落した。事故のあとの混乱のせいで、彼は重要な違いがあることに気づかなかった。その他の細々とした違いに気づくには、モリスが受けたことのない教育や明敏さが必要だったにちがいない。

灰色の雨の朝にモリスはテスト飛行をし、よく晴れ上がった日に落ちた。病院の虻は季節が夏であることを暗示する。尋問のあいだ彼が閉口した「もの凄い暑さ」がそれを裏づける。

モリスは自分が訪れた世界の特徴をいくつか口にしている。たとえば、その世界にはウェールズという国はなく、そのブエノスアイレスにはウェールズ的な名のついた通りは存在しない。ビノン通りはマルケス通りに変わり、モリスは夜と彼自身の困惑の迷路の中で、いたずらにオーエン通りを探す……。私、ビエラ、クラメル、マルガリデ、それにファベリオはそこに存在している。というのも、私たちの起源はウェールズではないからだ。ヒュート将軍と当のイレネオ・モリス、ウェールズ人の子孫である二人は存在していない（モリスは偶然、そこに突っ込んだのだ）。その世界のカルロス・アルベルト・セルビアンはその手紙の中で、〈オーエン〉という言葉を括弧に入れて綴っている。というのも、彼にはそれは奇妙に思われるからだ。モリスが自分の名前を口にしたとき、将校たちが笑ったのも同じ理由による。ボリバル通り九七一にモリス家が存在しない以上、そこにはグリマルディがどっかり腰を据えていることになる。

モリスの話から、その世界ではカルタゴは滅亡しなかったことも明らかになる。このことがわかったため、私は、ハンニバル通りやハミルカル通りを歩かなかったか、などと馬鹿げた質問をしたのだ。

カルタゴが滅亡しなかったのなら、どうして現在、スペイン語が存在しているのか、と尋ねる人がいるかもしれない。勝利と絶滅の間には、中間の段階がいくつもあることを思いだしていただきたい。

指輪は私が手にした二重の証拠である。一つは、モリスが別の世界にいたことの証拠。私は多くの専門家に相談したが、誰一人としてその石が何であるかわからなかった。もう一つは、カルタゴが（そのもう一つの世界において）存在していることの証拠。馬はカルタゴの象徴である。ラヴィジュリー博物館で同じ指輪を見なかった人がいるだろうか？

それに、看護婦の——イディバルだとかイッディバルだとかいう——名はカルタゴ人の名である。習慣的に魚を泳がせている噴水と直線が交差した台形はカルタゴのものである。最後に——口にするのも恐ろしいことだが《ホレースコー・レネエレーンス》——共同生活を営む者たちが、あるいは、仲間《キルクリー》がいるのだ。残忍な神モレクのようにどうにも忌まわしい、カルタゴ人らしい過去をもつ仲間が……。

　しかし、再び冷静に考えてみよう。私がブランキの著作集を買ったのは、モリスが見せてくれた手紙に引用されていたからなのか、それとも、この二つの世界の歴史が並行しているからなのか。もう一方の世界ではモリス家が存在していないため、ケルト伝説は読書計画の中に入らなかった。もう一人のカルロス・アルベルト・セルビアンは私に先んじることができた。私より早く政治的な著作に達することができたのだ。

　私は彼を誇りに思う。手にしたわずかな資料からモリスの不思議な出現を説明した。モリスにもわかるように、『天の永遠』を読めと勧めたのだ。だが、住むには好ましくないナスカ地区に住んでいることを、また、オーエン通りを知らないことを、どうして彼が自慢するのか、それが不思議でならない。

　モリスはもう一つの、その世界に行き、そして戻ってきた。彼は、私のバネ仕掛けのロケットも、途方もない宇宙空間を進むために考えだされたその他の乗り物も利用しなかった。彼はいかなる手段を用いてその旅を成しとげたのか？　私はケントの辞書を開いた。Pass という語のあとに「両手でなされる一連の複雑な動き、その動きで出現や退散が促される」という説明があった。手は不可欠なものではない、と私は思った。動きは、その他のもの、たとえば飛行機でもなしうるのだと。

「新しい飛行針路」は何らかの〈パス〉に結びついている（二回ともモリスはそれを行ない、失神し、世界を替えた）というのが私の考えである。

　その世界では、彼は隣国から来たスパイと思われ、この世界では、彼が姿をくらましたのは秘密兵器を売りに外国へ飛んだためだと見なされている。彼は何がなんだかわからず、自分を邪悪な陰謀の犠牲者だと考えている。

家に帰ると、机の上に姪のメモがあった。あの改心した裏切り者、クラメル中尉といっしょに駆け落ちすると書いてあった。そして、手厳しくこう続けていた、「あなたが苦しまないことがわかっているので安心です。私には関心がおありじゃなかったのですから」。最後のくだりは明らかに怒りをこめて書かれていた、「クラメルは私に関心を持ってくれています。私は幸せです」

私はひどく落胆し、患者を診なかった。二十日あまり外出しなかった。私と同じように自分の家に閉じ籠もっているが、〈気のつく女性の手〉で看病されているあの別の世界の私のことを、妬ましく思った。私にはその優しさがわかる気がする。どんな手なのかわかる気がする。

私はモリスを訪ねた。姪のことを話そうとした（私は姪の話を続けそうになるのを辛うじて抑えているのだ）。母親みたいな女か、とモリスは訊いた。違う、と私は答えた。彼は看護婦の話をした。

別の世界にいるもう一人の私に出会えるかもしれない。そんな思いに駆り立てられて、もう一つのブエノスアイレスへ旅しようという気になったのではない。私の蔵書票の絵のように私を再生すること。あるいは、その蔵書票に書かれている言葉のように私自身を知ること。そうしたことに興味はない。私が旅に惹きつけられるのは、たぶん、もう一人のセルビアンがその幸せな暮らしの中でしたことのないような経験を味わえるのではないかと思うからだ。

しかし、こうしたことは個人的な問題にすぎない。むしろ、私はモリスの立場が気にかかる。

ここでは誰もが彼を知っており、彼に対して慎重な態度をとろうとしてきた。ところが、彼はきっぱりと否認し、上官たちを信頼せずに怒らせたりしている。このままでは、銃殺刑をまぬがれたとしても、降格はまちがいない。

看護婦からもらった指輪がほしい、と私が言ったら、彼は拒否しただろう。彼は観念といったものに反発する質《たち》なので、他の様々な世界の存在を示すその証拠は、人類が保有する権利があることを絶対理解できなかっただろう。それに、モリスはその指輪に異常な執着を抱いていることも認めなければならない。おそらく、私の行動は〈ジェントルマン〉（確かなことだが、別名を〈押し込み強盗《カンブリオルール》〉）の感情をさかなでするだろうが、ヒューマニストの良心は私の行動を是認するだろう。最後に、意外な結果を公表できるのが嬉しい。つまり、指輪を失くしてからというもの、それまで以上にモリスは私の逃亡計画に耳を傾けてくれるのだ。

私たちアルメニア人は結びついている。社会の内部で、私たちは破壊しえない一つの核を形成している。私には軍にいい友人たちがいる。モリスは事故の再現を企てることができる。私は思いきって彼についていく。

C・A・S

カルロス・アルベルト・セルビアンの話は、わたしにはでたらめのように思われた。乗客が行き先を告げると馬車が連れていってくれるという、モルガンの馬車の古い伝説を知らないわけではないが、それは伝説にすぎない。イレネオ・モリス大尉がたまたま別の世界に墜落したということを認めるとしても、この世界にもう一度墜落するという、そんな偶然が重なるとは信じがたい。

最初からわたしはそんなふうに考えていた。事実がそれを裏づけてくれた。

わたしは毎年、友人たちを誘って、ウルグアイがブラジルと境を接する地方へ旅行するという計画を立てては、先に延ばしてきた。ついに今年は先送りできなくなり、旅行に出かけた。四月三日、野原の真ん中にぽつんとある、食料品店を兼ねたレストランで私たちは昼食をとっていた。食事のあと、非常に面白い〈コーヒー栽培場《ファゼンダ》〉を訪ねる予定だった。

土煙を従えた長々しいパッカードがやって来て、競馬のジョッキーみたいな男が降り立った。モリス大尉だった。

彼はわたしたちの食事代を払い、いっしょに酒を飲んだ。あとで知ったのだが、彼は、密貿易をしている男の秘書か使用人といった役どころだった。

わたしは友人たちといっしょにファゼンダには行かなかった。モリスは自分の経験した冒険をしてくれた。警察との撃ち合い、判事を抱き込んだり敵をつぶしたりする戦術、馬の尻尾をつかんでの川越え、らんちき騒ぎに女たち……。明らかに、彼は自分の大胆さや勇気を誇張していた。しかしわたしは、彼の話はやりきれないほど単調だったなどと、誇張するつもりはない。

突然、まるで眩暈に襲われたように、一つの発見をした。私は検討をはじめた。モリスにも問いただした。モリスが立ち去ると、他の人たちに訊いた。

モリスが昨年の六月半ばにここにやって来た、そして〈九月初旬から十二月下旬にかけて、この地方で何度も目撃された〉証拠をわたしは集めた。九月八日、彼はジャグアロンの競馬のいくつかに出走した。そのあと、落馬がもとで何日か寝込んだ。

だが、九月の同じころ、モリス大尉はブエノスアイレスの軍の病院に収容され、勾留されていた。軍当局、軍人仲間、幼な馴染みたち、セルビアン博士、そしていまは大尉のクラメル、彼の家の古くからの友人であるヒュート将軍らが証言している。

説明ははっきりしている。

ほとんど同じようないくつかの世界で、何人かのモリス大尉がある日（この世界では六月二十三日）テスト飛行に飛び立った。わたしたちのモリスは、ウルグアイかブラジルに逃げた。もう一つのブエノスアイレスから飛び立ったもう一人のモリスは、愛機でいくつかの〈パス〉を行ない、別の世界のブエノスアイレス（ウェールズは存在しないがカルタゴは存在し、イディバルが待っているブエノスアイレス）に現れた。そのイレネオ・モリスはやがてドュウォタンに乗り、またもや例の〈パス〉を行なって、このブエノスアイレスに墜落した。もう一人のモリスとそっくりだったので、仲間でさえ彼と間違えてしまった。だが、同じ人物ではなかった。わたしたちのモリス（いまブラジルにいるモリス）は六月二十三日、ブレゲッ３０４でテスト飛行をした。もう一人のモリスには自分がブレゲッ３０９をテストしたことがはっきりわかっていた。やがて、彼はセルビアン博士を道連れにして、もう一度、例の〈パス〉を行なって姿を消す。たぶん、二人はもう一つの世界に着いているのだろう。ひょっとしたら、二人はセルビアンの姪に、そしてカルタゴの女に会っているかもしれない。

複数の世界が存在するという理論を力説するためにブランキを引用することは、たぶん、セルビアンの一つの功績だったと言えるだろう。もっと教養の幅の狭いわたしなら古典作家の権威を借りていたはずだ。たとえば、「デモクリトスによれば、無数の世界が存在する。その中のいくつかの世界は単によく似ているというだけでなく、まったく同じものである」(キケロ『アカデミーカ』、第一巻、Ⅱ—XVⅡ)とか、次の文章とかである。

いま私たちはポッズォーリの近く、ここ、バウリにいる。私たちと同じ名で、同じ栄誉に包まれ、同じ体験をしてきたはずの人たちが、また、才能も年齢も外観も私たちとまったく同じ人たちが、まったく同じ無数の場所に集い、この同じ問題を議論しているのだ。君はそう思っているのか?(同書、Ⅱ—XL)

最後になったが、惑星の世界や球体の世界に対する古い概念に慣れた読者にとっては、異なる世界にあるブエノスアイレス間の旅は信じがたいことに思われるだろう。どうして旅行者は、他の場所、つまり海や砂漠にではなく、常にブエノスアイレスに到着するのか、そう思われるかもしれない。私が答えるべき問題ではないが、かりに答えるとするならば、おそらく、これらの世界は並行する空間と時間の束みたいなものなのだとしか言いようがない。

(安藤哲行＝訳)

ミスター・テイラー

モンテローソ

◆アウグスト・モンテローソ

Augusto Monterroso 1921～2003

グアテマラ生まれの小説家。一九四四年以降はメキシコに住み、作家活動を続けている。寡作で地味な存在ではあるが、鋭い知性を感じさせる風刺とユーモアに富んだ作風は、少数ながら熱心な読者の注目を集めている。『全集、およびその他の物語』、『黒い羊、およびその他の寓話』などが短編集の代表作であるが、とくに前者には、「恐竜」という表題の、わずか二行の作品も含まれている。長編小説の代表作としては『永久運動』、『それ以外は沈黙』が挙げられる。ボルヘスやジョイスを論じた優れた試論もあり、一九七五年にビリャウルティア賞を受けた。

「アマゾンの密林で首狩りをやったパーシー・テイラー氏の話は」と、そのときもうひとりの男が言った。「さほど珍しくはないが、典型的なケースだと言えますね」

彼が一九三七年にマサチューセッツ州のボストンから姿を消したことははっきりしている。その都市で怪しげな仕事に手を出して、神経を磨りへらし、とうとう最後の一セントまで使い果たしてしまったあげくのことである。その後一九四四年に、南米のアマゾン地方にひょっこり姿を現し、原住民に混じって暮らし始めたが、その部族の名はわざわざ思い出す必要もない。

眼の下に隈を浮かべ、いつもすきっ腹を抱えていたので、まもなく彼は〈素寒貧のアメ公《グリンゴ・ポブレ》〉という綽名で知られるようになった。金色に輝く熱帯の日差しの下を、つややかな顎鬚をのばした彼が歩いていると、小学生ほどの子供までが指を差してあざ笑い、なかには石を投げてくる者までいた。そのように惨めな暮らしであったが、ミスター・テイラーは少しも苦にしていなかった。なぜなら、彼はウィリアム・G・ナイト全集の第一巻の中の「富める者を羨みさえしなければ、貧しさはなんら恥じるべきものではない」という一節を読んでいたからである。

二、三週間もすると、原住民は彼の存在やその奇妙な風体にも慣れた。眼が青く、言葉に軽い外国訛があったので、部族の大統領や外務大臣は国際紛争が起こるのを恐れて、まるで腫れ物にさわるように彼を取り扱った。

まったくの無一文で、食べるものにも事欠く状態に陥った彼は、ある日、密林に入って食べられそうな植物を探すことにした。ともすれば後ろを振り返りたくなる心を抑えて、数メートルほど踏み込んだとき、茂みの間からこちらの様子をうかがっている原住民のふたつの眼玉があることに偶然気がついた。ミスター・テイラーの敏感な背中に、ぞくりと悪寒が走った。だが、彼は勇気を奮い起こし、なにも見えなかったふりをして、口笛を吹きながら歩きつづけた。

ぴょんとひとっ飛びで（猫のように、とわざわざ書くまでもないが）、その原住民は彼の前に姿を現して叫んだ。

「アタマ《バイ ヘッド》、カウカ？　カネ《マネー》、カネ《マネー》」

これ以上崩しようのない英語を耳にして、ミスター・テイラーはいささか憮然となったが、その原住民が人間の首を売りつけようとしていることははっきりと理解できた。男が手に持っている首は、不思議にも小さく縮められていた。

ミスター・テイラーがそれを買うだけの金を持ち合わせていなかったことは言うまでもない。そこで何を言っているのかわからないふりをしていると、原住民は自分の英語が通じなかったためだと思い込んで、すっかりしょげかえり、何やら弁解しながらその首を彼に押しつけた。

ミスター・テイラーは上機嫌で住処の小屋に戻った。その夜、彼は寝床にしている椰子の葉を編んだ粗末なござの上に寝ころんで、ひょんなことから転がり込んできた奇妙な干し首をしげしげと眺めていた。発情した蝿がうるさく飛び回って、猥りがわしく交尾しているのが多少気になったが、干し首の顎鬚や口髭を一本一本数えたり、その小さな眼を見ていると、ミスター・テイラーは芸術作品を鑑賞しているような喜びを覚えた。干し首の眼には、皮肉っぽい光の中にも、自分をそれほどに敬意を込めて見てくれることに満足しているかのような表情が浮かんでいた。

博学な教養をそなえたミスター・テイラーは、よく瞑想にふけることがあったが、今回は哲学的思索にもすぐに飽きて、その干し首を、ニューヨークに住む叔父のロルストン氏に贈ることにした。叔父は幼い頃から、中南米の文化的産物にひとかたならぬ関心を示していたからである。

数日後、ミスター・テイラーの叔父は――今後重要な問題となる甥の健康状態の事前調査という形で――同じような干し首をもう五個送ってくれたらたいへんありがたいのだが、と書いてよこした。ミスター・テイラーは叔父の酔狂な願いを快く承諾して――どのようにして調達したのかはわからないが――折り返し手紙で、「叔父上のご要望にそえて嬉しく思います」と書き送った。ミスター・ロルストンは大いに感謝し、さらに十個送ってはもらえまいかと言ってきた。ミスター・テイラーは「叔父上のお役に立ててこれほど嬉しいことはありません」と返事した。その一か月後にさらに二十個追加してほしいと言ってきたとき、外見は髭もじゃで武骨そうに見える男だが、内面には繊細な芸術的感性を持っていたミスター・テイラーは、ひょっとすると母親の弟にあたるあの男は、干し首で金儲けをしているのではないかと予感した。

真相を知りたい読者諸氏のために、実はそうだったとお答えしておこう。ミスター・ロルストンは霊感にあふれた手紙をしたため、それを率直に認めた。ところが、極めて事務的なその文面が、ミスター・テイラーの心の琴線をいまだかつてないほどに強く震わせたのである。

さっそく会社設立の協定が結ばれた。ミスター・テイラーは首を集め、一定のサイズに収縮加工し、発送することになった。一方、ミスター・ロルストンはそれを自国内でできるだけ有利な条件で販売することになった。

当初、現地の実力者との間でいくつかのもめ事が持ち上がった。しかし、ボストンで学んでいた頃、ジョセフ・ヘンリー・シリマンに関する小論文を書き、優秀な成績を修めたことのあるミスター・テイラーは、政治的手腕を発揮して、当局から輸出許可を取り付けると同時に、むこう九十九年間にわたる事業独占権までも獲得した。行政官の役割をする戦士や、行政権を握る妖術師を説得するのはたやすいことだった。彼はこの事業が短期間に富をもたらすものであり、いかに国益にそうかを説いた。また首狩作業員の喉が渇けば(仕事の合間に一息入れようと思ったときはいつでも)、よく冷えた清涼飲料水を提供する用意があることも付け加え、その複雑な製法については彼が調べておくと約束した。

議員たちは、短時間ではあったが明晰な検討を加えた結果、事業の有益さに気づき、そうなるとにわかに愛国心が湧き起こるのを感じた。三日後、干し首の生産を促進するよう命じた法令が発布された。

ミスター・テイラーの故国では、数か月後に、干し首がいまだに語り草となって伝えられるほどの大きなブームを呼んだ。初めのうちは、よほど裕福な人でなければそれを手に入れることはできなかったが、民主主義とは民衆を重んずる制度であって、誰もこれを否定することはできない。やがて、数週間もすると、学校の教師にもそれが買えるようになった。

それぞれの家の格式にふさわしい首を飾らない家は、まともな家と見なされなくなった。やがて干し首の収集家なるものが出現すると、その裏返しの趣味を誇る人々も現れるようになった。つまり、干し首を十七個も飾りたてるのは悪趣味で、十一個ぐらいにとどめておくのが上品であると考える者が出はじめたのである。いたるところで干し首が目につくようになると、通人と呼ばれる人たちはしだいに興味を示さなくなり、よほど珍しい特徴を備えたものでないかぎり食指を動かさなくなった。おそらく生前にはたくさんの勲章を胸に飾っていたと思われる、見事なカイゼル髭をたくわえた将軍の干し首がダンフェラー協会に寄贈されたことがある。これに対し協会は、中南米文化の魅力あふれる産物を人々に広く紹介する運動を促進するという名目で、三百五十万ドルの報奨金を払った。

この間、原住民の部族は発展を遂げ、議事堂のまわりに小さな道が造られるまでになった。日曜日や独立記念日には、人出でにぎわうその道を、きらびやかな羽根飾りをつけた代議士たちがテイラー商会から贈られた自転車にまたがって、咳払いをしたり、もったいぶった笑みを浮かべたりしながら走り回った。

さて、これからどうなるか気になるところである。好事魔多しとはよく言ったもので、まったく予測もしなかったことだが、原料の首が不足し始めたのである。

そしてこれを機に、上を下への大騒ぎがもち上がった。

とにかく死亡者の絶対数が足りなかった。この国の厚生大臣は自分が誠実な人間であると信じて疑わぬ男だったが、ある蒸し暑い夜、明かりを消した部屋の中で、いつものように妻の胸をしばらく愛撫したあと、商会側の都合のいいように死亡率を引き上げるなどということは、自分にはとてもできそうにないと妻に打ち明けた。それを聞いた細君は、何とかなるでしょうから、くよくよ考えないで、眠ったほうがいいですわと答えた。

行政上の欠陥を補うためには、思い切った改革を行なう必要があった。そこで極めて厳格な死刑制度が定められた。

法学者たちが討議した末、犯罪行為の枠が大幅に広げられ、ほんの些細な過失までもが罪の軽重に応じて、絞首刑か銃殺刑に相当することになった。

その結果、ちょっとした過ちもれっきとした犯罪行為と見なされるようになった。たとえば、なにげない会話の中で、ついうっかり「ひどく暑いね」と言ったとする。そのとき、誰かが温度計を持ち出してきて、実際の気温がそれほど高くないことを証明した場合、その人間は少額の税金を取られ、即座に銃殺刑に処されるのである。もちろんその人の首はテイラー商会のものになり、胴体と四肢は遺族に引き渡された。

疾病者に関する法律もただちに改正されたが、その件については友好国の外交団や大使館事務局から数多くの論評が加えられた。

この大幅な法改正によって、重病者には、書類を整理し安らかに息を引きとれるようにと、二十四時間の猶予が認められた。そして、この間に運よく家族に病気を感染《うつ》すことができれば、さらに親戚の者にまで感染する可能性を考慮して、一か月の生存が許された。軽症者やちょっと体調を崩した者は、国賊扱いを受け、街を歩いていると顔に唾を吐きかけられかねないことになった。さらに史上例を見ないことだが、患者を治せない医師（その中にはノーベル賞の候補にのぼった者もいた）が重要人物扱いを受けるようになった。

関連産業（テイラー商会の技術援助を受けて発展した製棺業が筆頭にあがる）の隆盛を見たこの国は、今やいわゆる高度経済成長期を迎えていた。その繁栄ぶりは、新しく造られた遊歩道の風景を見れば一目瞭然であった。秋の日の黄昏時、物憂げな光に包まれて代議士夫人たちが通りをそぞろ歩いていると、通りがかった仕事熱心な新聞記者が道の向こう側から、帽子を脱いでにこやかに挨拶をする。すると夫人方は小さな頭をふって、そうですわ、みんな元気でやっておりますのよ、と言うようにうなずき返したものだった。

余談になるが、こうした新聞記者のひとりが、あるときどうにも弁解のしようのないほど大きなくしゃみをして、飛沫を飛び散らせたことがあった。彼は過激派として告訴され、銃殺隊の前に立たされた。彼が敢えない死を遂げたあと、アカデミーの会員たちはその新聞記者の頭が国内で最大のものであったと発表した。しかし、その頭も縮められてしまうと、ほかの干し首と変わるところはなかった。

さて、ミスター・テイラーに話を戻そう。この頃、彼は大統領の特別顧問に任命されていた。彼は山と積まれた札束を懸命に数えて日々を送っていたが、これなどは彼が努力の人であることを物語る何よりの証拠と言えるだろう。しかし、それでも夜になるとぐっすり眠った。というのも、ウィリアム・G・ナイト全集の最終巻の中の「貧者を蔑みさえしなければ、裕福であることはなんら恥じるべきものではない」という一節を読んでいたからである。

好事魔多し――この諺を持ち出すのは、確かこれで二度目だと思う。

事業のほうはどんどん大きくなっていったが、ふとまわりを見回してみると、残っているのは当局の人間と、新聞記者、それにこの両者の妻くらいなものになってしまった。しかし優秀な頭脳を持つミスター・テイラーは、しばらく考えているうちに、実現可能な唯一の打開策は、近隣の部族に戦争をしかけることであると思い当たった。ためらっている場合ではない。前進あるのみである。

小型の砲を使って攻撃を加えると、隣の部族はわずか三か月であっけなく全員が首を失った。ミスター・テイラーは領土拡張の喜びを味わっていた。つづいて、第二、第三、第四、第五と次々に近くの部族が攻撃を受けた。しかし破竹の勢いの進攻もそう長くは続かなかった。やがて専門家がいくら知恵を絞ってみても、戦争をしかける相手が見つからなくなってしまったのである。

それが破局の始まりだった。

製棺業者は喪に服しているかのように、いまだかつて見せたことのない表情を浮かべて、悲嘆に暮れていた。誰もが夢から覚めたばかりのような感覚にとらえられていた。金貨がいっぱい詰まった袋を見つけ、それを枕の下に隠して眠る。翌日の早朝、眼を覚まして枕もとを探ってみると、空っぽの袋だけが出てくるというような、束の間の喜びと失望感の入りまじった気分に誰もがひたっていた。

それでも事業は細々と続けられた。人々は、翌朝には自分の首が輸出品になってしまっているのではないかと不安におびえて、夜もおちおち眠られなくなった。

ミスター・テイラーの祖国では、干し首への需要は膨れ上がる一方であった。毎日のように新しい代用品が発明されたが、人々はそんなものでは満足せず、中南米産の本物の干し首を欲しがった。

事業は最悪の危機に直面していた。ミスター・ロルストンはやけっぱちになって注文を送り続けた。商会の株価は暴落してしまったが、あの甥ならなんとかこの窮地を抜け出す妙策を見つけてくれるだろうと期待していた。

以前は毎日届いた船荷も、今では月に一回に減っていた。しかも、それらの荷の中には女や子供、さらに代議士の干し首まで混じるようになった。

だがついに、それすらも跡絶えた。

気の滅入るような灰色の金曜日、証券取引所から戻ったミスター・ロルストンは、パニック状態に陥って、わめき散らしていた投機家たちのすさまじい形相を思い浮かべ、もはや窓から身を投げるしかない（ピストルを使おうかとも思ってみたが、あの爆発音を考えると総毛立つ思いがした）と決心した。そのとき、脇に置かれている郵便小包に気がついて、中を開けてみた。中身は遥か遠い酷烈の地、アマゾンから届けられたミスター・テイラーの干し首だった。その首は、子供が作り笑いをして、「ごめんなさい。もう二度とこんなことしないから」と謝っているような表情を浮かべていた。

（井上義一＝訳）

騎兵大佐

ムレーナ

◆エクトル・アドルフォ・ムレーナ

Hector Adolfo Murena 1923〜1975

アルゼンチンの批評家、小説家、詩人。ヨーロッパ文化の移植によって生まれた新大陸の自己同一性を追究した『アメリカ大陸の原罪』や『ホモ・アトミクス』のような評論の他に、『新しき生』、『楽園の円環』、『スキャンダルと炎』といった詩集がある。また、『肉体の宿命』、『夜の掟』、『約束を継ぐ者たち』からなる三部作「一日の歴史」や、『祝婚歌』、『ポリスプエルコン』、『犬のような死』を含む三部作「理性の夢」など、実存主義的な小説作品も多い。唯一の短編集『地獄の中心』（一九五六）に収められた作品――「騎兵大佐」はその一つ――のみが幻想的だが、そこにもやはり、生の挫折から生じた暗い怨念、ペシミズムが底流している。

若いころから極端に引っ込み思案で、それが齢を重ねるにつれて昂じてきた。ありふれてはいても人の一生にはいろいろなことがあるものだが、ともかくそのお陰で、かねて念願の孤独な生活に馴染むにつれて、あの性癖もますます昂じてきたというわけである。人間は喜びも悲しみも自分ひとりの胸に蔵《しま》っておくべきだと、つねづね私は思っている。そうした感情がいわば謝肉祭の仮面になり下がり、当の人間を戯画と化することを望まなければ、である。もっとも、世間の大方の者は、苛酷な何事かによく耐えるよりは、むしろ戯画的な存在であることを好むようだ。

私個人について言えば、（まだ半ズボンを穿く身で）軍人の道を選んだときすでに、人間が孤独でいられる場所として兵営にまさるものはない、と予感していたのである。われわれ軍人は、世間を捨てたとはいうものの、この身を捧げるべき神を持たぬ、いわば修道僧なのだ。同じように大勢が寄り集まっているようでも、自分と他人との距離を保つには、どうやら、僧房よりも軍規のほうがはるかに有効であるらしい。

以上で私が言いたいことは、要するに、私は社交的な集まりを好まないということである。そうした場所では、初めはともかく最後はきまって、何がなにやら訳のわからぬ、いかがわしい興奮状態にみんなが陥るからだ。ここで明らかにしておきたい。（包み隠さず、いっさいを書き記せと、義務感めいたものが強く迫るが）以下に語られる出来事を目撃した者は、周りの雰囲気や人間によって影響されるような性格の持ち主では決してないのである。

順を追って話をすることにして、まず、私はあの集まりには是が非でも出なければならなかった。早いものでまもなく二十五年になるが、砲兵少佐で（私と同様に）退役した、古い同僚の家族に関わりがあったからだ。この数年で真実、愉快な時を持ちえたとすれば、それはもっぱら彼の友情による。というわけで、その夜は私も、例のクラウゼヴィッツ〔カール・フォン。プロシアの将軍。『戦争論』の著者〕のノートを取るという日課を休むことにして、食事を済ませたあと服を着換え、我が家からはかなり距離のある先方の屋敷へ赴いた。

素晴らしい陽気だった。地方暮らしの経験のある者がブエノスアイレスへ戻ってから、しみじみ懐かしく思う、いかにも春らしい陽気だった。樹木の多い北の郊外に差しかかると、馥郁《ふくいく》たる香りにむせ返るようだった。閑静な住宅街のなかの屋敷は、明るい灯と大勢の会葬者によってひときわ目立っていた。

私は、なかへ入るのにかなり苦労させられた。大半の客が計ったようにその時間に到着し、玄関が人であふれていたからだ。私はなすべき義務をまず果たした。あの同僚の遺族に型どおりのお悔みを述べた。それが済んでから、会葬者の顔触れを確かめるために振り返ると、早くも同僚たちが周りを囲んでいた。その一人と話をし、それを打ち切ったとたんに、別の一人の相手をする、といった具合だった。よくあることだが話をしている最中に、また、道をあけるためにやむなく脇へ引いたりしているうちに、少しずつ足を動かしていたせいだろう、やがて気がついてみると、私は古いがなかなか感じのよい屋敷の奥の中庭に立っていた。

圧倒的に砲兵が多かったが、他の兵科の連中の姿も見られた。そして、このなかに歩兵の将官が一人まじっていた。名前はあえて出さない。その昇進が政界のあいまいな動きと関連のあることは、周知の事実であるからだ。飲み物が運ばれたが、私はすでに何年も酒を口にしていないので、コーヒーを貰った。大方の者が酒のほうを選び、控える様子もなくさかんに飲んでいた。午後の教練のあとのはなはだしい倦怠と絶望の影から逃れる道は、酒や賭博や結婚にしかないという、島流しも同然の、あの侘しい地方の守備隊暮らしを共にしてきた私である。彼らの振舞いも、その傍らに控えた見栄えのしない無教養な妻君たちと同様に、私にはよく理解できた。

長く消息を聞かなかった者を見つけると、最後に会ったときからのことを尋ね合った。また、ほかの連中を探して、兵営内の出来事という昔話に花を咲かせた。もっとましな対象がないために、軍人がその種の出来事に抱く無邪気な愛着を理解しえない民間人には、おそらく、残酷かつ愚劣なものとしか思えないだろうが。そうこうするうちに、(空気中の水分が形をえたあの霧のように歴然とした)激しい憂鬱が一座の者たちを襲った。軍服着用の者はごく限られていたが、情報の交換がひととおり済んだところで各自が、ほかの連中の現在の階級や地位を知ったからである。一同はグラスを手に、ぼんやり宙を見つめながら、まるで同じ才能を持って、同じ日に生まれてきたとでもいうように、(はるかに恵まれた他人と比較して)運命の女神はじつに冷酷である、と考えていた。まるで声に出して言っているように、それが私にはよくわかった。が、この私自身もやはり嘆きの声を発していたようだ。かりに三〇年代の一連の出来事によって退役に追いこまれなければ、今ごろはどのあたりだろうか、と心のうちで量っていたからである。

あの男の存在に気づいたのは、まさにそのときだった。どう見ても五十代だが、しかし若者のようにほっそりした体をしていた。まだたっぷり残った灰色の髪、心もち短か目の腕と首、いかにも敏捷な身のこなし。おそらく若々しい表情の原因だと思われるが、健康そのものといった姿を眺めているうちに、私は、いったんサーベルの扱いを覚えると一日も練習を怠らない、あの士官たちのなかに彼を含めたくなった。連中の目的は、おおむね女性が対象だが、相手がびっくりするような身軽さをいつまでも保っていたいということである。そのせいで彼らには、どことなく女っぽいところが感じられるのだ。しかし、問題の男にはいわく言いがたい何ものかがあって、あの連中のなかに彼を含めることを思いとどまらせた。

私だけでなく同じ中庭にいたほかの者たちも、彼の存在に気づいた。会話によって生じたざわめきの薄い殻を破るように、片隅で突然、数名の者の笑い声が大きくはじけたのだ。そちらに顔を向けると、(こみ上げる笑いを抑えようと懸命になっている)男女の一団があり、その真ん中に、いかにも楽しげな表情を浮かべた彼が立っていた。爆笑の理由を知りたがる者がいると、ついさっき噴きだした者たちが即座に教えるという具合で、この人垣を中心に、弱々しくはあったが笑いの輪が徐々に広がっていった。それは紛れもなく、少なくとも参会者の一部は、酒と幻滅のお陰で、心の晴れるものなら何事であれ、喜んで受け入れるという、そうした心境にあることの証左であった。

笑いの波はわれわれには届かなかった。われわれはむしろ、彼は何者なのか、その点を問題にしはじめた。私自身は思い出した。最初に彼と顔を合わせたことや、彼がいやに親しげな態度で、調子はどうかと訊いたことや、相手を確かめもせずに、私がそれに応えて微笑し、肩をすくめてみせると、彼は狎れ狎れしく私の肩をたたいたこと、などなどを。ほかの者たちもめいめいの記憶を探ったが、どうやら覚えがなかった。ところが、(規律、規律の一点張りでやってきて、月日はたっているのに、学校時代にそなわった分別を多少とも上回るものを、あえて身につけようとしなかった)同じ兵科に属する一人の大佐が、きっぱりした口調で、サラテの工兵連隊であの男を見た覚えがある、と言った。この言葉につられて別の者が、同じような時期にエスケル〔アルゼンチン南部チュブー州の都市〕で、あの男と付き合った記憶がある、と語った。こうして、われわれが彼について何ひとつ知らないことが明らかになった。

この間にわれらが主人公は観衆の輪を大きく広げていた。様子がよくわかるように、私は傍に寄っていった。今度は彼はあるゲームを、あるいはテストを編みだしていた(彼自身はそれを巧みにやってのけたが、ほかの連中が試みても、結果はいまひとつだった)。それは、口をしっかり閉じて、ただ鼻音によって、誰にもわかるように単語を発音するというものだった。彼の周囲に群がっている連中は、つい先ほどまでの憂鬱な気分を忘れて、テストを受けてみたいという衝動に徐々に屈してゆき、まもなく中庭は、奇態な、グロテスクな、それこそ胸の悪くなる音であふれた。例の将官も誘惑に負けた者の一人だったが、おそらく理由は、その牛によくにた声が、初めて会ったときから欲望をそそられている、ある中佐の若い妻君と親密になる絶好の手段と思われたからである。ときおり教師役の男は、いかにも平然とした態度で、レッスンを繰り返した。彼の近くにいた者たちの上げる笑い声の性質から判断して、(私はついに理解できなかったが)彼の言葉には卑猥な意味がこめられているのだという私の疑念は、どうやら誤りのないもののようだった。

若干の者は目の前で行なわれていることに機嫌を損じて、中庭から去りはじめていた。ところが、私自身が一緒にいた仲間の傍から離れようとしたとき、くだんの男がこちらを振り向いて、言った。

「あなたは、笑わないようだが……」

その声には、いたずらっぽいその口許には、そして（灰色の、大きな、動かない、人をどぎまぎさせる激しさを秘めた）その目には、非難の色が、脅迫ともとれるようなものがうかがわれた。しばらくその視線に耐えていた私は、それには応えずに踵《きびす》を返して、中庭のもう一方の隅に引っこんだ。

あの騒ぎの余韻がまだ消えないうちに、彼は別のことを始めた。強調したいのは、離れて立っていたにもかかわらず私がそれに気づいたことだが、理由はもっぱら、さして大きくはない声でしゃべっているのに、中庭のどの位置にいても聞こえる、彼の甲高くて鋭い声（今もこの耳に響いている声）のせいだった。新しいゲームは耳を動かすというもので、彼の説明によれば、学校時代に懲罰室で過ごした長い時間のなかで身についたものだった。そこで受ける懲罰とは、読書を含むあらゆる行動を禁じられ、監視付きでただ座っているというものである。期待に目を輝かせた観衆に囲まれて、彼は耳を動かしてみせた。まず両方の耳を、ついで左の耳を、そして最後に右の耳を、という調子だった。どうやらあちこちから飛ぶ注文に応じて、彼はこの動作を繰り返した。そしてそのあとで、いわば教え子らの顔を皮肉のこもった目で眺めた。

今もよく記憶しているが、やがて彼は例の将官の前に立った。力んだり顔を歪めたりの大騒ぎにもかかわらず、将官は、その無能ぶりをわらった中佐の妻君の声に腹を立てるという、誰の目にも明らかな惨めな成果しか挙げられなかった。しかし、私にとりわけ強い印象を与えたのは、（一同に酒が入っていることが、多少は私を納得させたが）彼にそなわる魅力だった。それは、その場にいる女どもだけでなく、彼女たちの夫の心をも捉えていた。この男どもは（うつけた顔に笑みを浮かべて）、彼がはたらく侮辱的な、無礼な振舞いの数々を、かえって喜んでいるような態度で受け入れていた。

この情景がいかにも不愉快だったので、私は彼の存在を無視して内にこもり、物想いに耽った。そのためだろう、引き続いて起こった出来事に気づいたのは、かなり時がたってからだった。

どうやら彼は、歩兵士官の一人をつかまえて、愛想はいいが挑発的な調子で、馬術の話を始めたようだった。彼の言うには、行進で馬に乗ることもあるが、歩兵の連中は馬術の心得がない、学校では落馬のしかたを教えるだけなので、連中は後々まで馬を恐れることになる、というのだった。そう語ったあとで彼は、トロットからギャロップに移るさいに騎手が馬に与えるべき指示、という話題に相手を誘った。議論が白熱し、やがて気づいてみると、相手は地面に四つん這いにさせられていた。

そこへ私の視線が向けられたわけだが、相手の背中には別の士官がまたがって、騎手の役目を務めていた。唆《そその》かした当の本人（今ではみんなが口をそろえて、彼は騎兵大佐なのだ、とささやいていた）は、騎手に指示して、右に体を傾けさせたり、四つん這いの男の脇の下を足先で締めつけさせたりしていた。前脚の膝に靴先の当たるのを感じて馬が刺激を受けた脚をやむなく前に出すところを、実地に教えるためだった。そして最後に、歩兵士官を促して、騎手を背中に乗せたまま、前方に進ませた。正直に告白するが、これには私も笑わずにはいられなかった。

ちょうどこのとき、屋敷の主人の娘、やっと二十歳を越えた、背が高くてほっそりした若い女が廊下を渡って中庭に現われた。その姿を見たとたんに、一同はぴたりと動きを止め、口許から笑みを消していった。ところが馬役を務める士官は、その姿勢のせいで娘の出現に気がつかず、騎手を背中に難渋しながら、ゆっくりと前に進みつづけた。目を真っ赤に泣きはらし、青ざめた娘はこの情景を呆れたような表情でぼんやり眺めた。当然である。表に面した部屋では、今朝がた脳梗塞で倒れた父親の通夜が行なわれていたのだ。

しかし騎兵大佐と見なされている男は、鋼鉄のような神経の持ち主であることを自ら示した。うろたえる様子もなかったのだ。それどころか逆に、娘のほうに進みでて、話しかけた。初めの型どおりの挨拶は大きな声だったが、あとはひどく小さくなったので、何を言っているのか聞き取れなかった。みんなと同じように私も、是非その内容を知りたいと思った。娘の表情が変わって、険しさや気落ちのやや薄らいだものになったからだ。娘が相手の目を見つめながら、にっこり笑ったときには、一同の驚きはますます大きくなった。しかしまもなく、娘は促されるままに中庭を歩いて、ほかの者が集まっている場所まで行った。と、こう私が言ったら、信じてもらえるだろうか。娘はその夜はずっとそこにとどまって、ごく自然な態度で彼らと話をしていた。そのときから私には、娘とその父親の血の繋りは、この私との繋りと同様に、無いに等しいものに思われたのだった。

居合わせる者たちの注意をしっかり引きつけておくために、あの男が弄した策のすべてをここで挙げるのは、おそらく無意味だろう。事実、彼はそれに成功した。ある者たちはその場から去ったが、ほかの連中が取って代わった。とっつきの中庭から流れてきたこの連中は、最初のうちこそ嫌な顔をしていたが、すぐに彼の誘惑に乗り、あたりの雰囲気に引きこまれていった。

なぜ、私はあの場にとどまったのか。その説明は、しろと言われてもできない。あそこで行なわれていたことのすべてに、私は強い嫌悪を抱いた。が、にもかかわらず私は、くだんの人物の行動をじっくり観察したいという激しい欲求に屈して、禁じられたものがそれ故に与える悦びに浸っていたのだ。というわけで、時間はあっというまに過ぎていった。

時計に目をやり、すでに朝の三時であることを知って、私は辞去することにした。挨拶を済ませて、表の玄関のホールを横切りかけたときである。何者かが足音しのばせて追ってくることに気づいて、私は後ろを振り返った。あの男だった。

薄暗がりで私は、彼の肌が黒っぽい土気色をしていることに気づいた。疲労の極にあるといった感じだったが、しかし目は輝いていた。この連れと一緒かと思うと少々うんざりしたが、避けるわけにはいかなかった。

私たちは表へ出た。通りには人影がなく、微かな冷気を帯びた朝靄《もや》が漂っていた。ところが彼は、暑くてしかたがないとこぼし、上着を脱いだ。その間、酸っぱいような強烈な臭いが、私の鼻まで届いていた。おそらく、煮詰めたような濃い汗の臭いにちがいなかった。原因はその夜の大奮闘だろうと思ったが、それでも少々、脇へ身を引かないわけにはいかなかった。

上着を脱いだにもかかわらず、彼はまだ気分が悪そうに見えた。非常に神経質な人間がよくやる動作で、しきりに頭を振ったり首を曲げたりしていた。すぐに彼はネクタイをはずし、ワイシャツを脱いだ。私は気を遣って、そちらを見なかった。あの格好で表を歩くのは、いかにも不作法だと思ったからである。

表に出たその瞬間から、甲高くて悪意のこもったとぎれとぎれの声で、彼はさかんに話しかけてきた。彼の言葉を正確に覚えていないが、しかしあからさまなと言ってもよい口調で、人間の、とりわけ屋敷に集まった連中の、愚劣さをあざ笑った。その狙いは私を挑発し、傷つけることにあるのは明らかで、私はただ一度だけ返事をした。話しかけるために彼のほうを見た。そしてこのとき初めて私は、はっきりと、間違いなく、その顔が非常に黒っぽいこと、あまりにも黒ずんでいること、多くの毛が生えていること、異様にきらきらしたものが微笑の浮かんだ口許で光っていること、などに気づいた。横に広がったように、その背がひどく低く見えることに驚いた。それ以上見ている気になれなかった。彼は話をやめなかった。

顔にこそ出さなかったが、そろそろ我慢も限度だなと思っていると、ふいに、私の帰る方角を尋ねる彼の声が耳に入った。この連れから逃れられる可能性の大きい方角は、と数秒ほど思案してから、それを伝えるために振り向いた私は、自分ひとりがそこに立っていることを知って、呆気にとられた。

私は立ち止まった。五十メートルほど先を、明かりのついた電車が揺れながら遠ざかりつつあった。納得するのは難しいが、しかし彼はあの電車に飛び乗ったのにちがいなかった。しかし今の私の目には、彼があの箱に乗っていたのかどうか、あの距離で確かめるだけの視力は残されていない。さらに言えば、電車はある瞬間にわれわれの横を通過したはずだが、なぜ、それが私にわからなかったのか。しかし、ほかに考えようはない。こうした奇跡めいたことは、(もっぱらわれわれの勘違いによるが)毎日のように起きているのだ。というわけで、私は我が家へ足を向けたが、そのあとの眠りが穏やかなものだったとは、とうてい言えない。

その日の午前中に、私は埋葬に立ち会うために墓地に赴いた。ただし、(気にならないわけではないが)死者に対する哀悼の気持ちは、あの前夜の人物との再会を期待する好奇心によって、どこかへ消えてしまっていた。

墓地の入口で葬列を待つ者たち。やがて霊柩車のあとに続く車から降り立つ人びと。遅参して、ミサのために礼拝堂にのみ足を運ぶ者たち。一家の霊廟《れいびょう》の傍に立つ人びと。そのなかに私は彼の姿を求めた。見当たらなかった。真実を言えば、彼がそこにいないことを私は不思議に思わなかった。

それよりも関心を引いたのは、昨夜、私と同じようにはっきりと彼を見たはずの連中の、私の質問に対する反応のしかただった。いったい何者の話だとでもいうように、彼らは不愉快そうな、あるいは眠たげな目を私に向けたのである。そっけない返事をする者もいて、結局、何もわからずじまいだった。あの人物に関わりのある言動をみんなが恥じていて、すべてを忘れようと、彼の存在さえ無視しようと、そう心に決めていたかのようだった。私もそれ以上はこだわらないことにした。

それから二日後に私は、処置を任せられた用件があって、故人の屋敷へ出向かなければならなかった。ところが、そこへ足を入れるやいなや、鼻をつくような異臭に襲われた。覚えのないものではなかった。迎え入れた娘は私を一室に案内した。話をしていると急に彼女が、いかにも疲れたような表情で額に手をやり、立ち上がって窓を開けた。そうしながら彼女は、気持ちの悪い妙な臭いがしないか、と私に尋ねた。そのとおりだと正直に答えると、彼女は、屋敷のなかに山のように溜《たま》った花のせいである、みんなが胸が悪がっている、消そうとしてみたがうまくいかない、と言い訳めいたことを口にした。

その瞬間に私は臭いの正体に気づいた。花にはまったく関係のないものだった。それは、あの晩の連れが上着を脱いだときに嗅がされた、酸っぱいような、鼻の曲がるような、あの臭いだった。しかし私は若い女の言葉に軽くうなずいただけで、このことには触れなかった。

（鼓　直＝訳）

トラクトカツィネ

フエンテス

◆カルロス・フエンテス

Carlos Fuentes 1928〜2012

メキシコの作家。長編小説『大気澄みわたる地』でメキシコ革命に対する失望や政財界・インテリ層の堕落ぶりを描いて注目され、『アルテミオ・クルスの死』で作家としての地位を固めた。『脱皮』、『われらの大地』、『胎内のクリストバル』といった長編では、自分は何者なのか、という永遠のテーマを扱いながら新しいエクリチュールを模索、征服者の言語たるスペイン語をメキシコ人にふさわしいものに再創造しようと努めている。短編集『盲人の歌』や中編集『コンスタンシア』ではストーリーテラーとしての才能を発揮。「トラクトカツィネ」は処女短編集『仮面の日々』(一九五四)所収。傑作中編『アウラ』の母体ともいうべき作品である。

九月十九日。ブランビーラ弁護士はとっぴなことを思いつくものだ！　さっきも、プエンテ・デ・アルバラード通りにある、あの古い屋敷を買った。フランス軍が侵略してきたころの建物で、豪勢だが、およそ役に立ちそうもない代物だ。きっと彼の手広い商売と関係があるんだ、前みたいに、家屋を取り壊して更地をいい値で売るか、それとも、店舗つきのオフィスビルを建てるのが狙いなんだ。わたしは当然、そう思った。少なくともそのときは、そう信じた。だから、彼の意向を聞かされたときは、ほんとに驚いた。床は見事な寄せ木張りで豪華なシャンデリアが吊ってあるその屋敷は、歴史と民族色と優雅さが一体となっているから、パーティを開いたり、アメリカ人の同僚を泊めたりするのに使うのだ、という。わたしはその屋敷でしばらく暮らすことになった。それというのも、ブランビーラは全体としては非常に気にいっているのだが、前に住んでいた一家が一九一〇年にフランスに逃げてからは空き部屋ばかりになったせいで、どの部屋にも人の温もりが欠けている、そう感じたからだ。屋根裏に住んでる召使夫婦が管理していたから――四十年のあいだ、広間には立派なプレイエル・ピアノのほかに家具はなかったとはいえ――掃除もゆきとどき、すみずみまで磨きあげられているんですがね、屋敷には一種独特な冷気が漂っているんです（とブランビーラはつけ加えた）、通りで感じる冷気と比べてもはっきり、その厳しさがわかります。

「いいですか。友だちを誘って、話をしたり、一杯やったりしてくれたらいいんですよ。必要なものはそろってるはずです。本を読むなり、ものを書くなり、普段の生活をしてください」
わたしは自分の暖房能力に過大な信頼を寄せられて茫然となったが、そんなわたしを残して、ブランビーラはワシントンに飛び立った。

九月十九日。午後、スーツケース一つを持って、プエンテ・デ・アルバラードに移った。屋敷はじつに美しい。ファサードが第二帝政期に造られたイオニア式柱頭と女像柱だらけでごたごたしているが、美しさを損なうほどではない。通りに面した広間の床はかぐわしく光り輝き、壁は、以前絵のかかっていたところが不気味に四角く浮かびあがっているが、色はくすんだ青、その青も単に古びた色というよりは、時代がかった色という感じがする。丸天井の絵（ソベニーガ、ジョバンニ・エ・パオロ桟橋、サンタ・マリア・デラ・サルーテ聖堂）は、フランチェスコ・グアルディの弟子たちが描いたもの。寝室は青いビロード張り、廊下は細工をほどこした滑らかな楡、黒檀、黄楊《つげ》といった木のトンネルになっており、フィート・シュトースのフランドル風のところもあれば、ベルゲーテにかなり近いもの、ピサの工匠たちの素朴な華やかさを見せているところもある。書斎がすっかり気にいってしまった。家の裏側にあって、そこの窓だけが麦藁菊の咲く小さな矩形の庭と昼顔のつたう三方の塀に面している。いまのところ窓の鍵は見つからないが、庭にはそのフランス窓からしか出られない。その庭で本を読んだり、煙草をふかしたりして、この骨董品の島を人の住めるものにするという任務にとりかからねばならない。赤く白く麦藁菊は雨の下で輝いている。緑色の鉄を木の葉模様にねじった古風なベンチ。柔らかな芝は湿り、雨の愛撫を受けながらじっとしている。こうして書いていると、庭にあるものが一つになって、ロダンバックの詩の一節を思いださせる……陽の沈む夕べの地平に《ダン・ロリゾン・デュ・ソワール・ウ・ル・ソレイユ・ルキュール》……束の間の穏やかな煙がたちのぼる《ラ・フュメ・エフェメール・パシフィク・オンデュル》……眼差を隠すベールのように、人はこの離れゆく霧を見ると、ただ、空への、旅への思いに胸をふさぐ《コム・ユヌ・ガーズ・ウ・デ・プリュネル・ソン・カシエ、エ・ロン・サン・リヤン・クワ・ヴォワール・セ・プリュム・デタシエ、アン・ドゥルリュ・ルグレッ・ド・スエル・エ・ド・ヴワヤージュ》……。

九月二十日。ここは、メキシコに寄生するさまざまな悪から遠く離れている。この屋敷の中は一つの感性のようなもの、他の海辺へとそそぐ一つの流れのようなものに属している。だから、ここに来てまだ二十四時間もたたないのに、すっきりとした安らぎ、ある種の緊張といったものを味わうことになった。感覚がとぎすまされて、いつも、この屋敷特有の匂いが感じられる。以前は瞬間的に浮かびあがった思い出のシルエットが、今日は川のようにいきいきと、ゆったりと広がり、流れているような気がする。リベットを打つ都会の喧噪の中で、四季の移りかわりに気づいたのは、いつのことだろう？　いや、メキシコでは誰も気づきはしないのだ。一つの季節は、歩みを変えることなく、次の季節に溶け込んでしまう。いつも、〈不死なる春とその兆し〉。季節が毎年繰り返されることでわたしたちは気分を一新し、季節それぞれのリズムや儀式、楽しみといったものを整理し、その変わり目には懐かしく思いだしたり、様々な計画を立てたりする。四季はそれぞれの特徴で意識を育み、固定してくれる。メキシコの四季はそうした性格を失くしているのだ。明日は秋分。今日、ここで、北欧のような趣きのある秋をまた迎えることになった。

こうして書きながら庭を眺めると、灰色のベールがかかっている。昨日から今日にかけて、葡萄棚から落ちて芝生をかさばらせている葉もあれば、黄金に色づきはじめた葉もある。降りつづく雨は緑を大地へと洗い流しているように見える。秋の靄《もや》は塀まで庭をすっぽりとおおい、まるで、落ち葉を踏むゆったりとした足音が重い息づかいとともに聞こえてくるようだ。

九月二十一日。ようやく書斎の窓を開けることができ、庭に出てみた。目に見えないようなこぬか雨が降りつづいている。すでに家の中で別世界の表皮に触れていたとすれば、庭ではその神経にまで到達したみたいだった。昨日気づいた緊張や思い出のシルエットといったものが庭では私の神経を逆撫でる。麦藁菊は見覚えのあるものとは違い、悲しみを誘うような香《こう》の匂いがしみついている。まるで、何年も地下納骨堂の大理石の上で埃をかぶっていたのを、たったいま持ってきたといった感じがする。雨は雨で、他の町、他の窓辺のものと思われるような色合を芝生の中でかきまぜている。庭のまんなかに立って、目を閉じた……ジャワタバコや濡れた歩道……鰊《にしん》……ビールの発泡……森の蒸気、樫の幹……。ぐるりとひと回りして、おぼろな光につつまれたこの矩形の庭の印象を、一瞬のうちに脳裏に焼きつけようとした。屋外とはいえ光は、黄色いステンドグラスを通りぬけてきているように見える。あるいはかまどの中で輝いているのか、憂鬱そのものとなったあとでようやく光になっているのか……。昼顔の緑は、灼熱のメキシコ台地で見慣れたものではなく、それとは違った柔らかさがある。その柔らかな緑の中で、遠くの梢は青く映え、塀の石はグロテスクな泥におおわれている……。メムリンクだ！　彼が描いた窓の向こう、一人の乙女の瞳と銅器の輝きのあいだに、これと同じ風景を見たことがある。それは、架空の、創りだされた風景だった。この庭はメキシコにはないんだ！……それに、こぬか雨も……。わたしは家の中に駆けこみ、廊下を通りぬけ、広間を突っきり、窓に鼻を押しあてた。プエンテ・デ・アルバラード通りではジュークボックスがうなり、電車が走り、太陽が出ていた。単調な太陽が。神なる太陽の光には色も像も見られない。静止した石の太陽。短い世紀を刻む太陽。書斎にもどると、どんよりとした庭のこぬか雨は弱々しく降りつづいていた。

九月二十一日。吐く息で窓ガラスを曇らせながら、庭を見ていた。おそらく何時間ものあいだ、その狭い空間に視線を釘づけにしていたのだ。芝生を見つめていると、一瞬ごとに枯れ葉が増えていく。やがて、自然にできたうなりみたいな鈍い音がして、わたしは顔を上げた。庭のほぼわたしの真正面から、何者かがわずかに顔を傾けて、わたしの目をうかがっていた。本能的にわたしは後ろに飛びのいた。庭の顔は視線を動かさなかったが、その視線も眼窩の陰ではっきりしなかった。背を向けたため、猫背の小さな黒い影しか見分けられなかった。わたしは手で目をおおった。

九月二十二日。家には電話がないが、通りに出て、友人たちに電話をかけることも、ロクシーに行くこともできるはずだ……。わたしは自分の町で、知り合いに囲まれて暮らしているんだ！それなのになぜ、この家から、というより、庭に面した窓辺から離れられないのか？

九月二十二日。何者かが塀を乗り越えて庭に入ったからといって驚きはしない。雨が昼も夜も降りつづいているということのほうが驚きだが、午後は待ち構えていて、侵入者を捕まえてやろう……。窓の前の肘掛け椅子でうとうとしていると、麦藁菊の匂いのきつさに目が覚めた。ためらわずに庭に目を向けた——そこに、いた。花を摘み、蒼ざめた小さな両手で花束をつくりながら……。老婆だった……少なくとも、八十歳にはなっている。だが、どうして厚かましく入ってきたのか？　どこから入ってきたのか？　わたしは花を摘む老婆を見つめた。痩せこけ、黒い服を着ている。地面まで届くスカートは露やクローバーを掃きよせていくが、その布地は、カラヴァッジオの描く生地のような質感、軽やかな重みをともなって垂れている。黒い上着は首までボタンがかかり、腰は曲がって、かじかんでいる。黒いレースのヘアネットが老婆の顔を影にし、乱れた白髪を隠している。見分けられるのは唇だけだった。血の気が失せた唇は蒼ざめた肌の色とともに、きっと結んだ口の中へめり込んでいるが、弓なりになったその口もとには、ひどく淋しげな笑みがうっすらと浮かんでいた。どんな刺激にも動じない、いわば不変の頬笑みだった。老婆は視線を上げた。その目には目がなかった……それはまるで、一本の道が、一つの夜景が皺のよった瞼から始まり、内部への、果てのない旅に、刻一刻、出かけているようなものだった。老婆は体をかがめ、赤い蕾を摘む。横から見ると、鷹のような顔と落ちくぼんだ頬が鎌のようになって震えていた。もう歩きだしている。だが、どこへ？……。昼顔と塀を乗りこえた、蒸発した、地に潜った、空へ舞いあがった、などとは言いたくない。庭には小道が開いたようだった。

そうなるのがあまりにも自然すぎて、ちらっと見ただけでは気づかなかったのだ。そしてその道を、あの……わたしはすでに知っていたのだ、とっくに聞いたことがあったのだ……途方にくれたような、あのゆっくりとした足どりで、あの重い息づかいで、わたしの訪問者は雨の中を去っていった。

九月二十三日。寝室に引き籠もった。手近にあったものでドアを塞いだ。たぶん、何の役にも立たないだろう。しかし、そうしておけば、安心して眠れるような気がしたのだ。きまって枯れ葉を踏む、ゆったりとした足音が絶えず聞こえてくるみたいだった。本当の足音ではないとわかっていたが、やがて、ドアのそばでかすかに軋む音がし、隙間で何かが擦れる音がした。明かりをつけると、封筒の角がビロードの床にのぞいていた。その中身を、上質のローズウッドの古い便箋を手にしたまま、しばらく動けなかった。蜘蛛の足みたいな縦長の大きな文字で、その手紙に書かれていたのは、たった一言……

トラクトカツィネ

九月二十三日。昨日、一昨日と同じように、日暮れにやってくるはずだ。今日は話しかけてみよう。逃げられはしない。あの道を追いかけるのだ、昼顔のあいだに隠れた道を……。

九月二十三日。時計が六時を打っているとき、広間から音楽が聞こえてきた。名だたるプレイエルがワルツを弾いている。近づくと音は止まった。書斎にもどると、彼女は庭にいた。小刻みに跳び、何かの動作をしていた……まるで女の子が輪で遊んでいるような。わたしは窓を開けて外に出た。どうなったのかははっきりわからない。空が、空気そのものが一段下がって庭に落ち、空気は変化のない底のしれないものになり、あらゆる音が停止したような、そんな感じだった。老婆はわたしを見つめた。いつもの頬笑み、世界の奥に迷いこんだような目。口を開き、唇を動かす。蒼白い口もとからはどんな音も出てこない。庭は海綿のように縮み、冷気がわたしの体に指をはわせた……。

九月二十四日。日暮れに老婆が現れたあと、意識をとりもどすと、書斎の肘掛け椅子に坐っていた。窓は閉まっており、庭はひっそりとしていた。麦藁菊の匂いが家中に広がっている。寝室がとくにきつい。その寝室で次の手紙を、老婆のもう一つの合図を待った。彼女の言葉は、音にはならなかったが、わたしに何かを言おうとしていた……。午後十一時、庭の薄明かりを身近に感じた。ふたたび、ドアのそばで、長いごわごわしたスカートの擦れる音。そこに手紙があった。

あなた、
月が出ました。わたしはいま月の歌を聴いています。なにもかも、えもいわれぬ美しさです。

服を着て、書斎に降りた。庭のベンチに坐る老婆を光のベールがつつんでいた。黄金虫の羽音の中、彼女のそばに寄っていった。例の空気が彼女をすっぽりつつみ、物音一つしない。白い光がわたしの髪を揺すった。老婆はわたしの両手をとり、くちづけをする。彼女の皮膚がわたしの皮膚を押さえる。勘でそれがわかった。というのも、わたしの手の中に彼女の手があることが触覚でははっきりせず、目がそれを教えてくれたからだ。触れるのは、ただ、重く冷たい風だけだった。彼女はひざまずき、禁じられたリズムの連禱に唱和するかのように唇を動かしているが、その痩せこけた体の中に不透明な氷が見えるようだった。風とは無関係に麦藁菊はひとり揺れていた。その匂いは柩のにおいだった。どの麦藁菊もそこから、墓から生じているのだ。墓で芽生え、毎日午後になると、一人の老婆の幽霊のような手で運ばれるのだ……そして物音がもどり、雨が激しくなり、声が、凝り固まったような声が、大地との交わりでいまだにあふれでる血のこだまが、響きわたった。

「カプチン会士の地下納骨堂《カプツィーナーグルフト》！　カプツィーナーグルフト！」

わたしは手を振りほどき、屋敷の玄関へと走った――そこまで彼女の気狂いじみた声が、窒息死した人間の喉の空洞が、追ってきた――わたしは、がたがた震えながらひざまずいた。ドアの把手はつかんでいたが、動かす力がなかった。

むだだった。開けられなかった。

ドアは赤く濃いラッカーで封印されているのだ。真ん中には楯形の紋章が闇に輝いている。王家の鷲、老婆の横顔は屋敷が完全に封鎖されたことを冷ややかに、はっきり告げている。

その夜、背後で——それをいつまでも耳にすることになるとは知らなかったが——床を擦るスカートの音を聞いた。あふれんばかりの喜びも新たに、老婆は歩く。同じ仕種を繰り返すが、満足感がにじみでている。看守が抱く満足。連れができた、永遠に閉じ込めたという満足。孤独を分かちあえるという満足感。ふたたび彼女の声が近づいてくる。唇がわたしの耳に近づき、あぶくと墓下の土からなる吐息が、

「……そして、わたしたちが輪で遊ぶのを、ほっておいてくれなかったわね、マックス。禁じられてしまった。ブリュッセルの庭園を散歩するあいだ、手に持っていなければならなかった……でも、それはもう手紙に書いたわね、ブチョーから出した手紙に。覚えているかしら？　でも、これからは、手紙なんかいらない。もう、いつまでもいっしょなんですもの。わたしたち二人は、この城で……。絶対に外に出ないことにしましょう、絶対に誰も入れないことにしましょう……。ああ、マックス、教えて。あの麦藁菊は、毎日午後にカプチン会士の地下納骨堂に持っていってあげたあの菊は、いきいきとしていたでしょう？　わたしたちがこの国に到着したとき捧げられたものと同じみたいでしょう。あなた、トラクトカツィネ……。ここで、このお花をたいせつに《ニス・ティキモピエリーア・イニーン・マ》とっておいて《ショチッイントル》……」

そして、わたしは紋章の上の銘を読んだ。

シャルロッテ、メキシコ皇妃《カイザリン・フォン・メクシコ》

（安藤哲行＝訳）

ジャカランダ

リベイロ

◆フリオ・ラモン・リベイロ

Julio Ramón Ribeyro 1929〜1994

ペルーの小説家。リマに生まれ、パリにも住んだことがあって、都市の片隅に暮らす人々の生活を写実的に、あるいは幻想的に描いた二冊の短編集、『羽をむしられたハゲワシ』、『瓶と人間たち』、『向こう岸の青春』、『様々な状況の物語』などを発表、ペルー文学に新風を吹き込んだ。首都を去って山間部の町に生きる青年の目をとおして、成長とは何かを描いた『サン・ガブリエルの記録』や、都会に生きる孤独な人間の生活をペシミスティックに綴った『日曜日の妖精たち』などの長編小説も高い評価を得ている。

日干し煉瓦の高い塀をめぐらし、ジャカランダの通りに面したその家は、以前と少しも変わらぬたたずまいであった。スーツケースを手にさげ、市街案内で読んだ内容を思いだしながら、彼はアルマス広場からここまで歩いて来た。町は端から端まで歩いても十五分ほどの大きさである。なにもかも以前のままだった。グァバの木も、三本のユーカリも同じ姿で茂り、部屋のなかは取り散らかったままに残されていた。静まりかえった部屋のなかを、彼は日暮れまで歩きつづけた。レコードプレーヤーには一枚のレコードが置かれたままになっていて、針が溝の最後で止まり、無音のしらべを奏でていた。

「来てよかったわ」とオルガは言っていた。「研究所は目と鼻の先だし、寂しくなったらすぐに会いに行けるもの」

ロレンソはベッドのほうを見た。彼の目には、ベッドをおおうインディオの手織の布に浮かんだ色とりどりの幾何学模様が、痙攣を起こした手のように見えた。彼はナイトテーブルの上に置いてあった観光案内書をつかむと、ジャカランダの通りへ出て行った。

彼はアルコ・デ・ロス・エスパニョーレス〔スペイン人のアーチの意〕のほうへではなく、反対の、町の中心街に足を向けた。アーチのほうに行けば、川岸に出て、町並みがとだえ、牧場が広がるだけだった。この時刻の七月二十八日通りは、ほとんど人影がなかった。住人は家で夕食をし、旅行者は頻繁に鳴らされる鐘の音にうんざりし、娯楽の少なさにがまんできなくなって、バーに飲みに行くか、町でただ一軒の映画館に出かけて、カウボーイ映画を見ているころだった。ロレンソは学長の屋敷のまえを通りかかった。その屋敷は灰色の石で造られたポーチと、コロニアル様式の大きな扉を備えた、町で最も美しい建物だった。屋敷のまえを通り過ぎ、サンタ・アナ教会の前のところまで来て彼は立ち止まり、建物の正面を眺めた。

「あの彫刻の象を見て」とオルガが言ったことがあった。「使徒聖人像のわきにあるでしょう。どういう意味なのかしら」

それらの像を刻んだ名もない石工が、どのような意図で聖人像の横に動物の彫像を配したのかは、誰に聞いてもわからなかった。

彼はアルマス広場まで来ていた。そんな時刻に散歩をしているひとりの男がいた。その男は、パイプをふかしながら、ヤシの並木道を四角の形でたどる夜の散策コースを日課に従って十周も繰り返して歩いてきたところだった。ロレンソは男に近づいて行った。

「またお会いできるとは嬉しいですな、マンリケ博士。もっとも、このまま当地に残っていただけないのが残念でならないのだが。学生たちの評判もよかったことだし。ところで、例の件は順調にいっているのかね」

「明日、手続きをしようと思っています。問題がなければ、土曜の便で帰れるでしょう」

「今日の午後、ミス・エヴァンズが私を訪ねて来たよ」と学長は話し続けた。「彼女も早く慣れてくれるといいのだが。ここを離れる前に、少し話し合ってくれないかね」

「じつは今日の午前の便で、彼女といっしょだったのです。あまり話はしなかったのですが、町の案内をすると約束しておきました」

その日の朝、双発機が十五分間ほど雲海の上を飛び続けたあと、雲の切れ間をぬって空港に向けて急降下を始めたとき、ミス・エヴァンズが悲鳴をもらしたのだった。

「大丈夫ですよ」とロレンソは声をかけた。「ここのパイロットは腕も確かだし、着陸がむりだと判断したら、リマに引っ返しますから」

ミス・エヴァンズが声をあげたのは、飛行機が翼を大きく傾けたため、町の建物の屋根や三十七もある教会がまるで俯瞰図を眺めるように目に入ってきたからだった。

「アヤクーチョってどういう意味ですの」と彼女が尋ねた。

「死者の眠る片隅、という意味です」

学長は十周も回った散歩を終えようとしているところだった。

「明晩、うちに来ないかね」と学長が言った。「いっしょに食事でもしよう」

ロレンソは別れの挨拶をして、ホテルのほうに戻った。ホテルはまだ満室にはなっていなかったが、残りの部屋もわずかになり、客たちでにぎわっていた。ミス・エヴァンズが入口のところでガードマンと話をしていた。

「お食事でしたら、エル・バカラをお薦めします。ふたつめの通りを右に曲がったところです」

彼女はパンタロン姿で、肩には奇妙な格好の小さなポンチョをはおっていた。首都で作られるみやげ物の類のポンチョだった。

「ここに案内書があります」とロレンソが言った。「簡単なパンフレットですが、お役に立つでしょう」

彼はアルマス広場に向かって一ブロックほど彼女とならんで歩いた。

「海辺のほうとはずいぶん違いますのね」とミス・エヴァンズが言った。「空気がとっても乾いています。空をごらんになって。こんなにたくさんの星を見るのは初めてですわ」

映画館のロビーに明かりがともり、騒々しいグァラーチャ〔西インド諸島の民族音楽の一種〕の音とともに観客が押し出され、なにやら盛んにしゃべりながら広場のほうに去って行った。

「お食事はもうなさいましたの」

「ええ、もう。レストランはあそこです」

県庁の前を通り、家のほうへ戻りかけるとイチカワが店の玄関から現れた。

「博士、手続きができました。無線で本社と連絡をしてみましたら、問題はないということでした。土曜の便でお帰りになれますよ」

ロレンソは学長がいるかもしれない七月二十八日通りを避けて、それと平行に走るもうひとつの通りへと坂道をのぼって行った。舗装はとだえて、星明かりしか見えなかった。四百年も前に建てられ、満足に手入れもされないままに朽ち果てようとしているそのあたりの古い家並みには、平定者ラ・ガスカの命によって斬首された反逆者フランシスコ・デ・カルバハルがかつて住んでいたことのある一軒の家も混じっていた。

「何世紀も昔に逆戻りしたみたいな気がするわ」とオルガは言っていた。「ここは昔と少しも変わらないのね。わたしは気に入ったわ、ロレンソ。足が疲れちゃったけど」

彼は片づけなければならない用件を手帳に書きこんでおいたのだが、旅のあわただしさのせいで、それらをすっかり忘れてしまっていた。翌朝早く、彼は家主に会いに行った。

「もうリマからは戻られないのかと思っていましたよ。あの家を貸してくれと言って大勢の者が来ました。マンリケ博士はもう戻って来られないからと言いましてね」

ロレンソは不在にしていた二か月分の家賃を払い、土曜日に出発の前に鍵を返すと約束した。

「ご存じですか。アリピオ先生の噂を。町の連中はいろんなことを言っていますよ。口ばかり達者で、とんだ藪医者だとか」

ロレンソは次に何をしてよいのかわからなくて、しばらくためらっていたが、結局市長に会いに行くことにした。だが、行ってみると秘書官にしか会えなかった。秘書は友人とカードで遊んでいるところで、執務室の机の上にはラムの瓶と鍋にはいった肉料理が置かれていた。

「その件については、私はなにもわからないんですよ、博士。市長ならわかるはずですが、ここにはあまり来ないもんで。自宅へ行くか、サンタ・アナ教会のほうを捜してはどうでしょう。それとも、判事に話したほうが早いかも知れない」

ロレンソはこの町の習慣を忘れていた。この町の住民は謎めいた古い秩序を墨守し、非常識とも見えるしきたりに染まった生活をしているのだった。医者がトラックで空港から旅客を拾ってきたり、市長がパレードに加わって太鼓を叩いたり、助祭がものもらいや瘭疽《ひょうそ》の治療をしたりしていた。また、司教は日曜日になるとイーゼルを抱えて風景画の写生に出かけるし、商店主のイチカワは無線技師と航空会社の代理店長を兼ねていたし、畜産学専攻のフローレス教授は地方局の番組に出て、ボレロを歌ったりすることもあった。それに、この町の大学の学長は、かつて商船の船長をつとめていたという経歴の持ち主である。

「ペルー万歳」

スクレ・ホテルのロビーのわきにある薄暗いバーから、二人の混血の肩にかつがれて、帽子をかぶったみすぼらしい男が現れた。ロレンソはアルマス広場のベンチに倒れこむように座って、秘書たちの肩のうえから通行人に挨拶を送りながら、事務所へと運ばれて行くログローニョ判事の姿を眺めていた。しばらくして、彼は大聖堂の塔のほうに目を移した。すると鐘楼の窓に一羽の雄鶏が現れ、羽根を広げて、かん高い声で鳴いた。

「あの塔には人が住んでいるのね」とオルガが言ったことがある。「洗濯物を干しているのを見たのよ」

ロレンソは急いで立ちあがり、判事のあとを追った。判事は事務所の前に着くと、秘書たちの肩からおりて、上着のボタンをとめ、帽子を脱ぎ、威厳を保とうと精いっぱいの努力をしてから、事務所のドアを開けた。

ロレンソが事務所に入っていったとき、判事はコーヒーカップを前に置いて座っていた。

「ご依頼の件ですが、あいにくとこの町では先例になる判決がありませんな」と判事は言った。

「市長か司法官に話をしてみてはいかがです。きっと力になってくれると思いますがね」

司法官のところに行こうとして、アルマス広場まで引き返すと、大学の校門から学生や教師たちが授業の合間を利用して飲物をのみに出てくるのが見えた。ロレンソは彼らと顔を合わせるのを避けて、皮革職人たちが多く住んでいる地区に通じる狭い路地に入った。そのあたりのコロニアル様式の古めかしい家には、名も知れぬ職人たちが住みついていた。彼らは先行きへのたいした期待もないままに、教会や祭壇や牛などを題材とするバロック風の模様を刻みこむ仕事を、昔ながらに行なっているのだった。ロレンソは、明るい日差しのなかを、髪をなびかせながらひとりの女性が近づいてくるのを見た。まぶしさのためはじめは誰かわからなかったが、しばらくするとミス・エヴァンズであるとわかった。肩にカメラを下げた彼女は、彼に近寄り、にっこりと微笑んだ。

「もう生徒たちにお会いになりましたか」

「今日の午後に、最初の授業がありますの。学長が紹介してくださることになっていますのよ。それにしても、あちらの下町はひどいですわね。家が狭苦しく建てこんでいて」

二人はアルマス広場のほうへ並んで歩いて行った。

「ホテルなどといっても、お湯も出ないありさまですわ。昨晩は冷たいシャワーでがまんしました。サービスがひどくって、けさも食事は外でしましたのよ」

「はじめのうちは、いろいろ不満もあるでしょうが、でも、きっとこの町が気に入ると思います」とロレンソは言った。

「じゃあどうして、あなたはここのポストをおやめになるの」

「それはまったく個人的な理由からです。ともかく、この町はほんの少し辛抱していれば、そのうち気に入ってきますよ、エヴァンズさん」

そう言って、まだ彼に言問いたげなミス・エヴァンズを広場に残して、司法官の事務所に向かって歩きだした。司法官のマンサナレスは、立ち会ってくれる証人が二名と、市の証明書が一通、それに判事の許可証が必要だと言った。ロレンソは町の高台にある食堂で昼食をとることにした。そこは牧童や人夫たちがよく利用するところだった。途中、彼は皮をはいだ子牛をかついでやって来る老人に出会った。もう少し行くと裸足でサッカーをしているインディオの子供たちが、大きな青い蝶を見つけて、踏みつけるのを見た。

「ねえ、聴いてみて」とオルガが言ったことがあった。「お腹のここに耳をあてて聴いてみて。聴こえない？　もう少し下よ。耳をすませて。動いたでしょう」


彼はその土地が聖職者たちの町であったことを忘れてしまっていた。その日の午後、町のなかを歩きまわっていたとき、毛むくじゃらな耳をマッチ棒でほじりながら歩いている教会参事のサラスや、玉ネギをかかえて畑から戻ってくる司教のリトゥマに出会った。神父のウアリ、レスカノ、トレホンなども見たし、フィスカル校で行なわれたサッカー試合から帰ってくる十二人の神学生の姿も見かけた。夕暮れ時になって、ようやく用件は二人の立会人を見つけることと、医者のアリピオに会うことだけを残すまでにこぎつけた。医者は緊急の手術をするために、朝から近郊の村まで出かけていたのだった。

診療所を訪ねると、ちょうど医者は待合室に置いてあるガラス瓶（初めて瓶を見たときは、珍種の魚を入れた水槽かと思った）に、午前中に摘出した腫瘍をホルマリン漬けにしているところだった。

「八キロですよ」と医者は言った。「患者はペトロニラ・カーニャスという女性で四十二歳です。まあ一週間もすれば回復して、起きられるでしょう」

「忙しいところをすまないのだが、頼みたいことがあるんだよ。なにしろライトバンを持っているのは、きみだけだから。じつは……」

「わたしで役に立つことだったら何なりと。それでは明日、朝六時にジャカランダ通りに行きましょう」


学長の屋敷の門扉は半ば開いていた。大きな不揃いの形の平石をならべた通路が、前庭の真ん中にあって、門の入口から玄関のコンクリートの階段までつづいていた。ロレンソはすでに閉まっている門衛所のまえを通り、玄関のドアのところで立ち止まった。このドアも半ば開いていた。チャイムを鳴らして来訪を告げ、中にはいった。学長は縞模様のジャケットを着て、首にスカーフを巻いた姿で、酒瓶をならべたワゴンの横に立っていた。

「ウィスキーにするかね。ピスコもあるが」

ロレンソは自分でウィスキーをついだ。

「大学はまるで凸凹だらけの荒涼たる岩山に乗り上げた座礁船のようなありさまだよ」と学長が言った。「まあもっとも、この町全体が神に見捨てられた禿山に乗り上げた船みたいなものだがね。船をもう一度水に戻すのは容易なことではないよ、マンリケ博士」

ロレンソは学長の話には口をはさまずに、居心地のよい室内、傷ひとつない壁、広間から始まって、対称形を描いて各部屋に分かれ、回廊のところで再びひとつにつながる、ほとんど音楽的ともいえる屋敷内の広がりを眺めていた。

「地主たちは、ことあるごとに私に反対する」と学長は言った。「連中にとって大学は目のうえの瘤なのだ。彼らが今まで使用人とみなしていた者が学問を身につけるのだからね。彼らには大きな脅威だよ。そのとおりなら、結構なことだが」

話題が大学と教会を隔てる壁のことに移り、司教のリトゥマの悪口を言い始めたとき、チャイムが鳴って話が中断した。

「ほかにも招待した人がいる」と学長は玄関のほうに行きながら言った。

ミス・エヴァンズが一輪のゼラニウムを手に現れた。

「博士、ごめんなさい。でもあんまり大きくてきれいなので庭からいただいてしまいましたの。リマの町中のはみんなほこりまみれですわ」

「語り伝えられるところでは、今から三百年ほどまえに、ラ・フェリアの侯爵がこの花を植えたのだそうだ」と学長が言った。

「ジャカランダの並木もやはりそうだという話だ。だが両方とも間違いだと思う。侯爵がしたことで唯一確かなのは、この屋敷を建てたことだけだ」

「授業はどうでしたか」とロレンソが尋ねた。

ミス・エヴァンズはコートを脱ぎ、学長にすすめられたウィスキーをつぐと、ストーブの脇にあったクッションに腰をおろした。

「ちょっと大変なようですわ。学生のレベルがあまり高くないみたいで」

再びチャイムが鳴って、玄関から二人の逞しい体格の若い男が、腕を大きく広げて挨拶をしながら入ってきた。暖をとろうと両足を伸ばし、スカートの裾をこころもち上にあげていたミス・エヴァンズを見て、二人はたちまち誇らしげな若鶏のようになった。腰が引き締まって逆三角形の体格のガルシアという青年は、ホールをしなやかな足どりで歩き回った。もう一方のセプルベダは口数の少ない男で、グラスをまるでオリンピック聖火のトーチでも持つような手つきで支え、話し相手をじっとみつめたまま、時折うなずいていた。

ロレンソは肘掛け椅子に深々と腰掛けて、暖炉に燃える火を静かに眺めていた。背広姿に白手袋のインディオの執事が盆を持って現れて、軽食を配った。学長は皆にウィスキーをすすめると、ガルシアは歩き回るのをやめてミス・エヴァンズの横に腰をおろした。

「アヤクーチョはじつに田園的な町ですよ。気候はよいし、楽しい祭もあるし、物が安いのが一番です。ダンスパーティへは皆で飲物を持ち寄って、こちらの友人とぼくは大学で体育を教えています。パーティも仲間うちで開くんです。朝まで踊るんです」

執事が合図をしたので、学長はグラスを置いた。

「食事の支度ができたようですぞ」

食卓はアーチ型の柱をめぐらした回廊の一郭に用意されていた。学長はイチカワの店でさがしてきたフランス産のワインを供するのが習慣であった。ガルシアはフランス的熱情をみなぎらせて、ミス・エヴァンズにぜひ一度ジムに立ち寄ってくれと誘いかけた。一方、セプルベダは激しい運動のあとで動悸を鎮める呼吸法を学長に説明していた。ロレンソは、突如、抗しようのない寂寥感に襲われて、目の前に暗鬱の幕がたれこめるのを感じた。

「土曜日にはリマに戻られるって本当ですの」

テーブルの端からミス・エヴァンズが問いかけてきた。

ロレンソはそちらに目をやったが、彼女の顔はかすんで見えなかった。目を凝らしているとようやく見えてきたので、かろうじて答えることができた。

「あさってです。ここへ来たのはただ……」

学長が咳払いをして、口をはさんだ。

「残務整理というわけですよ」

そのあとの食事中に彼はほとんど口を開かず、学長がミス・エヴァンズに、これまでに輩出した高名な人物の経歴や、三百年間の興亡のあれこれなど、大学の歴史を語るのを横で聞いていた。傍らでは、セプルベダとガルシアが体操競技について退屈な議論を長々とつづけていた。

「部屋に入ってコーヒーを飲もう」と学長が言った。

ロレンソは再び肘掛け椅子に腰掛けて、タバコに火をつけた。学長はウアンタの町にあるレデンプトール修道会特製という貴重なピスコを出してきて、プレーヤーにアヤクーチョの民族音楽のレコードをのせた。セプルベダは元船乗りの学長に、前日にみた映画『ドラキュラ対蜘蛛男』

の話をしようと近寄っていった。一方、ガルシアは白いハンカチを取り出して、ミス・エヴァンズにウアイノという民族舞踊のステップを教えていた。

「先に帰らせていただきます」とロレンソが立ち上がって言った。「明日は忙しくなりそうですから。きみたちが明日ジムにいるのなら、訪ねて行きます。ちょっと頼みがあるのです」

「ええ、いつでもどうぞ」とセプルベダが答えた。

翌朝の目覚めは遅かった。前夜はいろいろな夢を見たような気がしたが、記憶に残っているのは、ゴシック様式の僧院、赤茶けた秋の森、一匹の蛇だけだった。彼はスタンドバーで朝食をとってから、ジムに向かった。セプルベダは白いフランネルのズボン姿で、平行棒の練習をしていた。ガルシアは黒いタイツをはいて、生徒たちを前に並べて、マットの上で宙返りをしてみせていた。

ロレンソは体育館の隅に二人を呼んだ。

「今日の午後、きみたちに立会人になってもらいたいんだが」

「喜んで参りますとも、教授。結婚式ですか」

ガルシアがあわてて抑えた。

「気になさらないでください。このセプルベダの野郎は、あのイギリス女性にのぼせあがってしまっていて、自分が何を言っているのかもわからないんです。立会人の件はお引き受けいたします。六時に迎えに来てください」

ロレンソが帰りかけたとき、ガルシアが言った。

「きのうホテルまで送って行ったときに聞いた話では、あの人、昔バレエをしていたそうですよ」

アルマス広場まで来ると、真昼の強い日差しを受けて、一瞬目が眩みそうになった。教会参事のサラスが聖母像をかかえて、聖堂から出てこようとしていた。ウアリ、レスカノ、トレホンの三人の神父が腹をさすりながらレストランから出てくるところにも出会った。数人のインディオが下町から市場のほうへ、大きな塩の塊を背負って、足どりも軽やかに運んで行くのを見た。

「ねえ、この足を見てよ。むくんでいるでしょう。この町の医者はもうこりごり。荷車ひとつないこの町で、まともな医者なんているわけないのよ。二か月前にリマへ連れて行ってもらっていたらよかった」とオルガは言っていた。


自動車のクラクションの音で、彼は午睡から目覚めた。インディオの荷役人夫やその日の午後はげしく降った雨、眠るまえに飲んだワインのことなどを思い出しながら、庭を通り、門扉をあけて、シヴォレーの運転席に座っている医者のアリピオに会いに出た。

「ジャカランダの木をごらんなさい」と医者が言った。「にわか雨のおかげで、すっかり元気を取り戻したようです。一週間もすれば花が咲くでしょう。約束の六時に来ましたよ」

ロレンソは家の中にとって返し、冷たい水で顔を洗い、髪に丹念に櫛をいれ、ネクタイと上着をつけて、表に出た。

「先にジムのほうに行ってもらいたいんだ。セプルベダとガルシアが待っているから」

「立会人ですか」

「屈強で心強い立会人だよ」

ライトバンはアルマス広場を抜けて、ジムで二人のスポーツマンを拾い、それから墓地に向かった。墓地の入口には司法官のマンサナレスが待っていた。

管理人に案内されて、五人は墓石のあいだを歩いて行った。雲ひとつない空の暮れなずむ夕日が、東に広がるアヤクーチョ草原を照らしていた。

「学長は戦争記念碑を立てたいと考えているのです」とアリピオが言った。

「ここです」と管理人が言った。

墓地のそのあたり一郭では、棺は縦に積み重ねられて安置されていた。管理人は鑿《のみ》を取り出すと、セメントで固めた石室の縁を割って、ぐいと力をこめて棺を引っ張り出して、その端の部分が見えるようにした。

「ぼくたちの出番だな」とセプルベダが棺の取っ手をつかんで言った。

「すみませんが、ここにサインをしてください」と司法官が言った。

墓地発掘の書類の署名が済むと、セプルベダは鉄の環に手を伸ばし、ガルシアの助けを借りて棺を外に引き出した。アリピオとロレンソが肩を棺の下に差し入れてから、四人で鉄柵の外に運び出し、ライトバンに乗せた。

「お気の毒なことです」とガルシアが悔やみを言った。「奥さんのオルガは子供好きのひとだったから、そのことを考え合わせると……」

「イチカワの店へ行きますか」と医者のアリピオが尋ねた。

「いや、家のほうへ」とロレンソが答えた。「明日は、トラックを家にまわしてもらって、それから空港に向かう予定だから」

ジャカランダ通りに戻った頃には、すっかり日が暮れていた。棺は薄暗い部屋の中央に置かれた。咳払いをしたりして所在なげにしている四人の人影のあいだで、ロレンソは無言のまま、電灯のスイッチがどこにあったか思い出そうとしたが、なかなか思い出せなかった。

「そろそろおいとましましょうか」とついにガルシアが切りだした。「明日は出発ですからなにかと支度もおありでしょう。お役に立ててよかったです」

「なんだか気分がよくないのよ」とオルガは言っていた。「胸が締めつけられるみたいで、息が苦しいわ。お願い、ヴィヴァルディのそのレコードをもう一度かけて」


夜更けに彼は再び外に出た。ジャカランダ通りの端にあるアルコ・デ・ロス・エスパニョーレスまで歩き、牧場を横切って川岸まで行った。それからクラリサス修道院のほうに戻ってきた。強い風が吹き荒れていたが、彼は散策をつづけた。午後に降ったにわか雨のせいでぬかるんでいる高台の狭い道を通り抜けた。アルマス広場に向かって坂道を下って行くと、散歩をしている学長の姿が見えた。強風にあおられながら歩いている学長は日課の十周をまだこなしていないように見えた。映画館には『ドラキュラ対蜘蛛男』の再上映を告げる看板が掲げられ、入口には宵っ張りの客の列が蛇行してつづいていた。彼は最後にサント・ドミンゴ教会の鐘楼を見ておきたいと思い、ホテルの前の道を通り抜けて行った。塔を正面と側面からじっくり眺めたあと、いま来た道を戻り始めた。高台から吹き下ろしてくる風は徐々に勢いがおとろえていたが、とある街角にさしかかったとき、突風が吹き寄せてきた。彼はそれがおさまるのを立ち止まって待った。そのとき、大聖堂の謎めいた形の窓に明かりがともり、彼は一瞬ぎくりとして体をこわばらせた。

振り返ると、ホテルから出てくるミス・エヴァンズの姿が見えた。背筋を伸ばし、しなやかな足どりで、コートのボタンをかけながら彼女は近づいてきた。

「パーティに招かれましたの。きのうの晩の体育の先生たちが誘ってくださったんです。どんなパーティでしょうね。ベンデスさんとかいう方のお宅で開かれるのだそうですが」

ロレンソはなにか失われたものを、自分の心のなかで探し求めるかのように、目を細めていたが、しばらくすると目を開いた。

「郵便局の方角ですね」と彼は言った。「そのあたりまでごいっしょしましょう。記念にもう少しアヤクーチョを見ておきたくなりました。明日、リマに帰るとなるとね」

「どうしてそんなにアヤクーチョがお好きなのかしら。野原さえもほとんどない町なのに。大きな木を見ようと思ったら、ウアンタまで行かなくちゃならないのでしょ。じつは明日そこへ行こうと思っているんですけれど」

「まえに一度話したと思うのだが、ここは少し辛抱すれば大好きになれる町です」

「ここへはどういうご用向きで戻っていらっしゃったの。学長は残ってほしいとおっしゃっているのに。英語のクラスはふたつに分けて、あなたとわたしの二人で片方ずつを受け持つこともできますわ」

「足元に気をつけて！」

ミス・エヴァンズは軽々とした身のこなしで水溜りを跳び越えた。

「バレエをしていたと聞きました」

「あら、どなたから」

「お友達からです。でも、ぼくにはわかっていたんです。それ以前から気づいてました」

二人はベンデス家の前に来た。日干し煉瓦の高い塀のあいだにある門扉を越えて、チャチャチャのリズムが聞こえてきた。エナメルのバッグを手に持ったミス・エヴァンズは、暗闇のほうにじっと目を向けたまま、黙って立っていた。

「お入りになりません？」

「いや、やめておきます」

翌日の土曜日の朝、物音で彼は目を覚ました。だがそれは、自動車のクラクションによってではなく、部屋のドアを規則的にしかも強く叩く音によってであった。ロレンソは窓ガラスの向こうにイチカワの姿を見た。この男は鉄柵を開けて庭を通り抜け、ロレンソが眠る憩いの場の縁にたどりついて、けたたましい音をたてているのである。

「飛行便は欠航になりました。リマと無線で連絡をとったのですが、あちらは曇っていて、当分晴れそうもないそうです。こちらもこの天気だし、月曜日まで便はないとのことです」

ロレンソはガウンの帯を結びながら、困り果てた様子で周囲を見回した。すぐそこには棺が置かれていた。

「起こしてしまってすみません。でも、早くお知らせしたほうがよいと思ったものですから」

ロレンソが黙っていると、イチカワは棺のほうを向いて帽子を脱いだ。

「あらためてお悔やみを申し上げます。でも、こういうことは人生にはままあることですから」

ロレンソはドアに近づいて、それを開いた。

「月曜日にはぜひ正常に戻ってほしいね。ここにいたって、何もすることがないのだから」

外に出ようとして、イチカワは一瞬ためらってから言った。

「アリピオ先生の噂は本当なんですか。食事をしていたものだから、なかなか腰を上げようとしなかったというのは」

「根も葉もないでたらめだ」とロレンソは答えてドアを閉めた。

棺が部屋の真ん中にあった。彼はそれを壁ぎわに寄せかけてから、二、三歩離れて確かめるように見た。しばらくして、再び棺のところに戻り、三枚のポンチョでそれをおおった。そのポンチョは、一軒一軒他人の家を訪ねて売り歩かねばならない農夫の惨めさに心を動かされて買った品だった。彼は窓から庭を眺めた。グァバの木の間から見える柵の向こうに、ジャカランダの樹冠が青々と色鮮やかに茂っていた。

彼は手早くコーヒーをいれ、髭をそり、アルマス広場へ出かけた。ウアンタ行きのバスがちょうど出るところだった。トレホン神父とレデンプトール修道会の三人の司祭の後ろに、彼女の姿が見えた。

「あら、どうなさいましたの。リマに戻られたはずじゃありませんか」

「天候不順で欠航になったんです。出発は月曜に延期です。平原のあたりを近くから見ておこうかと思ったわけです」

バスは五分後には町を出て、学長の言葉を借りれば凸凹だらけの岩山と形容される風景の中を走っていた。岩山からサボテン、ウチワサボテン、竜舌蘭などの刺のある植物が、まるで丘を下る軍隊のように街道のきわまで押し寄せて群生していた。

「きのうのパーティでわかったことがありますの」

「パーティは楽しかったですか」

「ええ、でもわたしは早めに退散しました。だって、皆さん一斉に酔っぱらうんですもの。奥様をお亡くしになったそうですね」

「ほかにも言っていたでしょう」

「奥様はここに埋葬されているとか」

ロレンソはふと口をつぐみ、窓の外を見た。バスはウアンタ谷を下りつづけた。

「その話はこれぐらいにしましょう」とオレンジ畑にさしかかったとき彼が言った。

バスは山間の農場の前で停まり、数人のインディオが乗り込んできた。

「ここで降りましょう」とロレンソが言った。「どうせウアンタに行っても、見るものもこれといってないのだから」

二人は急いで谷間の道路に降り立ち、バスが轍にタイヤを沿わせて走り去るのを見送った。雑草と低木が茂る土地を横切って行くと、濁った汚い水が流れる小川の岸に出た。二人は黙ってあたりを眺めていた。

「実を言うと野原の景色は退屈なんです」とロレンソが口を開いた。「やはり町に住む人間なんですね。帰りましょう」

もと来た街道に戻って、二人は帰りのバスをぼんやりと待っていた。ミス・エヴァンズがサンドイッチをホテルに忘れてきたと言ったので、ロレンソはそれなら街道沿いの食堂の一軒に入ろうと誘った。目玉焼きをのせたステーキはおいしそうだったし、料理の前にはビールの大瓶が二本運ばれてきた。だが、生温かかった。ミス・エヴァンズが前髪に手をやると、蝿が引っかかってきた。

「ぼくは今でもマンドレイク・クラブを思い出します」とロレンソが言った。「ロンドンに住んでいた頃は、二ポンドで会員になれました。夜はそこへ出かけて、スパゲッティを食べて、チェスをしたものです」

ロレンソはそう言ってから、次の言葉までの沈黙の間合を計るかのように黙っていた。すると沈黙は抑えようもなく広がっていき、頭の中が羽音のようなうなりでいっぱいになるのを感じた。そのうなりは外からの物音によるものではなく、自分自身の深い悲しみから生じる羽音だった。

「少年の頃ロンドンで、どんなことをしていたのかまだ聞かせてもらってないわ」とオルガが言ったことがあった。「どんな人とつきあってたの？　恋人はいたの？」

「そのクラブなら知ってます」とミス・エヴァンズのほうが口を開いた。「ソーホー地区のトルコ式スチームバスの店の近くでしょう」

「あのクラブのバーの横にあったサロンで、ぼくたちは踊ったことがなかったかな？　たしかクリスマスの少し前の晩に」

「ニューオールリンズ・ジャズを演奏していたでしょう。記憶に間違いがなければ、シドニー・ベシェットや甘ったるいアブセント・マインディッド・ブルースを流していたと思いますわ」

「でもあのころきみはウィニーと呼ばれていたのじゃないかな。それに病弱そうな感じだった」

「今でもウィニーよ。ミドル・ネームなんです。ヴィヴィアン・ウィニー・エヴァンズ。髪の色について言いますと……」

ロレンソはミス・エヴァンズをじっと見つめ、色白の顔にかすかに浮かんだそばかすを観察した。学長なら彼女の白い肌の色を、抜けるような白さとか、雪花石膏《アラバスター》の色とか形容したにちがいない。そんなことを考えているうちに笑いがこみ上げてきて、彼は吹き出してしまった。それにつられて彼女ばかりか、隣のテーブルで食事をしていた客たちも笑いだした。食堂の主人もにこやかな顔で、目玉焼きののったステーキを運んできた。ロレンソは玉子の上に蝿がたかっているのを見て、急に笑いが止まり、飲んでいたビールが胸にこみ上げてくるような気がした。

「そんな話、全部嘘でしょう」と彼は言った。「まあ、ありえないことではないが」

「もっと細かいことまで話せますわよ」とミス・エヴァンズが微笑みながら言った。「わたしは記憶には自信がありますもの。カウンターの後ろの鏡の上に、どんな絵がかかっていたか憶えていますか」

　ロレンソは口ごもった。

「まあ冗談なのだから、そこまで言わなくても」

「どうして」

「今ぼくたちは同じところに住んだことがあり、同じ人と出会ったことがあるのでは、と思っています。しかし、それは幻想です。ぼくたちは単に近くを通ったことがあるというだけのことですよ。俗によく人生は道にたとえられるけれど、その道は直線でも曲線でもないのです。強いて言うなら、螺旋状の道というところかな」

「じゃあ、行き先はどこ？」

「死者の眠る片隅です」

　主人が近づいてきて、ほかに注文はないか尋ねた。ロレンソは勘定をしてくれるように言った。再び外に出て、晴れた空を見ながらバスを待った。ミス・エヴァンズは小川のほとりまで行って、エニシダを摘んだ。ロレンソは遠くから、彼女が膝を曲げ、地面にかがみこんで花を摘むようすを見ていた。

「別人なんですよ、エヴァンズさん」と彼は叫んだ。「あなたはウィニーじゃない。ウィニーはマンドレイク・クラブで七年前に知り合ったイギリス女性で、ぼくと結婚したんです。しかし、二か月前に心臓発作で死んでしまった。もうすぐ子供が生まれるという矢先にね」

ミス・エヴァンズは真顔で彼を見た。長い足の上の上体をまっすぐに起こして、遠くから彼を見つめつづけた。エニシダが胸元にしっかりと握りしめられていた。しばらくして微笑みながら彼のほうに近づいた。

「でも、あなたのおっしゃることも違うわ。ウィニーはあなたの奥さんにならなかったのですもの」そう言って、彼の顎の先に手を伸ばし、自分のほうに引き寄せ、唇に軽く触れた。

町に着くと、夕暮れの日差しの中でジャカランダ樹が輝いていた。ロレンソは部屋の扉を開け、庭に面した窓をいっぱいに開いた。

「お腹がすいたわ」とミス・エヴァンズが色とりどりのベッドカバーに腰掛けて言った。

ロレンソは台所に行き、半分ほど残っていた修道会特製のピスコとモルタデラ・ソーセージを持ってきた。部屋に入りかけたとき、ちょうどミス・エヴァンズがレコードをかけようとしているのを見た。

「あ、そのレコードはかけないで」

彼女は言われたとおりやめて、ベッドに戻った。ロレンソは食べ物を持ったままどこに座ろうかと場所を探していたが、そのとき、三枚のポンチョをかぶせてある棺が目に入った。そこで彼は窓のカーテンを閉め、コロニアル・スタイルの木の椅子に腰掛けた。

「気がついていたかもしれないけど、はじめ飛行機に乗ったとき、わたしの席は牧師さんの隣だったのよ」とミス・エヴァンズが言った。「でも、離陸する前にあなたの隣に移してもらったの」

ロレンソはピスコを一口飲んだ。

「いや、それはまったく知らなかった」

「なのに、飛行中はぜんぜん話をしてくださらなかった。アヤクーチョ着陸の少し前に、エアポケットに落ちたとき、初めて話しかけてくださったのよ。どうして案内役などひきうけてくださったの」

「リマの空港ホールで搭乗案内の前に気がついたんです。今はもうはっきりしていますがね。つまり、ウィニーという名の女性が乗客のなかにいるということが」

ミス・エヴァンズは笑いだした。

「お酒を少しくださらない？　あの話にまた戻ってしまったのはあなたのせいですからね」

ロレンソはミス・エヴァンズにピスコを渡し、椅子に座りなおした。外はすでに暗くなっていた。二人はしばらく黙ったままでいた。するとあの声が彼の耳を突き刺すように甦ってきた。彼はその声を振り払おうとして、なんども咳払いをした。

「ねえ、もう一度そのヴィヴァルディをかけて。それからアリピオ先生を呼びに行って。ロレンソ、お願い、早く」

彼は立ち上がり、プレーヤーに近づいて、針を下ろした。

「ありえないことだ。信じられない」

「どうなさったの？」とミス・エヴァンズが尋ねた。

ヴィヴァルディの『四季』が小さな音で流れ始めた。

「ぼくはこのことにすっぱりと決着をつけたいんです。そのためにはきちんと思い出さなければならない……あれほど妻が頼んだのに、どうして彼を呼びに行くのが遅れてしまったのかその理由をはっきりさせたいんです。妻はよく不快感を訴えていたけれど、ぼくは女性特有の気分的なものだろうと思っていた。ましてや妊娠もしていたことだし」

「マンリケ博士、おっしゃることがよくわかりません」

「雨が降っていました。だから妻の傘をさして出かけたのです。そのときまでは、リマに注文する本のリストを作っていました。膨大なリストで何人かの著者の名は憶えていなかったくらいです。それに、出かけるのが面倒だったこともあります。医者のアリピオが来るのに手間取ったのは確かです。なにしろあなたも知ってのとおり、ピスコを飲んで、焼き肉をたっぷり食べて、果てしないおしゃべりをする当地ふうの食事の最中でしたから。しかし、もっと早く呼びに行っていればよかったのです」

「どれくらい時間がかかりましたの？」

「かけつけたときには、ヴィヴァルディのレコードが終わっていました」

「で、ウィニーは？」

「ウィニー？　妻のことはオルガと呼んでください、エヴァンズさん。ウィニーはイギリスの女性です。オルガは小鳥のように眠っていました。片手を頭の上において、もう片方の手を引きつったように強く握りしめていました。ぼくの帰りを今か今かと待ち望み、なかなか戻らないのでベッドカバーを握りしめていたのでしょう。あなたが今座っているベッドです。戻ったときには、妻は眠っていました。ひとつの生命を体の中に宿したままで。これが永遠の眠りというものなのです。あなた、わかりますか」

「落ち着いて」とミス・エヴァンズは薄闇の中で酒の瓶を差し出して言った。

ロレンソは近寄って、瓶の首をつかんだ。そのときミス・エヴァンズは彼の腕をとった。

「ここに座って。痛ましいお話です。奥様がお亡くなりになったとは聞いていましたが、詳しいことまでは知りませんでした。お慰めの言葉ひとつ言えずにいたのを、お許しください」

「愛ということについて」とロレンソが言った。「ニースのイギリス人墓地のある碑文で読んだことがあります。愛は死と同じほど辛い、と書いてあったのです」

ミス・エヴァンズは黙っていた。ロレンソは彼女の手をしっかりとつかんでいた。静かな薄闇の中で、ロレンソは自分のあえぐような息づかいを聞いていた。それは、まるで他人の口から出て、空間に広がっていくような息の音だった。

「でも最悪なのは、今でも彼女を愛していることなのです。気が狂いそうなくらいに……今の今も、ここにいても」

「だれを？」

「ウィニーを。そう、間違いなくウィニーを愛しているのです。ウィニーを前にして、もうひとりのウィニーを愛しているのです」

「どちらのウィニーを？」

「遠いかなたのウィニーを」

ミス・エヴァンズはポンチョを見た。それは薄闇の中で、周囲よりもいっそう濃い影に包まれて、かすかな光に矩形の影を作っていた。

ロレンソが彼女の首筋に唇を押し当てようとすると、ミス・エヴァンズはそれを振り払って言った。「気違いじみてるわ。マンリケ博士、どういうつもりですの。お気の毒だとは思います。でも、こんな悪ふざけにおつきあいする気はありませんわ。帰らせていただきます」

ロレンソはすぐに手を放した。彼女は立ち上がり、暗がりの中でバッグを探した。『四季』はまだ鳴っていた。彼はミス・エヴァンズがドアのほうに歩いて行くのを見ていた。

「せめて、送らせてくれ」

二人はユーカリの茂る庭を通り、門扉のところまで来た。ミス・エヴァンズは立ち止まった。バッグを持つ彼女の手は震えていた。

「旅行のご無事を願っています。本当にお気の毒だと思っているのですが……」

彼女はくるりと背を向けて、歩き始めた。ロレンソはジャカランダの香りの漂う空気を深々と吸い込んだ。彼女が二十歩ほど遠ざかったとき、彼は叫んだ。

「エヴァンズさん」

ミス・エヴァンズは歩きつづけた。

「ウィニー」

彼女は立ち止まらなかった。

「オルガ」

彼女は立ち止まったが、振り返らなかった。

ロレンソは歩きだした。一歩進むごとに歩調を速め、彼女に近づいて行った。追いついたとたん、髪をふわりと翻して彼女が振り向いた。髪は赤く、若々しい笑みを浮かべた顔にはそばかすも見え、垂らしていた腕が開いた。

「オルガ」彼は繰り返し言った。「もう一度会えるなんて」

彼女を抱きしめ、くちづけをした。そのはずみで、二人はバランスを失って壁にもたれかかった。ロレンソは彼女を引き起こし、家のほうに導いた。ミス・エヴァンズは彼に身をゆだねて、あたりの樹木を見ていた。樹木は風のそよぎひとつない夜の中に息づいていた。

「あの木の名前、学長はなんて呼んでいたかしら」

「ジャカランダだよ。木の下を歩くから繰り返して言ってごらん、オルガ」

二人はしばらくその木を眺めていた。ロレンソが微笑んだ。

「どうしたの？」とミス・エヴァンズが尋ねた。

「墓標のことを考えていたのさ。イギリス人だって、間違えることがあるものだとね」

（井上義一＝訳）

編者あとがき

鼓直

ボルヘス――この本の編者はずるいね。あとがき代わりに、われわれを集めて、座談めいたものをやらせようというのだから。それにどうだろう、こうして見回してみると、いずれも冥界の住人ばかりで……。

コルタサル――いいじゃありませんか、ボルヘス。はっきり言って、死人のわれわれほど、ラテンアメリカの怪談について語るのに相応《ふさわ》しい者はいないと思う（もっとも、それが存在するとしての話ですが）。

ボルヘス――そうとも考えられるかな。

コルタサル――いえ、そうですよ。あの世にいる時は面と向かって言う機会がありませんでしたが、あなたの「円環の廃墟」という作品、僕は大好きです。夢みる者が同時に夢みられるという、あるいは創造者であるものが被造物でもあるという、この逆説的な関係性がテーマだと思いますが、僕もこういう完璧な作品を死ぬまでに書きたかったですね。

ボルヘス――君もなかなか如才のない人間に変わったね、この世に来てから。キューバやニカラグアに肩入れした社会主義者の君。ノーベル賞を貰いそこなう理由にもなったが、保守主義者の私。君が六〇年代にはパリに去ったこともあって、すっかり疎遠になったが、しかし私は、この『石蹴り遊び』の作者の発見者であることを、ずっと誇りにしてきたんだな。

コルタサル――お見せした短編をあなた方の雑誌に掲載していただいた。それが僕の文学の出発点となった……。

ムヒカ＝ライネス――その、いわば出世作が後に『動物寓意譚』に収められた「奪われた屋敷」でしょう。君はこの短編集のあとも多くの作品を書いている。しかし他の作品は、それがいくら優れていても「奪われた屋敷」のような広い人気はえていない。

コルタサル――残念なことだよ、僕にとっては。

ムヒカ＝ライネス――ぜいたく言っちゃいけない。生涯に一編でもいいから、ボルヘス流に言えば「万人の記憶」に残る作品が書ければ、それで満足しなければいかんのじゃないか。

コルタサル――言われればその通りだ。しかし君だって、この「吸血鬼」などは……。

ムヒカ＝ライネス――君がユネスコの翻訳官で食っていたように、僕もブエノスアイレスの新聞「ラ・ナシオン」の美術記者を長くやって、停年を迎えてこれからという時に、皆の仲間入りということになって……残念だった。『ボマルツォ公の回想』や『スカラベ』の余滴として、短編の種をずいぶん抱えていたんだ。

コルタサル――それは惜しい。実を言うと僕の場合は、あの『すべての火は火』という中期の短編集で全てを出し尽くした。あれ以後のものは繰り返しでしかない。いまわしい自己模倣のサイクルに自ら巻きこまれていったと……。

ムレーナ――それはないと思いますよ。つねに新境地を開いていったというのが僕の感想です。「奪われた屋敷」くらい、さまざまな解釈がある作品はありません。当時のペロン独裁政権に対する微妙な批判を秘めているとか、生の不条理を象徴しているとか、近親相姦の罪を指弾する世間が背景にあるとか……。しかし僕は、そうした合理化を超えた、ひたすら禍々しい影が兄妹を追いつめていく、と考えた方がいいように思う。

コルタサル――僕の作品の話ばかりでも困るんだな。僕の察するところ、編者がこの本を編めという依頼に応じる気になったのは、君の「騎兵大佐」が脳裏に閃いたからだろう。死神の出てくる話なんて、ラテンアメリカの多くの作家の作品に当たっても、容易に見つかるわけではない。編者が思いあぐねたのは当然なんだ。君の死神は、彼にとって救いの神だったというわけだよ。お蔭で彼は、恐らくラテンアメリカ文学ファンの誰ひとりとして予想しなかった怪談集を……。

ムレーナ――さっき、ラテンアメリカに怪談が存在するか、という問題を出されて、そのままになっていますね。正直なところ僕は、ジャンルとしては存在しないと思う。僕の作品が引っぱり凧といった感じで、多くのアンソロジーに収録される理由の一つは、それでしょう。日本での紹介はこれが始めてですか。

ボルヘス――ラテンアメリカの幻想文学という、より広いカテゴリーのなかでごく狭い領域を占めているにすぎない怪談、と言い切ってもいいと思う。しかし、ムレーナ、君の「騎兵大佐」はなかなかの出来だよ。

ムヒカ゠ライネス――幻想文学という言葉がいま出たけれど、ラテンアメリカの場合、それはごく短い歴史しか持たないし、地域的にも大いに偏っているんだな。見給え、ここに集まっている顔触れを。みんなアルゼンチンの人間だよ。他には……ああ、あそこにアストゥリアスがいた。それからそう、キローガだ。

ムレーナ――この場にアンデルソン゠インベルがいてくれると助かりますね（というようなことは口にすべきでないか）。いずれにせよ、例えば、〈さまよえるユダヤ人〉の遺した不思議なテキストの解読というかたちで、エクリチュールとレクチュールの問題を取りあげたと言ってもよい「魔法の書」、その他の主知的・形而上的な作品が示しているとおりで、彼はボルヘスの第一の弟子を自負しているわけだけれど、それだけではない。アンデルソン゠インベルは数々の優れた業績を挙げている批評家ですからね、ラテンアメリカにおける幻想文学の有効な見取り図を呈示してくれると思う。

ボルヘス――君の言葉に乗せられて言うわけではないが、彼の『チェシャ猫』や『クラインの瓶』にはいい作品が多い。日本では初見参の作家だけれど、これからどんどん紹介されると思うな。

コルタサル――われわれの大陸の幻想文学は、二つの地域で成立しているにすぎない、と言ってもいいでしょう。一つは、地理学的には多少無理があるかもしれないがメキシコを含むカリブ海地域と、もう一つは、アルゼンチンやウルグアイを中心とするラ・プラタ河地域ですよ。ここにいるわれわれに関係のある後者について言えば、そこで幻想文学が生まれたのは十九世紀の末葉です。いま騒々しいニカラグア生まれの詩人、ルベン・ダリーオが近隣の国々の独裁者をパトロンにして食いつないだりしながら、当時のフランス文学の新しい思潮である高踏派や象徴主義に親しみ、スペイン旅行のあとの一八九三年でしたか、ブエノスアイレスにやって来た。

ムヒカ＝ライネス――そして「アメリカ評論」という雑誌を創刊し、『俗なる続唱』その他の詩集を公にした。この本などは、まさしくモデルニスモ（これがスペイン語圏の象徴主義に与えられた名称だ）のマニフェストであって、ラテンアメリカの同世代の作家に多大の影響を与えた。その特徴はいくつかあるが、華麗な修辞とともに古代・中世の世界への憧憬というエキゾチシズムは、あのルゴネスの作品の多くに読み取ることができるでしょう。

コルタサル――そのルゴネスあたりからラ・プラタ河地域の幻想文学は始まり、ボルヘスに受け継がれて定着したということ。そしてビオイ＝カサレスやオカンポは、いや僕らみんなはこのボルヘスを取り巻く衛星なんだ。

ムヒカ＝ライネス――もう一つの地域にも触れなければならない。モデルニスモの影響はここにも及んで、多数の詩人が輩出しているけれど、幻想文学の成立という視点からは、シュルレアリスムをむしろ考慮すべきだよ。まずキューバの場合だが、同じ喘息を患って島に閉じこもり、スペイン黄金世紀のバロックから詩想を汲みだしていった〈キューバのプルースト〉こと、レサマ＝リマ……おや、あそこでまた咳こんでいる、気の毒に。

ムレーナ——彼は別でしょう。シュルレアリスムと関わりの深いのは、むしろカルペンティエルです。どういうわけか、編者は彼を抜いてしまった。

コルタサル——彼には怪談的なものはない。ともあれ、彼は政治的理由で二、三〇年代のパリに亡命し、ブルトン、ペレ、アラゴン、等々のシュルレアリストと親交を結び、彼らの運動の渦中に身を置いた。しかし、彼らの求める「驚異的なもの」は、新世界の自然・生活のなかにすでに在ることを認識し、「驚異的現実」という概念を引き出した。これが核になって「魔術的リアリズム」が生まれたということだね。

ムヒカ＝ライネス——アストゥリアスもカルペンティエルとほぼ同じ時期にパリに亡命している。ただし、彼はソルボンヌで人類学を勉強し、キチェ族の記録の翻訳に専心した。現実と幻想とが混交した魔術的リアリズムの一つのみごとな達成と評価されている『グアテマラ伝説集』、そしてその続編と言ってもよい『リダ・サルの鏡』のような作品集には、コロンブス以前の文化、とりわけ宗教や神話や伝説や習俗についてのアストゥリアスの深い造詣が窺われるね。

コルタサル——メキシコのパスの話がこの辺で出てきてもいいな。彼が本格的にシュルレアリスムに接近するのは、第二次世界大戦中のフランスのシュルレアリストとの出会いもあるが、やはり戦後だった。東洋哲学・宗教の深い理解にも裏打ちされている、宇宙と生のありようを巡る思索から生まれた彼の詩と批評は、二十世紀のラテンアメリカ文学の最良の収穫と言えると思う、誇張でなく。

ムレーナ——フエンテスを筆頭とする次の世代に与えた彼の影響は絶大ですよね。しかもそれは、メキシコの内部にとどまらずに、グアテマラ出身のモンテローソのように、地方主義の狭隘に批判的な近隣諸国の作家たちにまで及んでいる。同郷だがやはりメキシコを舞台に活躍した批評家、ルイス・カルドサ＝イ＝アラゴンの『河』という大部の自伝が先年出ていて、これを覗くと、パスを初めとする前衛的な作家や画家の、百鬼夜行という言葉は不適切だけれども、おおむねそれに類するような角逐が……。

ムヒカ＝ライネス――話が逸れぎみだな。要するに、ラテンアメリカの幻想文学には二つの地域、源泉があるということだ。

ボルヘス――ここに収められたパスの作品は、エロチックなファンタジーが感じられて、私は好きだな。モンテローソのものは、これはなかなか皮肉な作品だ。あのドノーソにも『隣家の庭』という、ラテンアメリカ文学のブームを諷刺した小説があるが、モンテローソの短編の鋭さはあれに優ると……。

ムレーナ――ペルーという、いわば飛び地から選ばれたが、リベイロはバルガス＝リョサに劣らぬ人気作家で、「ジャカランダ」はその代表作の一つで……。

コルタサル――そろそろ終わりましょう。最後に付け加えさせて貰いますが、われわれの必ずしも易しくない作品を翻訳してくださった方々に、また、貴重な助言を与えてくださった編集部の高木れい子さんに、心からお礼を言いたい。それから一部に差別用語の出てくる作品も含まれていますが、その意図や内容や文体などとの関連でやむをえず使用したもので、読者の寛大なお気持ちにすがりたいと思います。

・出典一覧・

「円環の廃墟」　『キリスト教文学の世界』第一八巻　主婦の友社　昭和五三年刊
「波と暮らして」　『エバは猫の中』サンリオ文庫　一九八七年刊
「ミスター・テイラー」　同右

フリオ・コルタサル「奪われた屋敷」
Julio Cortázar : La casa tomada, 1951

オクタビオ・パス「波と暮らして」
Octavio Paz : Mi vida con la ola, 1949

アドルフォ・ビオイ＝カサレス「大空の陰謀」
Adolfo Bioy Casares : La trama celeste, 1948

アウグスト・モンテローソ「ミスター・テイラー」
Augusto Monterroso : Míster Taylor, 1959

エクトル・アドルフォ・ムレーナ「騎兵大佐」
Hector Adolfo Murena : El coronel de caballería, 1956

カルロス・フエンテス「トラクトカツィネ」
Carlos Fuentes : Tlactocatzine, del jardín de Flandes, 1954

フリオ・ラモン・リベイロ「ジャカランダ」
Julio Ramón Ribeyro : Los jacarandas, 1970

原著者・原題・制作発表年一覧

レオポルド・ルゴネス「火の雨」
Leopoldo Lugones : La lluvia de fuego, 1906

オラシオ・キローガ「彼方で」
Horacio Quiroga : Más allá, 1934

ホルヘ・ルイス・ボルヘス「円環の廃墟」
Jorge Luis Borges : Las ruinas circulares, 1944

ミゲル・アンヘル・アストゥリアス「リダ・サルの鏡」
Miguel Angel Asturias : El espejo de Lida Sal, 1967

シルビナ・オカンポ「ポルフィリア・ベルナルの日記」
Silvina Ocampo : El diario de Porfiria Bernal, 1961

マヌエル・ムヒカ＝ライネス「吸血鬼」
Manuel Mujica Láinez : El vampiro, 1967

エンリケ・アンデルソン＝インベル「魔法の書」
Enrique Anderson Imbert : El grimorio, 1961

ホセ・レサマ＝リマ「断頭遊戯」
José Lezama Lima : Juegos de las decapitaciones, 1981

訳者紹介

鼓 直（つづみ・ただし）
岡山県生まれ。東京外事専門学校イスパニヤ語学科（現・東京外国語大学スペイン語学科）卒業。元法政大学教授。おもな訳書、ガルシア＝マルケス『百年の孤独』、『族長の秋』、ボルヘス『伝奇集』、ドノソ『夜のみだらな鳥』他。

安藤哲行（あんどう・てつゆき）
岐阜県生まれ。神戸市外国語大学卒業。摂南大学名誉教授。おもな訳書、フエンテス『私が愛したグリンゴ』、サバト『英雄たちと墓』、プイグ『天使の恥部』、オカンポ『イレーネの自伝』他。

井上義一（いのうえ・よしかず）
福井県生まれ。神戸市外国語大学卒業。慶応義塾大学講師。おもな訳書、ガルシア＝マルケス『青い犬の目』、パス『くもり空』、『二重の炎』、コルタサル他『遠い女――ラテンアメリカ短篇集』他。

木村榮一（きむら・えいいち）
大阪府生まれ。神戸市外国語大学卒業。同大学名誉教授。おもな訳書、バルガス＝リョサ『緑の家』、コルタサル『遊戯の終わり』、ガルシア＝マルケス『コレラの時代の愛』、アジェンデ『精霊たちの家』、リャマサーレス『黄色い雨』他。

鈴木恵子（すずき・けいこ）
千葉県生まれ。東京外国語大学卒業。翻訳家。おもな訳書、バルガス＝リョサ『子犬たち／ボスたち』（共訳）。

田尻陽一（たじり・よういち）
台北生まれ。神戸市外国語大学卒業。龍谷大学教授を経て関西外国語大学名誉教授。おもな訳書、『現代スペイン演劇選集』、翻訳にロペ＝デ＝ルエダの戯曲他。

新装版
ラテンアメリカ怪談集《かいだんしゅう》

一九九〇年一一月二日 初版発行
二〇一七年 九 月二〇日 新装版初版発行
二〇二五年 四 月三〇日 新装版4刷発行

著 者 J・L・ボルヘス他
編 者 鼓直《つづみただし》
発行者 小野寺優
発行所 株式会社河出書房新社
〒一六二―八五四四
東京都新宿区東五軒町二―一三
電話〇三―三四〇四―八六一一（編集）
〇三―三四〇四―一二〇一（営業）
https://www.kawade.co.jp/

ロゴ・表紙デザイン 粟津潔
本文フォーマット 佐々木暁
印刷・製本 大日本印刷株式会社

Printed in Japan ISBN978-4-309-46452-7

服従

ミシェル・ウエルベック　大塚桃〔訳〕　46440-4

二〇二二年フランス大統領選で同時多発テロ発生。極右国民戦線のマリーヌ・ルペンと、穏健イスラーム政党党首が決選投票に挑む。世界の激動を予言したベストセラー。

プラットフォーム

ミシェル・ウエルベック　中村佳子〔訳〕　46414-5

「なぜ人生に熱くなれないのだろう？」——圧倒的な虚無を抱えた「僕」は父の死をきっかけに参加したツアー旅行でヴァレリーに出会う。高度資本主義下の愛と絶望をスキャンダラスに描く名作が遂に文庫化。

ある島の可能性

ミシェル・ウエルベック　中村佳子〔訳〕　46417-6

辛口コメディアンのダニエルはカルト教団に遺伝子を託す。2000年後ユーモアや性愛の失われた世界で生き続けるネオ・ヒューマンたち。現代と未来が交互に語られるSF的長篇。

青い脂

ウラジーミル・ソローキン　望月哲男／松下隆志〔訳〕　46424-4

七体の文学クローンが生みだす謎の物質「青脂」。母なる大地と交合するカルト教団が一九五四年のモスクワにこれを送りこみ、スターリン、ヒトラー、フルシチョフらの大争奪戦が始まる。

キャロル

パトリシア・ハイスミス　柿沼瑛子〔訳〕　46416-9

クリスマス、デパートのおもちゃ売り場の店員テレーズは、人妻キャロルと出会い、運命が変わる……サスペンスの女王ハイスミスがおくる、二人の女性の恋の物語。映画化原作ベストセラー。

太陽がいっぱい

パトリシア・ハイスミス　佐宗鈴夫〔訳〕　46427-5

息子ディッキーを米国に呼び戻してほしいという富豪の頼みを受け、トム・リプリーはイタリアに旅立つ。ディッキーに羨望と友情を抱くトムの心に、やがて殺意が生まれる……ハイスミスの代表作。

贋作

パトリシア・ハイスミス　上田公子〔訳〕　46428-2

トム・リプリーは天才画家の贋物事業に手を染めていたが、その秘密が発覚しかける。トムは画家に変装して事態を乗り越えようとするが……名作『太陽がいっぱい』に続くリプリー・シリーズ第二弾。

べにはこべ

バロネス・オルツィ　村岡花子〔訳〕　46401-5

フランス革命下のパリ。血に飢えた絞首台に送られる貴族を救うべく、イギリスから謎の秘密結社〈べにはこべ〉がやってくる！　絶世の美女を巻き込んだ冒険とミステリーと愛憎劇。古典ロマンの傑作を名訳で。

リンバロストの乙女　上

ジーン・ポーター　村岡花子〔訳〕　46399-5

美しいリンバロストの森の端に住む、少女エレノア。冷徹な母親に阻まれながらも進学を決めたエレノアは、蛾を採取して学費を稼ぐ。翻訳者・村岡花子が「アン」シリーズの次に最も愛していた永遠の名著。

リンバロストの乙女　下

ジーン・ポーター　村岡花子〔訳〕　46400-8

優秀な成績で高等学校を卒業し、美しく成長したエルノラは、ある日、リンバロストの森で出会った青年と恋に落ちる。だが、彼にはすでに許嫁がいた……。村岡花子の名訳復刊。解説＝梨木香歩。

エドウィン・マルハウス

スティーヴン・ミルハウザー　岸本佐知子〔訳〕　46430-5

11歳で夭逝した天才作家の評伝を親友が描く。子供部屋、夜の遊園地、アニメ映画など、濃密な子供の世界が展開され、驚きの結末を迎えるダークな物語。伊坂幸太郎氏、西加奈子氏推薦！

ナボコフの文学講義　上

ウラジーミル・ナボコフ　野島秀勝〔訳〕　46381-0

小説の周辺ではなく、そのものについて語ろう。世界文学を代表する作家で、小説読みの達人による講義録。フロベール『ボヴァリー夫人』ほか、オースティン、ディケンズ作品の講義を収録。解説：池澤夏樹

ナボコフの文学講義　下

ウラジーミル・ナボコフ　野島秀勝〔訳〕　46382-7

世界文学を代表する作家にして、小説読みの達人によるスリリングな文学講義録。下巻には、ジョイス『ユリシーズ』カフカ『変身』ほか、スティーヴンソン、プルースト作品の講義を収録。解説：沼野充義

ナボコフのロシア文学講義　上

ウラジーミル・ナボコフ　小笠原豊樹〔訳〕　46387-2

世界文学を代表する巨匠にして、小説読みの達人ナボコフによるロシア文学講義録。上巻は、ドストエフスキー『罪と罰』ほか、ゴーゴリ、ツルゲーネフ作品を取り上げる。解説：若島正。

ナボコフのロシア文学講義　下

ウラジーミル・ナボコフ　小笠原豊樹〔訳〕　46388-9

世界文学を代表する巨匠にして、小説読みの達人ナボコフによるロシア文学講義録。下巻は、トルストイ『アンナ・カレーニン』ほか、チェーホフ、ゴーリキー作品。独自の翻訳論も必読。

山猫

G·T·ランペドゥーサ　佐藤朔〔訳〕　46249-3

イタリア統一戦線のさなか、崩れ行く旧体制に殉じようとするシチリアの一貴族サリーナ公ドン・ファブリツィオの物語。貴族社会の没落、若者の奔放な生、自らに迫りつつある死……。巨匠ヴィスコンティが映画化！

さかしま

J·K·ユイスマンス　澁澤龍彦〔訳〕　46221-9

三島由紀夫をして“デカダンスの「聖書」”と言わしめた幻の名作。ひとつの部屋に閉じこもり、自らの趣味の小宇宙を築き上げた主人公デ・ゼッサントの数奇な生涯。澁澤龍彦が最も気に入っていた翻訳。

倦怠

アルヴェルト·モラヴィア　河盛好蔵／脇功〔訳〕　46201-1

ルイ・デリュック賞受賞のフランス映画「倦怠」（C・カーン監督）の原作。空虚な生活を送る画学生が美しき肉体の少女に惹かれ、次第に不条理な裏切りに翻弄されるイタリアの巨匠モラヴィアの代表作。

トーニオ・クレーガー 他一篇

トーマス・マン　平野卿子〔訳〕　46349-0

ぼくは人生を愛している。これはいわば告白だ――孤独で瞑想的な少年トーニオは成長し芸術家として名を成す……巨匠マンの自画像にして不滅の青春小説、清新な新訳版。併録「マーリオと魔術師」。

長靴をはいた猫

シャルル・ペロー　澁澤龍彥〔訳〕　片山健〔画〕　46057-4

シャルル・ペローの有名な作品「赤頭巾ちゃん」「眠れる森の美女」「親指太郎」などを、しなやかな日本語に移しかえた童話集。残酷で異様なメルヘンの世界が、独得の語り口でよみがえる。

ボヴァリー夫人

ギュスターヴ・フローベール　山田𣝣〔訳〕　46321-6

田舎町の医師と結婚した美しき女性エンマ。平凡な生活に失望し、美しい恋を夢見て愛人をつくった彼女が、やがて破産して死を選ぶまでを描く。世界文学に燦然と輝く不滅の名作。

ビッグ・サーの南軍将軍

リチャード・ブローティガン　藤本和子〔訳〕　46260-8

歯なしの若者リー・メロンとその仲間たちがカリフォルニアはビッグ・サーで繰り広げる風変わりで愛すべき日常生活。様々なイメージを呼び起こす彼らの生き方こそ、アメリカの象徴なのか？　待望の文庫化！

西瓜糖の日々

リチャード・ブローティガン　藤本和子〔訳〕　46230-1

コミューン的な場所アイデス〈iDeath〉と〈忘れられた世界〉、そして私たちと同じ言葉を話すことができる虎たち。澄明で静かな西瓜糖世界の人々の平和・愛・暴力・流血を描き、現代社会をあざやかに映した代表作。

幻獣辞典

ホルヘ・ルイス・ボルヘス　柳瀬尚紀〔訳〕　46408-4

セイレーン、八岐大蛇、一角獣、古今東西の竜といった想像上の生き物や、カフカ、C・S・ルイス、スウェーデンボリーらの著作に登場する不思議な存在をめぐる博覧強記のエッセイ一二〇篇。

大いなる遺産　上・下

ディケンズ　佐々木徹〔訳〕　46359-9 46360-5

テムズ河口の寒村で暮らす少年ピップは、未知の富豪から莫大な財産を約束され、紳士修業のためロンドンに旅立つ。巨匠ディケンズの自伝的要素もふまえた最高傑作。文庫オリジナルの新訳版。

眠りなき狙撃者

ジャン＝パトリック・マンシェット　中条省平〔訳〕　46402-2

引退を決意した殺し屋に襲いかかる組織の罠、そしてかつての敵——「一行たりとも読み飛ばせない」ほどのストイックなまでに簡潔な文体による、静かなる感情の崩壊速度。マンシェットの最高傑作。

オーメン

デヴィッド・セルツァー　中田耕治〔訳〕　46269-1

待望の初子が死産であったことを妻に告げずに、みなし子を養子に迎えた外交官。その子〈デミアン〉こそ、聖書に出現を予言されていた悪魔であった。映画「オーメン」（一九七六年）の脚本家による小説版！

モデラート・カンタービレ

マルグリット・デュラス　田中倫郎〔訳〕　46013-0

自分の所属している社会からの脱出を漠然と願う人妻アンヌ。偶然目撃した情痴殺人事件の現場。酒場で知り合った男性ショーヴァンとの会話は事件をなぞって展開する……。現代フランスの珠玉の名作。映画化原作。

愛人　ラマン

マルグリット・デュラス　清水徹〔訳〕　46092-5

十八歳でわたしは年老いた！　仏領インドシナを舞台に、十五歳のときの、金持ちの中国人青年との最初の性愛経験を語った自伝的作品として、センセーションを捲き起こした、世界的ベストセラー。映画化原作。

北の愛人

マルグリット・デュラス　清水徹〔訳〕　46161-8

『愛人　ラマン』のモデルだった中国人が亡くなったことを知ったデュラスは、「華北の愛人と少女の物語」を再度一気に書き上げた。狂おしいほどの幸福感に満ちた作品。